CHRISTIAN DIETRICH GRABBE

Herzog Theodor von Gothland

EINE TRAGÖDIE IN FÜNF AKTEN

HERAUSGEGEBEN VON
RAINER DORNER

PHILIPP RECLAM JUN. STUTTGART

Der Text folgt: Christian Dietrich Grabbe: Werke und Briefe. Historisch-kritische Gesamtausgabe in sechs Bänden. Herausgegeben von der Akademie der Wissenschaften in Göttingen. Bearbeitet von Alfred Bergmann. Band 1. Emsdetten: Lechte, 1960.

Universal-Bibliothek Nr. 201

Gesamtherstellung: Reclam, Ditzingen. Printed in Germany 1993

ISBN 3-15-000201-X

Vorwort[a]

Die dramatischen Stücke, welche man hier dem Publico vorlegt, sind ihrem Verfasser längst fremd geworden. Ein fünfjähriges Geschäftsleben und eine währenddem wieder aufgegriffene bloß wissenschaftliche Richtung seiner Studien, ließen ihn kaum an die Kunst, geschweige an seine eigenen dichterischen Versuche denken. Vielleicht war nach Bewegungen, wie sie in mehreren dieser Versuche enthalten sind, eine fünfjährige Ruhe und Läuterung so naturgemäß als nützlich.

Jetzt bietet sich die Gelegenheit dar, jene früheren Produkte drucken zu lassen. Da den Verfasser der poetische Ruhm, besonders in einem Jahrzehent, wo derselbe äußerst wohlfeil ausgeboten wird, wenig anzieht, so überlegte er es wohl, ehe er einen Schritt zur Öffentlichkeit tat. Manchen Tadel, manches Mißverständnis werden dem Verfasser seine Dichtungen zuziehen, und zwar bisweilen nicht ohne Ursache.

Der Verfasser schätzt seine Werke nicht hoch und kennt Fehler darin, die kein Kritiker finden wird. Noch weniger aber steht ihm die falsche und alberne Bescheidenheit an, mit welcher unter tausend Entschuldigungen viele Schriftsteller erst ihre Arbeiten als ganz klagenswert darstellen und hinterdrein diese von ihnen selbst herabgewürdigte Ware dem Publico in die Hand zu drücken wagen.

Alle hier erscheinenden Stücke (vielleicht nr. II.[1] teilweise ausgenommen) schweifen in Extreme hinaus, die jetzt dem Verfasser wohl Erstaunen abnötigen, doch keineswegs sein Wohlgefallen erregen. Findet nun der Leser neben diesen Extremen nicht eine Masse unverzärtelter Poesie, tüchtigen

a. [Dieses Vorwort schrieb Grabbe für die Ausgabe:] Dramatische Dichtungen von Grabbe. Nebst einer Abhandlung über die Shakspearo-Manie. Frankfurt a. M. 1827, 2 Bde. [Bd. 1 enthält »Herzog Theodor von Gothland«; Bd. 2 enthält »Nannette und Maria«, »Scherz, Satire, Ironie und tiefere Bedeutung«, »Marius und Sulla« (2. Fassung) und den Aufsatz »Über die Shakspearo-Manie«.]

1. »Nannette und Maria«.

Scharfsinns und Witzes, so verdient der Verfasser Gewissensbisse und literarische Strafe. Er verdient diese Strafe auch dann noch, wenn bei genauer Prüfung nicht jeder kunstverständige Leser entdeckt, daß grade bei den verwegensten Stücken ein konsequent befolgter Plan zu Grunde liegt, der jene Extreme nicht nur *bedingt*, sondern hier und da auch *rechtfertigt*, und bis in Kleinigkeiten, selbst in das Versmaß hineinwirkt, (in welchem letzteren jedoch den heutigen in Wasserbächen dahinfließenden Jamben oft zuviel Trotz geboten ist.)

Das Schreiben L. Tiecks, welches dem Trauerspiel Herzog Gothland (nr. I.), worauf es sich bezieht, vorgedruckt worden, dient dem Verfasser hoffentlich zum Schutze vor *nicht begründeter Absprecherei.*

Der Verfasser legt diese Stücke dem Publico als Talentprobe vor. Erklärt die öffentliche Stimme, daß gute Erwartung von seinen dichterischen Anlagen zu fassen ist, so wird er diese Erwartung bald mehr befriedigen, als er bisher getan hat. Er würde vielleicht schon jetzt Proben darüber abgelegt haben, aber gesteht es offenherzig, daß seine Individualität und seine bürgerliche Stellung ihm nicht erlauben, eher einen weitern Vorschritt zu machen, als bis durch die vorliegenden früheren Produkte die Anfänge seiner literarischen Verhältnisse zum Publico festgesetzt sind.

Betreffs der Abhandlung über die Shakspearo-Manie besagt das derselben vorgesetzte besondere Vorwort das Nötige.

Detmold den 21sten Mai 1827.

Der Verfasser.

Kopie eines Briefes von L. Tieck über die Tragödie Herzog Theodor von Gothland[1]

Dresden den 6ten Dez. 1822.

Zwar ist der Termin, wertgeschätzter Herr, in welchem Sie eine Antwort von mir wünschten, längst verflossen; ich hoffe aber, Sie entschuldigen das Verzögern, da nebenbei dringende Geschäfte, und zur Abwechslung Krankheit, mich abhielten, Ihnen zu schreiben, obgleich ich es mir täglich vornahm, und Ihr theatralisches Werk, nachdem ich es mit besondrer Teilnahme gelesen, mir auf keine Weise aus dem Gedächtnis entfallen war. Das kann auch wohl nicht geschehen, sollte man es auch nur flüchtig durchlaufen, ich habe es aber mit Fleiß und Aufmerksamkeit gelesen. Wie schwer mir aber grade bei diesem Produkte ein eigentliches, wahres Urteil wird, kann ich Ihnen in einem kurzen Briefe nicht eilig auseinandersetzen. Daß es sich durch seine Seltsamkeit, Härte, Bizarrerie und nicht selten große Gedanken, die auch mehr wie einmal kräftig ausgedrückt sind, sehr von dem gewöhnlichen Troß unserer Theaterstücke unterscheidet, darin haben Sie vollkommen recht. Ich bin einigemal auf Stellen geraten, die ich groß nennen möchte, Verse in denen wahre Dichterkraft hervorleuchtet. Auch ist Ihr Stück so wenig süßlich sentimental, unbestimmt und andren nachgeahmt, daß es gewissermaßen zum Erschrecken sich ganz einzeln stellt, im Entsetzlichen, Grausamen und Zynischen sich gefällt und dadurch nicht allein jene weichlichen Gefühle ironisiert, sondern zugleich alles Gefühl und Leben des Schauspiels, ja selbst diesen Zynismus zerstört. Hat die Weichlichkeit, die sich verhätschelnde Stimmung, eine gewisse schmachtende Melankolie, die sich nur selbst vergöttern will, vor dem ernsten Beschauer keinen Wert, so ist es gewiß erlaubt, diesen Selbstbetrug auch zynisch anzugreifen und der Humor hat dies schon oft getan. Nur muß sich dann dieser Zynismus, der alles im Menschen tief unter das Tier hinabwirft und dadurch die Lüge vernichten will, nicht selbst als die einzige und letzte Wahrheit geben: denn was er gibt

1. Vgl. die Briefe 4 u. 5 im Anhang.

und lehrt ist auch nur Schein, ein Bedingtes, ein an sich Unnützes und Verwerfliches: und die Wahrheit unsers Seins, das Echte, Göttliche, liegt in einer unsichtbaren Region, die ich so wenig mit meinen Händen aufbauen als zerstören kann.[a] Ist es nicht, als wenn man, um kritisch zu zeigen, wie ein Landschaftmaler gefehlt hätte, ihm ein Stück des Gemäldes abkratzen und in der Mitte die unnütze Leinwand zeigen, oder gar ein Loch hindurchschlagen wollte?[b] An diesem unpoetischen Materialismus leidet Ihr Stück auf eine schmerzliche Weise. Es zerstört sich dadurch selbst, und der Effekt dieser Stellen ist ganz so grell als er auf jenem zum Teil abgekratzten Gemälde sein würde. Daran knüpfe ich die Bemerkung, daß alle jene einzelnen Stellen, die mir vorzüglich gefallen haben, alle mehr oder minder Zweifel an Gott oder Schöpfung ausdrücken, alle den Ton einer tiefen Verzweiflung ausklingen, und mich schließen lassen, daß Sie schon viele herbe und traurige Erfahrungen müssen gemacht haben. Sind Sie noch obenein jung (wie ich aus dem Ungestüm der Dichtung fast glauben muß) so möchte ich in Ihrem Namen erbangen, denn wenn Ihnen schon so früh die echte poetische Hoffnungs- und Lebenskraft ausgegangen ist, wo Brot auf der Wanderung durch die Wüste hernehmen? Ich möchte Sie dann warnen, diesem Zerstörungsprozesse des Lebens nachzugeben, der sich Ihnen in der Maske seiner ge-

a. Der Zynismus wollte nach der Tendenz des Verfassers sich in diesem Trauerspiele in keiner Art als das Höchste und Letzte geben; er erscheint nur stellenweise als Gegensatz der neumodischen Sentimentalität und verliert sich in der Verwickelung und Auflösung des im Stücke viel bedeutenden Wechselverhältnisses Gustavs zu seinem Vater und Berdoas zu beiden, gleich einem Tropfen in der See, der, einzeln betrachtet, weder einen großen noch angenehmen Eindruck macht, aber doch zum Wogenschlag des Ganzen *notwendig* gehört. Der Verf.

b. Die Produkte der jetzigen »sich selbst verhätschelnden und vergötternden Schriftsteller« sind keine *Gemälde*, sondern meistenteils nur bunt und häßlich *überfärbter* Zynismus; wenn man auf diesen Grundstoff hinzeigt, so kratzt man kein Stück des Gemäldes weg, sondern reinigt bloß die übertünchte Natur von einer elenden Farben-Pfuscherei, – das dient zur Warnung und ist überdem so erlaubt als billig, denn Poesie ist (auch nach Shakspeare) der Spiegel der Natur. Man bittet daher, zu bedenken, daß ein Spiegel auch die ärgerlichste Erscheinung widergibt, ohne sich zu beflecken. Wehe dem Verfasser, wenn er wahre Empfindungen hätte angreifen oder zertrümmern wollen. Der Verf.

bornen Feindin, der Poesie, aufdringen will. – – Eben dadurch, daß Ihr Werk so gräßlich ist, zerstört es allen Glauben an sich und hebt sich also auf. – Stehn Sie nun in allem bisher Gesagten den dramatischen Schriftstellern unserer Tage ganz fern, so sind Sie ihnen doch in einem Punkte ganz nahe, ja Sie überbieten sie noch, nämlich in der großen Unwahrscheinlichkeit der Fabel und der Unmöglichkeit der Motive. Ein Mohr, Feldherr der Finnen, geht zum feindlichen Anführer, in dessen Haus: der Held glaubt, daß der Bruder den Bruder ermordet habe usw. usw. – Hier fände ich kein Ende mit meiner Kritik. Sollte Shakspeares Tit. Andronicus und der Mohr Aaron, die Grausamkeit dieses alten Schauspiels Sie nicht verleitet haben?[c] Sie gehn aber viel weiter als der Engländer. Das Gräßliche ist nicht tragisch, wilder roher Zynismus ist keine Ironie, Krämpfe sind keine Kraft, sondern entstehen oft (bei Ihnen glaube ich nicht;) aus der Schwäche. Und das Resultat: *Ihr Werk hat mich angezogen, sehr interessiert, abgestoßen, erschreckt und meine große Teilnahme für den Autor gewonnen,* von dem ich überzeugt bin, daß er etwas viel Besseres liefern kann; eine Tragödie ist es auf keinen Fall, aber auch kein Schauspiel, ja nach dieser Probe zweifle ich noch, ob Ihr Talent ein dramatisches ist, da Ihnen die Ruhe und Behaglichkeit, die Fülle der Gestalten, und die Kraft, alle mit gleicher Liebe auszustatten, abgeht.[d]

Einmal sind Sie auch ganz weichlich. Denn es gibt auch eine weichliche gespenstische Gräßlichkeit. Ich meine jene Szene,

c. Nein. Der Titus Andronicus, den der Verfasser im Englischen zu einer Zeit las, wo er diese Sprache nur zur Hälfte verstand, zog ihn gar nicht an und wurde bis zur Verfertigung des Gothland nicht wieder gelesen. – Was die Unwahrscheinlichkeit der Fabel betrifft, so leidet das Stück *vielleicht* an *Überhäufung*, – die Möglichkeit der einzelnen Begebenheiten ist nicht überall weitläuftig motiviert, an sich aber wohl gedenkbar. Daß der Held glaubt, der Bruder habe den Bruder erschlagen, möchte sich auch aus *inneren* Gründen entschuldigen, wie denn in der dritten Szene des fünften Aktes Berdoa dem Gothland eine Erklärung vorhält, welche hierüber und über die Konstruktion des Ganzen, auf die *überall* Rücksicht zu nehmen ist, einen nicht unbedeutenden Aufschluß geben dürfte. Der Verf.

d. Die übrigen sämtlich *nach* dem Gothland geschriebenen Stücke wird das Publikum in Erwägung ziehen, bevor es hierüber eine Entscheidung, (nach welcher der Verfasser sich richten wird) abgibt. Der Verf.

wo der Held geschlachtet werden soll, ohnmächtig daliegt und dann entrinnt. Hier war mir (das einzigemal) ganz so zu Mute, als wenn ich ein ganz modernes Gedicht lese. Dabei liegt ein Akzent auf dieser Szene. Dieser Vorfall ist überhaupt fast nicht dramatisch mit Wirkung zu behandeln.[e]

Ich habe mich so in das Urteilen hineingeschrieben, als wenn ich mit einem Freunde etwa über ein längst gedrucktes Buch mich unterhielte[f], und ich habe lieber mich der Gefahr aussetzen wollen, mißverstanden zu werden, als unterlassen, einem talentvollen Manne, dessen Vertrauen ich achte, ebenfalls mit offenem Vertrauen entgegenzukommen, und ohne ängstliche Rücksicht offen und grade das auszusprechen, was ich über seinen Versuch denke. Erfreuen Sie mich bald durch eine Antwort, zeigen Sie mir, daß Sie auch über schwache Autorempfindlichkeit erhaben sind, lassen Sie uns bekannter miteinander werden, und glauben Sie mir, daß es mein Ernst ist, wenn ich sage, ich bin mit ausgezeichneter Hochachtung

Ihr

ergebener

L. Tieck.

e. Das ist sehr wahr. Diese Szene, (zu welcher der Verfasser den Tod der Cäcilia indes nicht rechnet) hat Manchem vorzüglich gefallen, sie ist aber entstanden mittelst einer Reminiszenz aus Arnims Kronwächtern.

Der Verf.

f. Das ist ein Hauptgrund, weshalb der Verfasser nun auch diesen Brief drucken läßt.

Diese Anmerkungen zu dem geehrten Schreiben L. Tiecks sollen keine Widerlegungen, sondern nur Andeutungen einiger Ideen sein, welche den Verfasser bei Ausführung seines Werkes leiteten. Der freimütige und herzliche Tadel, den L. Tieck ausspricht, müßte dem Dichter des Gothland schon insofern höchst angenehm sein, als er die Unparteilichkeit des vielleicht übergroßen Lobes am besten verbürgt. Freilich sind die Ansichten und die poetische Natur des Verfassers viel zu sehr von der Eigentümlichkeit L. Tiecks verschieden, als daß er glauben könnte, derselbe habe in Lob und Tadel hier und da sein Werk nicht mißkannt. Aber trotz dessen von einem solchen verschiedenartigen Dichter eine so an sich *geistreiche* und *wohlwollende* Beurteilung erhalten zu haben, erfüllt den Beurteilten jedenfalls mit Freude und Dank. Übrigens wird der Gothland bei einer gehörigen Umarbeitung schon wegen seiner Kontraste ein wirksames *Theaterstück* bilden können. Der Verfasser.

Anzeige des Verlegers

Des großen Publici wegen mußte bei dem Druck nachstehender Werke sehr vieles verändert, ja gestrichen werden.[1] Da der Verfasser erklärte, er selbst würde wegen dieser Veränderungen keine Hand anlegen, wolle mir aber, da er in seine Produkte nicht verliebt sei, unbedingte Gewalt geben, in dieser Hinsicht das Nötige zu besorgen, so mußte ich mich dem Geschäfte unterziehen. Manche bedeutungsvolle Stelle mußte leiser ausgedrückt werden, manche mußte ganz wegfallen, hier und da waren im gedruckten Buche Schwächen und Dunkelheiten gerade an Orten *nicht zu vermeiden*, wo das Manuskript kräftig und höchst klar ist. Beides gilt vorzüglich von dem Gothland und von dem Lustspiel.

1. Bei dem vorliegenden Druck ist der originale Text nach der Handschrift in der hist.-krit. Ausgabe restituiert.

HERZOG THEODOR VON GOTHLAND

Eine Tragödie in fünf Akten

PERSONEN

Olaf, *König von Schweden*

Der alte Herzog von Gothland

Theodor, *Herzog von Gothland, Kronfeldherr* } *Söhne desselben*

Friedrich, *Herzog von Gothland, Reichskanzler* } *Söhne desselben*

Graf Skiold

Cäcilia, *seine Tochter, Gemahlin Theodors von Gothland*

Gustav, *ihr Sohn*

Graf Holm } *schwedische Große*

Graf Arboga } *schwedische Große*

Biörn, *ein schwedischer Hauptmann*

Erik, *Burgvogt Theodors von Gothland*

Rolf, *Diener Friedrichs von Gothland*

Tocke, *ein Verbrecher*

Berdoa, *ein Neger, Oberfeldherr und Oberpriester der Finnen*

Usbek, *Feldherr der finnischen Reiterei*

Rossan } *Feldherrn der finnischen Infantrie*

Irnak } *Feldherrn der finnischen Infantrie*

Volk; schwedische Große; schwedische und finnische Hauptleute und Soldaten; russische, norwegische und deutsche Krieger usw.

Der Ort der Handlung ist Schweden

ERSTER AKT

Erste Szene

Die Ostseeküste bei Nyköping

Biörn *(tritt auf).*
Wie? Seh ich recht? Die Küstenwachen fliehn!
(Ein Soldat kommt voller Eile.)
Wohin Soldat?
Soldat. Ich suche Euch.
Biörn. Was gibts
Am Ostseestrand?
Soldat. Der Finne landet!
Biörn. Landet?
Hoho, hörst du das sturmgeschlagne Meer
An jenen Felsenufern branden?
Den möcht ich sehn, der jetzo wagt zu landen!
Soldat.
Der Finne wagts! Blickt nordwärts!
Biörn. Ja, fürwahr!
Dort steurt die Finnenflotte! – ha, sie scheitert!
Der Wind treibt sie zur Küste! ihre Masten,
Die sturmzerfetzten Segel schwingend, wanken
Hoch zwischen Meer und Himmel!
Berdoa *(hinter der Szene).* Zieht
Die Segel ein!
Soldat. Hört, hört!
Biörn. Was war das?
Soldat. Die Finnenfeldherrn kommandieren!
Berdoa *(hinter der Szene).*
Werft über Bord die Masten!
Biörn. Ist
Das nicht der Ruf des blutbefleckten Negers?
Soldat. Er ist es; bebend hab ich oftmals in
Den Schlachten ihn vernommen!
Biörn. Horch! schon wieder!
Berdoa *(hinter der Szene).*
Ihr Finnen! Blöcke Eises, welche sich

3 *Nyköping:* Hauptstadt des mittelschwedischen Bezirks Södermanland.

Vom Eismeer losgerissen, wirft die Flut
An unsrer Schiffe Bretterseiten; drum
Verlaßt die Schiffe, eh sie euch verlassen;
Nehmt eure Degen zwischen eure Zähne,
Stürzt euch ins wütge Meer, erringt
Der See zum Trotz die Schwedenküste, wagt
Wie ich den Tanz im Wasser! Folgt
Mir nach!

Viele Stimmen *(hinter der Szene).*
Wir folgen dir!

Biörn. Weh euch, ihr Städte Schwedens!
Weh! eure hohen Türme werden fallen!
Kein strandbewachend Heer ist aufgestellt,
Nichts dämmt den Einbruch dieser Mörderhorden!
(Zu dem Soldaten.)
Wirf dich aufs Pferd und nach Upsala flieg
Und meld dem Kön'ge, was du hier gesehen!
Leb wohl! – Ich rufe zur Verteidigung
Des Landes schnell die Strandbewohner auf!
Auf! laßt die Feuerglocken tosen, laßt
Die Notsignale weithin lodern, greift
Die Waffen! Bauer, Städter! zu den Waffen!
Die Finnen sind gelandet! Von den Bergen
Und von den Türmen ruft es durch das Land!
(Er geht ab; Stimmen in der Ferne rufen.)
Die Finnen sind gelandet! die Finnen sind gelandet!

(Usbek tritt sehr rasch auf, in der Hand ein finnisches Feldzeichen; Finnen folgen ihm.)

Usbek.
Da stehe ich, zuerst von allen Finnen,
Auf Schwedens Küste, seiner Felsenschwelle,
Und pflanze meines Volkes Schlachtpanier
Der Christenheit zum Hohn in schwedschen Boden!
(Er tut es. – Zu einem Krieger.)
Bewach es mit gezücktem Schwert. – Hier standen
Zwei Schweden; sendet Reiter aus, sie zu
Verfolgen!
(Zu den Finnen, die sich im Hintergrunde sammeln.)
Steht!
(Hinter der Szene wird gerufen.)
Den Mohren rettet! Rettet ihn!

Ein Finne *(tritt auf).*
Herr –
Usbek. Was bedeutet jener Auflauf?
Der Finne. Unheil!
Dem Oberfeldherrn schleuderten die Wogen,
Als er zum Ufer schwamm, 'nen Balken
Aus einem Schiffswrack knochenbrechend an
Die Brust!
Usbek. Ist er gerettet??
Der Finne. Glücklich ward er
Dem Meer entrissen, doch –
Usbek. Welches Doch?
Der Finne.
Jetzt droht ein Blutsturz seinem Leben.
Usbek. Fällt
Der Mohr, so ist auch Finnlands Fall nicht fern.
Die Götter hassen uns! – Wo find ich ihn?
Der Finne. Seht,
Dort kommt er selbst, von Irnak hergeführt.
»Im Angesicht des Heers«, so sprach er, »will
Ich leben oder sterben!«
(Berdoa kommt, langsam, gestützt auf Irnak – Usbek – Finnen.)
Irnak. Jetzt steht Ihr vor
Der weitgedehnten Fronte unsres Heers.
Berdoa.
Was sagst du, Irnak?
Irnak. Jetzt steht Ihr, sag ich, vor
Der weitgedehnten Fronte Eures Heers.
Berdoa *(zu Usbek).*
Euch Reitern ist wohl manches Pferd ertrunken?
Usbek.
Auch nicht ein einziges, mein Feldherr; schaut, dort
Am Meere halten meine mutigen
Schwadrone.
Berdoa. Seh es nicht; ein dunkler Flor
Umhüllt mein Auge und raubt mir die Sonne.
Irnak.
Das kommt vom Blut; es stieg Euch ins Gesicht.
Berdoa.
Schweig! mahn mich nicht daran; es meldet sich schon

Von selbst! – Ho, faßt mich! – Da erneuet sich
Der Blutsturz! Luft! Luft, Luft! Zerrissen sind
Mir alle Adern in der Brust!
(Sehr heftig.) O, welch
Erbärmlich Flickwerk ist der Menschenleib!
Jetzt fühl ichs recht, daß mich ein *Weib* gebar!

Irnak. Sprecht leis!
Ihr röchelt!

Usbek. Auf dem Boden, Feldherr, dampft
Dein Blut, – es brennt mir schmerzlich durch das Aug
Bis in die Seele!

Berdoa. Schwatzt nicht! Helfet! Helft,
Wenn ihr es könnt! Setzt diesem Blutsturz Grenzen, –
Er schwemmt mich weg, – das Eingeweide löst
Sich los, – er höhlt mir Brust und Leib aus, –
(in höchster Angst, lautschreiend)
Es ist vorbei mit mir, – wer kann mich retten?

Die Finnen. Weh, Wehe, Wehe!

Usbek *(tieferschüttert).* Weh, nur Töten, nichts
Als Töten habe ich gelernt!

Berdoa. So klag nicht; auch
Mit deinem Töten, Freund, kannst du mir dienen!

Usbek.
Wie könnt ich das?

Berdoa. Ihr *weint* um mich, ihr Finnen,
So *rächt* mich auch! –
Ein Held liebt Tränen; doch
Nicht solche wie ein Weib sie weint; die Tränen,
Die roten Wunden, das Geseufz der *Feinde*
Erfreuen sein Gemüt! – – Hexerei
Der schwedschen Christenpriester – quäl sie Gott! –
Hat mir dies Unglück angetan. Warum
Traf jener Balken grade *meine* Brust?
Die Pfaffen hatten ihn auf meinen Leib
Gehetzt! Rächt mich an ihnen, Finnen!
Ich, euer Oberfeldherr und eur Oberpriester,
Gebiet es euch als heilge Pflicht; zerschmettert
Mit ihrer Kirchen Einsturz ihre Häupter!

Usbek. Sie sollen blutge Buße tun, zertreten
Von meiner Pferde mordgewohnten Hufen!

Irnak. Sie sollen winseln unter diesem Säbel!

Rossan *(tritt auf)*.
Ein schwedischer Gesandter will Gehör.
Berdoa.
Wie? ein Gesandter? Laßt den Schweden kommen.
(Rossan geht ab.)
Der Blutsturz hat mir Leib und Seel empört;
Der Europäer mag sich hüten, mich
Zu reizen. –
(Graf Holm und Rossan treten auf.)
Holm. Führt euch der Neger an?
Rossan. Der Pöbel schimpft
Ihn Oberfeldherr. Dort siehst du ihn stehn.
Als er nach Finnland kam, da trug er Fetzen,
Doch jetzt umhüllen Purpurmäntel ihn.
Ein Blutsturz will ihn an den Boden schmeißen.
Beliebts, so red ihn an.
(Sie treten vor.)
Rossan *(zu Berdoa)*. Der Gesandte. –
Berdoa. Wer sendet dich?
Holm. Der Schwedenkönig.
Berdoa. Reiten
Des Königs Boten auf dem Winde? Kaum
Gelandet, so sind auch Gesandte da!
Holm. Auch ich dacht euch in Finnland erst zu treffen,
Nicht unterwegs.
Berdoa. Ha, ich verstehe dich:
Wir haben dir die Reise übers Meer
Erspart.
Holm. Im Namen meines großen Königs,
Des Herrn und Fürsten dieses Bodens, frag
Ich dich, das Oberhaupt
Der Finnenrepublik, was führet euch
Gerüstet, drohend und mit Heeresmacht
Zu diesen Küsten?
Berdoa. *Gott* hat uns geführt!
Er ging den Schiffen gnadenvoll vorauf,
Und ebnete des Meeres rauhe Wege;
Es war Sein Wind, der unsre Segel schwellte,
Und als die Schiffe brachen –
Hei, da rührt
Sich mein empörtes Blut!

Holm. Es straft dich für
Die Gotteslästerung!
Berdoa. Der Gotteslästrung, Schwede, zeihst
Du mich? Ha, dafür brennen
Noch heute abend vierzehn schwedsche Dörfer!
Usbek, du zündest sie mir an!
Usbek *(ruft aus der Szene).* Versehet euch
Mit Feuerbränden, Reiter!
Holm. Mohr, du stehst
Am Grabesrand; der rohste Heide denkt
In seiner letzten Stunde, wo dies Leben
Zu Nichts, die Ewigkeit zu Allem wird,
An die Vergeltung, sucht voll heißer Reue
Durch Tränen und Gebet die Fürchterliche
Mit seinem Leben zu versöhnen; Neger,
Du hast genug zu büßen; Neger, tritt nicht
Von frischem Mordbrand dampfend vor sie hin!
Berdoa.
Nichtsdestowen'ger bleibts bei vierzehn Dörfern. –
Du redest da, als wär mein Lebenslicht
Schon ausgeblasen; Schwede, sieh dich vor!
Berechne nicht auf Europäerart
Die Nähe meines Todes; denn so schnell
Und kläglich, wie ihr *Europäer*, denen
Das dürre Fleisch auf dürren Knochen hängt,
Als hinge es am Pranger! deren Haut
Ein Sonnenstrahl zerschindet; die im Gesicht
Die Blässe der Verwesung tragen, daß ich
Aas wittre, wo ich einen eurer Art
Erblicke, – stirbt kein *Neger*, welcher in
Den Wäldern Afrikas mit Löwen und
Mit turmbeladnen Elefanten
Zur Kraft aufwuchs!
Holm. Tor, du schmähst das Volk,
Das dir gehorcht, denn auch der Finne ist
Ein Europäer.
Berdoa. Gott behüte! Das ist
Der Finne nicht; er ist verwandten Stamms
Mit mir. *(Mit steigender Stimme.)*
Der Finne weiß, daß seine Väter
In grauer Urzeit ausgezogen sind

Aus Asiens Steppen; jahrelang sind sie
Gereist; – sie bauten endlich ihre Hütten an
Der Ostsee ewig donnernden Gestaden.
Ihr gönntet ihnen jene Felsenfluren
Nicht: rastlos jagen schwedsche Jäger Wild
Auf finnischen Revieren; schwedische
Korsaren steigen aus an unsren Küsten
Um unsre Dörfer auszuplündern; – arm ist
Der Finn wie Finnlands schneebedeckter Boden –
Der Schwede jagt sein Wild, raubt seine Habe, –
Dafür verheeren jene Sechzigtausend,
Die dort am Strand des Meers die Lanzen schwingen,
Das weite schwedische Gefild! – Finnland
Und Schweden können *beide* nicht bestehn,
So soll denn eins von beiden untergehn!

Die Finnen *(ihre Waffen aneinanderschlagend).*
Das Schwedenreich soll untergehn!

Berdoa. Ich hoff
Es zu erleben!

Holm. Hoffe nicht so töricht!
Du wenigstens erlebst es nie! Das Meer
Erbarmte sich der Menschheit und zerbrach
Dir deine Rippen; – du hast ausgemordet; –
Dein Haupt hängt lahm auf deiner Brust
Und diese, welche sich so oft dem Feind
Entgegenwarf, ist nun zerschmettert; – bald hat
Sie ausgeatmet; fortan riechst du nicht mehr
Den Dampf des Europäerblutes, den du
So gern mit aufgerißnen Nüstern
Einschnobst; – in wenig Stunden freuen sich
Die Guten über deinem Grabe!

Berdoa. Wohl
Geziemte Freude euch, säht ihr als Leiche mich
Am Strande liegen; gerne möchtet ihr
Mich töten; doch kein Schwede mag es wagen
Mit mir im Schlachtgefild, Mann gegen Mann,
Auf Leben oder Tod zu kämpfen; drum
Stellt ihr mir nach mit höllischen,
Geheimen Künsten; behext
Von euren Priestern war der Balken, der
Mich traf; durch Hexereien wollt ihr mich

Bewältigen, da eure feigen Krieger
Die Furcht entnervt, sobald sie mich erblicken.
H o l m. Hochmütger Neger! feig sind unsre Krieger
Und Furcht entnervt sie, wenn sie dich erblicken?
Vergaßest du den Herzog Gothland?
B e r d o a. Schweig!
H o l m.
Erinnre dich, wie Herzog Theodor von Gothland
Dich in der Schlacht ergriff –
B e r d o a. Hör auf!
H o l m. – er ließ
Dich peitschen!
B e r d o a. Wen?
H o l m. Dich ließ er peitschen!
B e r d o a. Rache!
H o l m. Und wie ein Dieb entsprangest du der Haft!
B e r d o a. Ha, Gothland? Wehe ihm! Du sagst
Mir Dinge, die ich nie vergaß! Pest, Tod und Rache! –
Hört ihr es Finnen, wie der Schwede da
Mich höhnt? Fort in den Krieg; halloh, verheert
Die Fluren seines Volks!
I r n a k *(hält ihn zurück).* Herr, mäßigt Euch;
Ihr seid sehr krank; rote Ringe zirkeln sich
Um Eure Augen; Eure Wang ist angeschwellt
Vom Blut; o laßt fürerst den Krieg! Wie kann
Der Finne siegen, wenn Ihr krank seid? Nein,
Vertragt Euch mit den Schweden, wärs auch nur
Auf Wochen –
B e r d o a *(in wildem Zorn).*
Panther und Hyänen!
Wer sagte das? Vertragen? Weil ich krank bin?
Ha laßt mich los, –
(Er reißt sich von Irnak und Usbek, auf die er sich bisher stützte, los.) ich bin genesen!
(Zu dem Finnenheere.)
Auf auf, Soldaten! stoßt in die Trompeten
Und feiert laut – – Vertrag? Tod und Verwesung! – –
Auf, feiert meine glückliche Genesung!
(Jubelnde Trompetenstöße hinter der Szene.)
Wer sich mit einem Europä'r verträgt,
Der ist mein Feind!

Rossan. Und auch der meinige,
Mein großer General!
Berdoa. Das sprach ein Finne!
Rossan *(beiseite)*. Und das ein schmutzger Neger!
Irnak *(auf Rossan losgehend)*. Reißt sie ihm aus,
Die glatte Schlange, eh sie in ihr Loch
Zurückkriecht und von neuem Gift heckt!
Berdoa *(für sich)*.
Gepeitscht? gepeitscht!? *(laut)* Was gibts?
Irnak. Der Neidhart da,
Der nichts als Galle weinet, schmeichelte
Euch ins Gesicht, doch als Ihr wegsaht, streckte
Er seine Zunge vor Euch aus! *(Zu Rossan.)*
Aus deinem Halse reiße ich sie dir
Neidgelbe Katze du!
Rossan *(zieht erbost sein Schwert)*.
Bin ich 'ne Katz,
So krallet hier sich meine Eisentatz,
Womit ich dir den Kopf abkratz!
Meinst du vielleicht, wärst mehr als ich?
(Irnak und Rossan wollen einander anfallen.)
Berdoa. Halt! Haltet!
Weg mit den Schwertern! Welche Wonne wärs
Dem Schweden, wenn ihr euch erschlüget! –
(Für sich, jedoch vernehmbar.) Ja,
Der Herzog Gothland war es!
Holm. Ja, der war es! Denk
An ihn und zittre!
Berdoa. Ich soll an ihn denken?
Das will ich!
Sein Weib, sein Kind, sein Vater, seine Brüder,
Ein jeder, der ihn liebt, und er vor allen,
Sie sollen dich, der mich an ihn erinnerte,
Und diesen Augenblick, in dems geschah,
Verfluchen, sollen wünschen, du wärst nie
Geboren, weil dein Mund Schmach, Unglück und
Verderben herrief über Gothlands Haus!
Den Herzog Gothland, der mir furchtbar sein soll,
Will ich zum Kinderspott erniedrigen!

10 *Neidhart:* urspr. Personenname, später auch allgem. Bezeichnung für einen Neider.

Mein Leben setz ich an das seinige; das Herz
Reiß ich ihm aus und werfs den Hunden vor
Es zu zerfleischen, und vermag ichs nicht, so
Zersprenge Zornwut meine Brust!

Holm. So platz denn!

Berdoa. Schweig, oder niederhauen laß ich dich!

Holm. Völkerrecht!

Berdoa.
Das kenn ich schlecht! *(Aus der Szene rufend.)*
Zeit ists! das Finnenheer bricht auf!
(Trompeten.) Fort Schwede!
Du weilst schon viel zu lang, – Antwort gab ich dir:
Krieg! – Eile deinem Kön'ge das zu melden,
Sonst meld ichs selbst! Mach fort! Wir sind
Für immer miteinander fertig!

Holm. Neger, nein!
Das, hoff ich, sind wir nicht, – auf Wiedersehn
Im Schlachtgefild! *(Er geht ab.)*

Berdoa. Usbek, der Abend dämmert, –
Laß mir die ersten zwanzig Dörfer brennen
Als zwanzig Leuchten in der Nordlandsnacht! –
– Sind deine Reiterscharen in Bereitschaft?

Usbek. Ich gehe, um darnach zu sehen. *(Er geht ab.)*

Berdoa. Gebt
Mir meinen Damaszener! *(Man überreicht ihm den Säbel.)*
Europa
Verehret diesen Herzog Gothland als
Den ersten ihrer Söhne; – wollen sehn,
Ob nicht ein Neger auch den Größten
Der Europäer überwältgen wird!

(Usbek kommt zurück, eine brennende Fackel in der Hand.)

Berdoa. Usbek, ein Feuermeer sollst du mir brauen!
Laß Städt und Dörfer lodern, daß die Gluten
Ins Aug mir glänzen, wie die sandgen Flammen
Der Äthioperwüste! –
Pfui, da steht
Ein Pfuhl vom Abschaum meines Blutes – bringt
Die Hunde her, daß sie es schlecken; jede Spur
Von Krankheit sei vertilgt! –
Wetzt meine Dolche!
Wo mag denn dieser Gothland hausen?

Irnak. Seht Ihr
Nicht jene drei gewaltgen Türme, die
Vom blassen Abendrot beschienen,
Hoch an dem fernen Himmelsrande blinken?
Es sind die Zinnen von der Gothlandsburg,
Die sich auf dunklen, tannumrauschten Höhen,
Nicht weit von Nyköping, erhebt. Dort wohnt
Eur Feind!
Berdoa. Ich biete Fehde dir, du stolze Burg!
Die Rache soll an deinen Pfeilern rütteln,
Daß deine Türme schwanken wie
Des Kornfelds Halme, wenn der Sturmwind sie
durchweht!

– Irnak,
Hat Theodor von Gothland Brüder?
Irnak. Ja,
Er ist der älteste von dreien; Manfred,
Den zweiten, kennt Ihr als den kühnen Führer
Der schwedschen Reiterei; der jüngste, Friedrich
Dient seinem Herrn, dem Schwedenkönige
Als Kanzler; – Skandinavien bewundert
Die Liebe, welche die drei Brüder stets
Umschlungen hielt.
Berdoa. Sie lieben sich? Das lieb
Ich nicht! Doch – große Liebe, großer Haß! –
(Er reißt das von Usbek hineingepflanzte Panier aus der Erde und übergibt es Rossan.)
Eröffnet ist der Rachekrieg!
Usbek. Schwingt eure Feuerbrände, Reiter!
Berdoa. Brav!
Es ist kalt, – an der Feuersbrunst will ich
Mich *sonnen*!
Irnak. Gehn wir auf der graden Heerstraß
Nach Upsala vor?
Berdoa. Nein, die Straße, welche
An Gothlands Burg vorbeiführt, schlagt ihr ein!
Irnak. Ihr seid ermattet; stützt Euch auf mich.
Berdoa *(mit dem Schwerte auf den Boden stoßend).*
Nein;

Das Schwert ist meine Stütze! *(Er tritt vor.)*
Gothland,

Verderben schwur ich dir; um Mitternacht
Hab ich mein Wort gelöst! –
Du, mächtge Rachsucht,
Bezwing die Krankheit und mach mich gesund!
Ihr Arme! schwellet an zu Riesenschlangen;
Wie die den Tiger, will ich ihn umfangen!
(Die Hand an die Stirn schlagend.)
Kopf! sei ein Krokodilei; so wie dieses,
Gekocht in Nubias Sonnenfeuer,
Blutdürstge Krokodile ausgebiert,
So seien giftger Ränke Ungeheuer,
Zu Gothlands Qual erdacht, durch Zornesglut
Gezeitigt, *deine* fürchterliche Brut!
(Die Hand auf die Brust schlagend.)
Und du mein Herz! peitsch mich mit wilden Schlägen
Dem, welcher mich einst peitschen ließ, entgegen!
(Er winkt dem Finnenheere zum Aufbruche und eilt ab; sofort beginnt eine orientalische Kriegsmusik.)

Irnak *(kommandierend; aus der Szene rufend).*
Der Vortrab rücke vor!

Rossan *(ebenso).* Soldaten, marsch!

Usbek *(ebenso).*
Bringt mir mein Pferd! Galopp, ihr Reiter! Nach
Der Gothlandsburg! Brandstätten und zerstampfte
Saaten –
Sie zeugen unsrer Rache, unsren Taten!
(Irnak, Rossan und Usbek eilen mit Soldaten ab; die Kriegsmusik währt noch eine kurze Zeit fort.)

Zweite Szene

Ein Saal in der Burg des Herzogs Theodor von Gothland
(Der Herzog Theodor von Gothland und der Burgvogt Erik treten auf.)

Erik. Herzog, der Finne naht und vor ihm stürmt
Das Schrecken; flüchtges Landvolk sammelt sich
Im Schloßhof, Dörfer gehn im Feuer auf
Und blutrot flammt der Horizont!

Gothland. Daran
Erkenne ich die Finnen; doch noch heut

Will ich mit ihrem schwarzen Häuptlinge
Mich messen. Ich erwarte jede Stunde
Die Ankunft Manfreds, meines zweiten Bruders.
Wir brechen auf, sobald er kommt. Sag das
Dem Kriegsvolk.

Erik. Herr, es ist ein Bote da;
Vielleicht, daß er von Manfred –

Gothland. Bring ihn mir.
(Erik geht ab. Pause; dann fährt Gothland sehr heiter fort.)
Es schwebt
Ein holder Genius über meinem Leben;
In meinen Brüdern gab er Freunde mir! –
Dich Manfred! liebe ich vor allem! Schon in
Der ersten Morgendämmerung des Lebens,
Zusammen spielend auf dem Schoß der Mutter,
Umschlangen wir uns mit der Freundschaft Banden,
Die in den Schlachten uns umfingen, die von
Den Jahren, die den Erdkreis ändern, nicht
Zerrissen wurden!
(Begeistert.) Selig, selig, wer
Den Freund gefunden; nie wallt er einsam auf
Des Lebens Pfaden; zwiefach Leben ward
Sein schönes Los!
Die Liebe welkt dahin;
Sie ist auf Irdisches gegründet,
Gemeines ists, wofür sie flammt;
Nur Freundschaft, die die Geister bindet,
Ist ewig wie der Geist, aus dem sie stammt;
Drum strahlt hoch auf des Himmels nächtgem Feld
Der Freundschaft Bild und leuchtet durch die Welt!
Ich meine euch, ihre hellen Dioskuren;
Zugleich, vereinend eure Strahlengluten,
Enttauchet ihr des Meeres dunklen Fluten
Und wandelt durch der Sterne goldne Fluren,
Bis euch das ferne Westgewölk begräbt;
Ihr sterbt vereint, wie ihr vereint gelebt!
(Rolf, der Bote des Kanzlers, tritt ein.)

Gothland. Hat Manfred dich vorausgesendet?

Rolf. Nein;
Mich schickt der Kanzler, Euer dritter Bruder.

Gothland. Bei dem verweilte Manfred, wie er mir

Geschrieben; kommt er bald? mit ihm nur will
Ich siegen!

R o l f. Manfred siegt nicht mehr.

G o t h l a n d. Was soll
Das heißen, Bote?

R o l f. Dieser Brief, den Euch
Der Kanzler schreibt, erkläre meine Worte.

G o t h l a n d *(liest)*.
»Mein Bruder! *Eine* Stunde lehret mich, daß auch
Das Edle und das Herrliche vergeht;
Die Erde ist für beides keine Heimat.
Der Bund, den wir drei Brüder schlossen, ist
Zerrissen, und mir fiel das traurge Los
Zu sehn, wie Manfred in der Jahre Blüte
Starb –« –
Starb! Ha, ich verstehe euch! Ich bin
Verwaiset! *(Auf den Brief blickend.)*
Nein, das sind nicht Worte, das
Sind Donnerschläge! *(Er tritt an das Fenster.)*
Sieh, es ist Herbst, und an
Der *Gelbsucht* krankt die sterbende Natur;
Auf öden Feldern heult der rauhe Nord;
Laut rauscht das falbe Laub – es winselt nach
Vergänglichkeit! – Erstorben ist der Lenz
Und seine grüne Blätterpracht verwelkte, –
Das ist zwar traurig, aber auch *natürlich*,
Weil es die *allgemeine* Plage ist;
Doch wenn des Nordlands königlicher Hochbaum,
Der Adler Haus und Zuflucht in den Stürmen,
In einer einzgen Nacht von dem Orkan
Zerschmettert wird, das zeugt Entsetzen, macht
Verzweifeln an dem Leben!
Manfred tot,
Und *(auf Rolf zeigend)* eine Kreatur wie die da lebt!
(Zu Rolf.)
Entschuldige dein Dasein! – –
– Tot! dahin!
Noch fasse ich es nicht!
Wann starb er?

R o l f. Vor
Acht Tagen.

Gothland. Weshalb bringst du mir so spät
Die düstre Nachricht?
Rolf. Jeder fürchtete
Sie Euch zu bringen.
Gothland. *Fürchtete*? – Sahst du
Ihn sterben?
Rolf. Leider sah ichs. Ich und
Der Kanzler waren nur zugegen. – Manfred
Kam *abends* auf der Burg zu Northal
An; beide Brüder feierten bis in
Die Nacht das Wiedersehen. Manfred ging
Gesund zu Bett; am *Morgen* fanden wir
Im Todeskrampf ihn auf dem Lager liegen.
Ein Schlagfluß hatte ihn gerührt.
Gothland *(heftig auffahrend)*. Schlagfluß?
Banditenstreich des Todes sag vielmehr! – Auch
Der Himmel *mordet*! –
Doch, sei ruhig Zunge;
Gott schuf mein Herz, – dafür hat er das Recht,
Es zu zerreißen, wann es ihm beliebt.
Ob meine Seele blute, ich gebe mich
In seinen Willen. Klagen darf der Mensch,
Nicht rechten. –
Wo ward mein Bruder beigesetzt?
Rolf. Im Dom zu Northal ruhet seine Leiche.
Gothland.
So eile schnell nach Northal; sag dem Kanzler,
In dieser Nacht noch würd ich ihn besuchen
Auf seiner Burg, um an des Bruders Sarge
Mit ihm gemeinschaftlich zu trauern!
Rolf. Den Kanzler trefft Ihr dort nicht mehr; er ist
Dem Ruf des Königes gefolgt und an
Den Hof gereist.
Gothland. Wie? an den Hof gereist?
Hoffeste sollen seinen Gram zerstreuen?
– Bei der Bestattung Manfreds war er doch
Zugegen?
Rolf. Nein; er ist am Todestag
Noch abgereist.
Gothland. Das tadl ich! Manfred war
Sein Bruder wie der meine! Handelt so

Ein Bruder? Ihn entschuldigt seine Pflicht
Als Kanzler nicht; die höchsten Pflichten sind
Die Pflichten der Natur! Sehr ehrenwert,
Sehr ehrenwert sind mir die Toten!
Wen ich geachtet habe, da er lebte,
Den ehr ich auch, wenn er gestorben ist! –
– Sag deinem Herrn,
Er möchte lernen von den alten *Heiden*,
Wie man Verlorene betrauert: als
Der Erste der Hellenen
Vernommen, daß sein Freund gefallen,
Durchdrang sein Klaggeschrei die Götterhallen,
Sein sonst so grauses Auge schwamm in Tränen, –
Vergebens kam
Die hehre Mutter aus dem Meer gestiegen,
Um zu besänftgen seinen Gram,
Vergebens suchten liebliche Najaden
Mit schönverschlungnem Tanz ihn zu vergnügen;
– Untröstlich, seufzend, schluchzend lag er an
Des Pontus tiefaufrauschenden Gestaden,
Denn sein Patroklus war dahin! *(Er stürzt fort.)*

(Berdoa und Irnak treten auf.)

Berdoa. Wir beide wären glücklich bis hieher
Gekommen.

Irnak. Ja, hineingeschlichen in
Das Herz der Burg.

Berdoa. Still!
(Er erblickt den Rolf und redet ihn an, indem er mit Hülfe der immer mehr zunehmenden Dämmerung das Gesicht verbirgt.) Guten Abend, Freund.

Rolf.
Ich dank Euch.

Berdoa. Freund –

Rolf. Was noch?

Berdoa. Führ uns zum Herzog.

Rolf. Den Herzog könnt ihr jetzt nicht sprechen.

Berdoa. Was gibt es denn? Im ganzen Schlosse sehen wir
Geheimnisvolle Mienen.

Der Erste der Hellenen . . .: Achilles (Ilias XVIII, 22 ff.).
Die hehre Mutter: Thetis, die Mutter des Achilles, eine Meeresgöttin.

Rolf. Pack dich fort;
Was kümmerts dich?

Berdoa. Freund, hier ist Geld.

Rolf. Geld? – Fragt!
Was wollt Ihr wissen?

Berdoa. Was hier passiert ist.

Rolf. Nu, eben habe ich dem Herzoge
Die Trauerpost von seines Bruders Tode
Gebracht.

Berdoa. Der Herzog hatte
Zwei Brüder, – welcher ist gestorben?

Rolf. Manfred.

Berdoa. Der Reitergeneral?

Rolf. Derselbe.

Berdoa. Sehr,
Sehr jählings hat der Tod ihn weggerafft!

Rolf. In der Gesundheit Blüte schied er hin!

Berdoa. Warst du dabei?

Rolf. Der Kanzler nur und ich.

Berdoa. Was? Du nur und der Kanzler?

Rolf. Ja;
Wir fanden ihn in seinem Todeskrampfe
Und hingeschieden war er, als
Das Burggesinde kam.

Berdoa. Ihr beide ganz
Allein?

Rolf. So war es.

Berdoa. Du nur und der Kanzler?

Rolf.
Was soll das wilde Fragen?

Berdoa. Schurk, dich fangen!
Canaille! ihr habt ihn erwürgt!

Rolf. Das Wort
Sollst du bereun!

Berdoa. Wärs erstemal, daß der
Berdoa was bereute!

Rolf *(erkennt ihn).* O ich bin
In fürchterliche Hand gefallen! Laßt
Mich gehn, ich rufe Hülfe!

Berdoa *(vertritt ihm den Weg).* Soll ich mit
Dem Dolche dir das Maul versiegeln? Laß

Dich handeln; diese einzge Nacht sei mir
Zu Diensten, und mit Säcken Golds beschütt
Ich dich! Du willst nicht? Gut, so lauf, doch sei
Gewiß, dem Herzog meld ich, daß du Geld
Von mir genommen und geplaudert hast; dann
Magst du mit Weib und Kind im Schnee verhungern!

Rolf *(nach einer Pause).*
Nun, wenn Ihr mich so gut bezahlen werdet,
Wie Ihr versprecht, so bin ich diese Nacht
Der Eurige.

Berdoa. Sei unbekümmert.
Ich geize nicht; du sollst mit mir zufrieden sein.
(Leise zu Irnak, mit Verachtung auf Rolf deutend.)
Das ist so'n Schurk, der gerne mordete
Und raubte, wären nur die bösen Galgen, und
Die Hölle nicht; aus *Feigheit* fromm!
(Zu Rolf.) Zuerst sag an,
Wer hat den Toten in den Sarg gelegt?

Rolf. Die Leichenfrau zu Northal.

Berdoa. Irnak,
Schick gleich hernach zwei Finnen hin,
Die im Geheim das Weib erdrosseln!
(Zu Rolf.) Und nun
Erzähle mir, wie sich der Herzog bei
Der Trauerpost benahm?

Rolf. Wild brauste er
Empor, doch bald bezwang er seinen Schmerz
Mit christlicher Ergebung, – aber als
Er hörte, daß der Kanzler an den Hof
Gereist, bei der Bestattung Manfreds nicht
Gewesen sei, da tadelte er ihn
Voll Zorn, so daß ich fürchte, er gerät
Mit ihm in Zwist!

Berdoa. In *Zwist*? So ist er mein!
Ist er in *Zwist*? Dann, Himmel, halt ihn nur
Zurück, – ich reiße dir ihn aus den Zähnen
Und schleudre ihn dem Abgrund in den Rachen!

Rolf. Noch –

Berdoa. Rede nicht; ich weiß genug; du hast
Mir Hanf in Überfluß gegeben, um
Ein Schicksalsstrick für ihn daraus zu flechten! –

Horch! er kommt! – Fort und lauscht! – Ich bin sein
Schicksal und
Sein Gott! *(Sie ziehen sich in eine Seitenhalle zurück.)*
(Gothland und seine Gemahlin Cäcilia treten auf.)
Gothland. O, laß das Trösten, laß
Das Trösten, du geliebtes Weib! Verwüstet
Ist meine Brust, wüst ist dies Schloß, wüst
Sind jene Fluren, eine Wüste ist
Die Erde, Wüste, Wüste ist die Welt, denn
Mein Bruder ist nicht mehr!
Cäcilia. Geschehen ist
Das längst Gefürchtete; fast vierzig Jahre
Hast du gelebt und glücklich warst du stets;
Des Unglücks Schuldner warest du geworden;
Du wußtest, daß es seine Rechte fodert!
Gothland. Ja, Glück ist Sünde – Wehe euch, die ihr
Es wagtet, Glückliche zu sein!
Cäcilia. O blick umher!
Es sind noch viele, die dich lieben: noch steht
Ein andrer Bruder dir im Kanzler Friedrich
Zur Seite; auch der Vater lebt dir noch,
Der edle Greis; ein Sohn blüht dir am Hof
Des Königs auf, und ewig liebend hängt
An deiner Brust dein Weib! Verzweifle nicht!
Wir alle trauern jetzt mit dir und mit
Uns allen wirst du einst dich wieder freuen!
Gothland. Mich freuen? Niemals, bei dem ewgen Licht!
Der Frühling kehrt zurück und seine Lieder,
Doch Manfred ging, er kehret nicht,
Und nimmer kehret meine Freude wieder.
Cäcilia. Sie kehret! glaube mir! hast du gedacht
Ans Wiedersehen?
Gothland. An das Wiedersehen?
Dank dir! Ein Funke aus den Sternenhöhen
Fällt dieses Wort in meiner Seele Nacht! –
Ja, manches Auge, feucht von Zähren, blickt aus
Der Winternacht des Lebens hoffend zu
Den Sternen – und die Träne rollt nicht mehr!
Betrügt ihr uns um unsre Tränen, oder
Seid ihr es, Sterne! was die Ahnung sagt?
Die lichten Ufer eines beßren Landes?

Und finden über euch sich die
Getrennten wieder? O,
Dann selig all ihr Millionen, die
Ihr unterm Sternenzelte wandelt, selig ihr
Betrübten, welche ihr an Grabeshügeln um
Verlorne weinet!

Cäcilia. Preis sie selig und
Auch dich! Es lebt in jeder edlen Brust
Ein *Bürge* der Unsterblichkeit: die Tugend!
Sie ist ewig, und wäre sie es nicht,
So geht sie unter mit dem Hochgefühle,
Daß sie verdienet es zu sein.

Gothland. Ja, so
Gewiß in Manfreds Brust die Tugend wohnte,
So sicher werde ich ihn wiedersehn! –
Sieh! es wird Nacht; das Abendrot
Verlischt; die Nebelsäulen steigen auf
Wie Traumgestalten; schwermutsvoll und dumpf
Wie Geisterlispel, singt der Abendwind
Der Flur und dem entlaubten Wald das Schlaflied;
Mich dünket, Manfreds Geist umschwebet mich.
Laß mich allein, o laß mich träumen!
Das Träumen ist ja süßer als das Leben!

Cäcilia *(beiseit).*
Du Geist des Bruders, steig hernieder aus
Des Himmels selgen Höhen; schirm die Deinen;
Schweb schützend über diesem Hause, wehr
Dem Unglück, das ich ahne, senke Ruh
(auf den Herzog deutend)
In jene schmerzbewegte Brust!

(Sie geht ab, noch einmal mit der Miene des Mitgefühls auf den Herzog blickend.)

Gothland. So muß
Ich denn verdorren in der Väter Hallen,
Wie eine Pflanze, der die Sonne fehlt.
Ich werde keine Taten mehr
Vollenden, in der Brust nur kochet mir
Ein gärend Leben.

Berdoa *(tritt hervor; für sich).*
Jetzt wirds Zeit,
Den Feuerbrand in seine Seel zu schleudern.

(Laut.) Ein irrgegangner Wandrer flehet um
Eur gastlich Dach.

Gothland. Wie? täusch ich mich? Der *Neger*? –
Fort, eil, daß du zu deinen Finnen kommst,
Du bist in deines Feindes Burg.

Berdoa. Das Recht
Des *Gastes*, welches man im Nordland, wie
In Lybias Palmenhainen ehret, schirmt mich.

Gothland.
Die Schurken haben keins. Drum fort von hier
Du Schandfleck deines schnöden Stammes!

Berdoa *(wie gereizt)*. Freund,
An Schande haben unsre Stämme sich
Nichts vorzuwerfen –

Gothland. Kühner Lästerer!

Berdoa. – in *meinem* Stamm ist noch
(halblaut und unverständlich) kein Brudermord
Geschehn.

Gothland. Was murmelst du?

Berdoa. Ja, Herzog, ich
Beklage Euch.

Gothland. Schlimm, wenn Berdoa mich
Beklagt.

Berdoa. Der Pöbel lästert Gothlands Namen.

Gothland.
Das kann der Pöbel nicht.

Berdoa. Es gehn von Ohr
Zu Ohr gar fürchterliche Worte.

Gothland. Sprich sie aus!

Berdoa.
Eur Bruder Manfred, heißt es, sei erschlagen!

Gothland. *Erschlagen?*
Hui, meine Faust rollt sich zusammen! Arme,
Wonach zuckt ihr? nach einem Messer! Seele,
Freu dich! nun kann ich wenigstens ihn rächen!
Süß ist die Rach, – hinaus, den Mörder mit
Der Hände Schlingen einzufangen und ihn
Zu opfern Bruder dir!
– O wohin irrt
Mein Geist? Ich Tor! ich blinder Tor! Der Neger
Lügt! Manfred starb in Friedrichs Armen!

Berdoa. In?
Durch!
Gothland.
Weltempörung! Was sagst du?
Berdoa. *Durch!!*
Gothland. Sprichst du von Friedrich, meinem Bruder?
Berdoa. Der Kanzler Friedrich, Euer jüngster Bruder
Hat Euren andren Bruder Manfred
Ermordet auf der Burg zu Northal!
Gothland. Entsetzlich! das wär Brudermord! – – Hoho,
Ich lache! Brudermord ist ja unmöglich! Mohr,
Du lügst! Die Hölle hat dich schwarz gebrannt!
– – Und doch! – Wär es geschehen? – Erik! Erik!
(Erik tritt herein.)
Wo ist des Kanzlers Bote?
Erik. Nirgend find
Ich ihn; er muß das Schloß verlassen haben.
Gothland. Verdächtig ist mir diese Eile. Sucht ihn auf;
Schickt Reiter aus, ihn einzuholen! *(Erik geht ab.)*
Wär es geschehen? –
Manfred
Stirbt plötzlich; abends ist er noch gesund –
Der Kanzler ist mit einem Diener nur
Zugegen, – reist dann ab, als trieben ihn
Die Furien! – – seit er Kanzler ward
Vergaß er oft der Bruderpflicht, – kalt schlug
Sein Herz von Jugend auf, – er liebt das Geld –
Und Manfred war sehr reich, besaß
Auch viele Schlösser, viele Dörfer; – wir
Zwei hinterbliebnen Brüder
Sind seine einzgen Erben – sollte Friedrich, wahn-
Betört, liebäugelnd mit des Goldes Stücken, ihn –
Berdoa. Begreift Ihrs nun?
Gothland. Hyänenwitz mag es
Begreifen, *ich* begreif es nicht! Bei dir
Zu Haus, am Strand des Senegal,
Dort mag das Brudermorden
'Ne Sitte sein, doch nicht in diesem Norden,
Wo schon der Mensch zum Menschen ist geworden! –
Eil fort von hier! Obwohl ich dich nicht Gast
Kann nennen, so will ich doch selbst den Schatten

Des Gastrechts ehren und dir Zeit gestatten,
Daß du entfliehst, eh ich gerechte Rache
Für Friedrich, meinen Bruder nehme,
Den du mit giftgem Mund verleumdet hast!

Berdoa. Ob er ihn würgt', ob nicht, ist Eure Sache;
Mir gilt es gleich! – Doch denket meiner, käme
Es aus! – Wähnt *Menschen* edel, straft mich Lügen!
Gern duld ichs! Möcht Eur Wahn Euch nie betrügen,
Ihr würdet ewig glücklich sein! Lebt wohl!

(Er geht auf den Haupteingang zu; als er aber bemerkt, daß Gothland ihm nicht weiter nachblickt, schleicht er sich in die Seitenhalle zurück.)

Gothland.
Sein Lebewohl kommt mir zu spät! Ich war
Ein Glücklicher, als ich noch seine Stimme nicht
Gehört, er selber hat mich aus dem Wahn
Geweckt! Was sprech ich da vom Wahn? *Hoffnung* auf
Den Menschen und *Vertrauen* auf den Bruder
Soll *Wahn* gewesen sein? Dann Himmel! fleh ich:
Wahnwitzig laß mich bleiben immerdar!
Wohl weiß ich es: Nichts steht auf Erden fest;
Der Mensch lehnt sich auf seine Türme,
Und seine Türme stürzen krachend ein –
Doch wer am Busen seines Bruders liegt,
Der fand die heilge Stätte auf, an der
Er sicher ruhet im Gewühl des Lebens! –
Ein Haus der Freundschaft wölbt sich meine Brust
Und an mir selbst müßt ich verzweifeln,
Wenn ich den Brudermord mir denken könnte!
Ihn denken? Wehe! das vermag ich nur
Zu wohl: *'nen Bruder rächend, kann*
Ich einen Bruder töten! – O, wer schafft
Gewißheit mir in dieser Angst? Natur,
Ich frage dich! Erschlug er ihn? – Gottlob,
Er tat es nicht! Ich sehe, wie
Die Wölfe ihre Häupter schütteln! – –
– Und wärs doch
Geschehen? O, dann brauset racheknirschend auf,
Ihr Höllenpforten! werde schwarz vor Zorn
Du sonnenhelle Ätherwölbung! Satan
Bäum riesig dich empor vom Feuerpfuhl,

Und wirf die Sternenkuppel aus den Angeln!
Brecht los ihr Stürme, deckt die Gräber auf,
Worin der Mord sein blutig Werk verscharrt hat!
Das Weltgericht ist um Jahrtausende
Gezeitigt und es kommt mit Blitzesschwingen,
Denn *»Brudermord«* sein Stichwort ist erschollen!
Die Erde ist von heilgem Blut gerötet
Und ein geschminkter Tiger ist der Mensch!
Weh! Weh! zu welchem Ziele wird dies führen?
Ich bete! Höret mich ihr obern Mächte!
Hört mich, den Wurm, dem man sein einzig Gut
Will rauben! Nehmt Gesundheit mir und Habe, – doch
Den Glauben an die Menschheit, diesen Trost
Des Menschen in den Nöten, ohne den
Es keine Liebe, ewgen Haß nur gibt,
Der mich vertrauen lehret auf mich selbst,
Der mich beglückt, wenn ich mein Weib
Umfasse, der den Menschen menschlich macht,
Den Glauben an die Menschheit raubt mir nicht!
– Gib meine Ruh mir wieder, Neger, und wenn
Du mich in ehrne Banden schlagen müßtest;
Nur meine Ruhe gib mir wieder! –
– Ob es
Geschah, ob nicht, kann ich in Northals Dom
An Manfreds Sarg erfahren; also hin,
Mit eignem Aug den Leichnam anzusehn!
(Er ruft zum Fenster hinaus.)
Auf, Erik, sattle mir mein schnellstes Roß!
Die Zügel sind nicht nötig! *(Vom Fenster wegtretend.)*
Tod und Qual
Dem Neger, wenn er log!

Erik *(tritt auf).* Herzog, Eure
Gemahlin bittet Euch –

Gothland *(wieder am Fenster).*
Ha, was erblicke ich?
Sieh, drüben über Northals Bergen steht
Blutäugig-funkelnd, flammenhaarumweht,
Gleich dem Medusenhaupte ein Komet!

Erik. Mit Grausen sehe ich die Nachterscheinung.

Gothland.
Sie hat *Bedeutung*! weißt du ihre Meinung?

Erik. Wer weiß nicht, was Kometen künden! Weh
Dem Nordland, über dem er aufgegangen,
Und Wehe uns, wir werden Schreckliches erleben!

Gothland.
Du fürchtest dich vor Kindermärchen,
Graukopf!

Erik. O spottet nicht! So lang ich denke, ist
Noch kein Komet erschienen, welcher nicht
Der Welt Entsetzliches verkündet hätte;
Bald großes Blutvergießen, bald geheim
Verübte, unbestrafte Frevel, wie
Vergiftung, Brudermord und –

Gothland. Brudermord!
Schweig, Lügner, schweig!

Erik. Ihr werdet es erfahren!

Gothland. Was werde ich erfahren, Schurke? Was?

Erik. Herr, nie bin ich ein Schurk gewesen,
Ich hab Euch dreißig Jahre treu gedient.

Gothland *(sich mäßigend)*.
Es war nicht bös gemeint. Was wollte meine
Gemahlin doch?

Erik. Sie bittet Euch, heut nacht
Das Schloß nicht zu verlassen.

Gothland. Sag du ihr,
Ich bäte sie, zu Bett zu gehen. *(Erik geht ab.)*
Licht
Muß ich in diesen nächtgen Zweifeln haben,
Und sollt ich zu der Hölle wandern, um
An ihrer Flamme es mir anzuzünden!
(Er tritt schnell an das Fenster und ruft in den Schloßhof.)
He! sind die Pferde aus dem Stall? Der Sättel
Bedarf es nicht!
(Er will abgehn; Erik tritt aber wieder auf.)

Erik. Die Herzogin beschwöret nochmals
Bei ihrer Liebe Euch, ihr warnend Wort
Zu hören und die Burg heut nacht
Nicht zu verlassen!

Gothland. Sag du ihr, ich hätte sie
Gefreiet, um mir Kinder zu gebären,
Nicht aber mich zu warnen, mich zu lehren!
(Erik geht ab.)

Nach Northals Dom, wo Manfreds Leiche liegt!
Ob er erschlagen ward, das schau ich dort!
Ist es, (mit heftigem Schauder)
dann: *Brudermord will Brudermord! (Er eilt ab.)*
(Berdoa, Irnak und Rolf kommen aus der Seitenhalle.)

Berdoa. Hussah! begonnen hat die wilde Jagd!
Nach Northals Dom durch Sturm und Nacht!
Wir folgen ihm! –
Liegt Northal auf
Der Straße nach Upsala?

Rolf. Dicht daran.

Berdoa. So eilt mit mir, daß wir dem Herzoge
'Nen tüchtgen Vorsprung abgewinnen, denn
Viel früher muß ich drüben sein als er.
– Was zögerst du?

Rolf. Ich folg Euch nicht! Was
Soll ich in Northal? Ich hab Euch gedient,
Nun gebt mir meinen Lohn!

Berdoa. Du sollst ihn unterwegs
Erhalten! Folg mir!

Rolf. Nimmer!

Berdoa. Ho, daß du
Mir folgst, des sei gewiß, folgst du nun auch
Lebendig oder tot!

Rolf. O wie entrinn
Ich ihm!

Berdoa. Still, Schurk, sonst *schleife* ich dich hin!
(Sie gehen ab.)

Dritte Szene

Das Innere des Domes zu Northal. Im Hintergrunde ist die Eingangstür; rechts führt eine andere Tür in das Stammbegräbnis der Herzoge von Gothland

(Die Eingangstüre wird aufgeschlossen; Berdoa, welcher eine Axt in der Hand hält, Irnak und Rolf treten ein.)

Rolf. Wir sind im Dome.

Berdoa. Leise, wie die Schlangen!

Rolf.
Horcht! horcht!

B e r d o a. Was bebst du?
R o l f. Greulich heult der Wolf
Im Waldgebirge!
B e r d o a. Passende Musik
Zum greulichen Geschäfte! – Zeige mir
Das Grabgewölb.
R o l f. O bleibt davon! Es schlug
Schon zwölf; die Toten steigen aus den Särgen
Und wandern durch die Erde, eingehüllt
In Mitternacht!
B e r d o a. In Mitternacht? So ist
Die düstre Stunde wieder da, worin
Ich mein Gelübd erneuere. – –
Der Glanz
Des Mondes und der Sterne ist erloschen
Und Finsternis bedeckt die weiten Räume,
Als hätte sich der Satan aufgerichtet
Und würfe seinen Schatten durch das All! –
(Die Hand zum Schwur ausstreckend.)
Nie will ich mich erfreun, nie will ich lachen,
Als wenn ich Europäer leiden sehe!
Kein Schlaf soll mir am Abend jenes Tages nahn,
An welchem ich nicht Einen dieser Brut
Erwürgte! Auf jedes, jedes Glück
Des Himmels und der Erde leiste ich
Verzicht, Ermordung nur der Europäer
Sei meine Seligkeit! Ihr Wimmern sei
Mir Wonnelaut; ihr Blut mein Wein; ihr Tod
Mein Leben, ihre Freude meine Hölle!
I r n a k. Ein schreckenvoller Schwur; schwer müssen Euch
Die Europä'r beleidigt haben!
B e r d o a. Ja,
Das haben sie! – Um meine Wut zu stacheln
Und sie von neuem anzufrischen, will ich
Die schändliche Geschichte dir erzählen!
Ich war von Afrika, dem Land der Sonne,
Gen Asien geschifft; es griffen uns
Italische Korsaren, – (es war grad
Um Mitternacht, wie jetzt, nur schien damals
Der Mond dazu;) sie schlugen uns in Ketten
Und hießen mich 'nen *Sklaven*! – Da begann ich

Mit meinen Zähnen Zorngesang zu singen;
Mit meiner Kette schlug ich den zu Boden,
Der sich zu meinem Herrn aufwarf, und mit ihm
Seine Gesellen! – Leider ward ich nur
Zu bald durch Vieler Übermacht bezwungen, –
Nun marterten und geißelten
Die weißen Teufel mich bis auf das Blut;
Ich bat, ich schrie, ich wimmerte
Um Menschlichkeit! Umsonst! Ich wand mich vor
Dem Abschaum unseres Geschlechts im Staube, rief:
Erbarmet euch! ich bin ein Mensch! *»Du wärst*
Ein Mensch?« (hohnlachten sie mich an) *»du bist nur*
Ein Neger!« und wütger als zuvor
Verdoppelten sie meine Qual! Vor Schmerz,
Vor Angst, vor Zorn quoll feuersprühnd der Schaum
Aus meinen Lippen, und
Wie kochend Wasser sprudelte der Schweiß
Aus meinen Poren! Als sie das bemerkten,
Statt *Mitleid* zu empfinden, *jauchzten* sie
Und trieben meine Qual ins *Ungeheure*,
Damit ich nur noch mehr, noch wilder geifre!
Und als ichs tat, da fingen sie den Geifer
In ihren Schalen lechzend auf, um nun aus ihm,
Den die Erbosung eines Menschen würzte,
Das tödlichste von allen Giften, die
Erfunden sind, Aqua Toffana zu
Bereiten! – Wäre ich ein Teufel,
So hätte diese Stunde mich dazu gemacht! –
Die Weißen haben mich für keinen Menschen
Erkannt, sie haben mich behandelt, wie
Ein wildes Tier; wohlan, so sei's denn so!
Ich will 'ne *Bestie* sein! die Schuld
Auf ihre Häupter, wenn ich sie nun auch
Nach meiner Bestienart behandle! – – –
  Kurz sag ich, wie's mir später ging. Ich ward
Verkauft an einen Griechen, der mit mir
Durch seine Heimat und nach Rußland zog –

26 *Aqua Toffana:* Aqua Tofana ist ein nach der Giftmischerin Teofania di Adamo (hingerichtet 1633 in Palermo) benanntes arsenhaltiges Gift, von dem geglaubt wurde, daß es aus dem Geifer von Tollwütigen gewonnen werde.

Er hatte seinen Tod gekauft! er erfuhrs
Als wir bei Moskau einsam durch die Heide ritten! –
(Zu Irnak.) – Jetzo hast du den Grund von meinem Haß
Auf Europä'r gehört –
(Zu Rolf.) Wer sträubt sich, wenn
Ich diesen höchst gerechten Haß vollstrecken will?
Zeig mir das Grabgewölb!

Rolf *(auf die Tür rechter Hand deutend).*
Die Tür führt Euch
Hinein.

Berdoa. Schließ sie auf.
(Rolf tut es.)

Berdoa *(zu Irnak).* Wach indessen an
Des Domes Eingang.
(Zu Rolf.) Geh voraus und zeig
Mir Manfreds Leichnam.

(Rolf, vor Furcht zitternd, geht mit Berdoa ins Grabgewölbe. Eine bedeutende Pause tritt ein; dann stürzt Rolf voller Schrecken wieder hervor.)

Rolf. Totenschlächter! Grauser,
Entsetzenvoller Totenschlächter!

Berdoa *(auf einen Augenblick an der Tür des Grabgewölbes erscheinend).* Laß
Den Buben nicht entwischen, Irnak!

Rolf. Hinweg!
Die Leichen röcheln!

Irnak. Halt! zurück! Was gibts?

Rolf.
Wahnsinn ergriffe mich, wenn ichs erzählte! –
O zürnt nicht mir, entweihte Toten!

Irnak *(ruft).* Feldherr,
Ich höre Rosseshufen! Gothland kommt!

Berdoa *(kommt aus dem Gewölbe).*
Er naht zur rechten Zeit! – Die Türen in
Das Schloß geworfen! Wissen darf er nicht,
Daß jemand vor ihm hier gewesen!
Herauf, du Hölle! steh mir bei und hauch
Ihn an! umneble ihn mit deinem Dampfe!
Fort!

(Er geht mit Irnak und Rolf ab; die Eingangstür wirft er hinter sich ins Schloß. Pause.)

G o t h l a n d *(hinter der Szene, an die Eingangstür schlagend).* Sprengt die widerspenstgen Pforten!

(Die Tür fliegt auf, Gothland tritt rasch ein; hinter ihm Diener mit Fackeln, unter denen man auch den Erik bemerkt.)

G o t h l a n d *(auf die Tür des Grabgewölbes zeigend).*
Dort ist
Das Stammbegräbnis meines Hauses! Gebt mir
'Ne Fackel! – Sollt ichs finden, wie ich fürchte,
Dann Blitze tötet mich noch jetzt, bevor
Ich es gesehen habe! –

(Gothland geht in das Grabgewölbe; Erik folgt ihm; nach einer kurzen Pause kehren beide zurück; Gothland, ohne Fackel, hat ein bloßes Schwert in der Hand, sein Gesicht ist vor Schrecken und Zorn entstellt, seine Augen rollen.)

G o t h l a n d. Flucht eurem Lose, daß ihr Brüder habt!
Ihr habt sie, daß ihr Brudermord erlebt!
Preist selig euch, ihr Blindgebornen! euch
Verschonte eine gütge Gottheit mit
Dem Anblick menschlicher Verruchtheit!
(Trompetenstöße hinter der Szene.) Was
Bedeutet diese Kriegsmusik?

E r i k *(der an den Eingang des Domes getreten ist).*
Der Vortrab
Der finn'schen Reiterei, begriffen auf
Dem Marsche nach Upsala, sprengt in Northal
Ein.

G o t h l a n d.
Geh, frag ob der Mohr dabei ist; ist ers,
So ruf ihn her zu mir!

E r i k. Wie, Herr?

G o t h l a n d. Fürcht dich nicht!
Geh und ruf ihn! *(Erik geht.)*
Das tat ein Bruder! Was mag
Nun Einer, der kein Bruder ist, erst tun?
Ich fange an mich vor mir selbst zu fürchten!

(Berdoa, Irnak, Rolf und Erik.)

B e r d o a *(beiseit; den Herzog betrachtend).*
Ha, dieses ist ein anderes Gesicht
Als das, mit welchem er hineingegangen!
Dies aufgerißne Auge lechzt nach Mord!

(Heimlich zu Irnak.)
Ist mein Befehl vollzogen? Ist das Leichenweib
Erdrosselt?

Irnak. Ihre hagre Kehle ward
Auf ewig zugeschnürt.

Berdoa. Gut; das
Soll späterhin noch seinen Nutzen stiften!
(Er tritt vor; Irnak bleibt mit Rolf im Hintergrunde.)

Gothland *(erblickt den Berdoa).*
Mohr, lach mich aus; ich war ein Dummkopf in
Der Wissenschaft der Menschenbosheit.

Berdoa. Herzog,
Ich habe mich bedacht. Jetzt glaub ich selbst
Nicht mehr die Sage, die ich Euch erzählte!

Gothland.
Wie? Haben wir die Rollen umgetauscht? Nun
Muß *ich* dich überzeugen? *(Auf die Tür des Grabgewölbes deutend.)* Geh hinein
Und siehs mit eignen Augen!
(Berdoa geht hinein.)

Gothland. Wäre ich
Doch nie geboren!

Berdoa *(kommt zurück).*
Schauer-schauer-voll!
Sah ich die Leiche Manfreds, Eures Bruders?
(Gothland bejaht es stumm.)
Ihr seid der Unglückseligste der Brüder!

Gothland.
Auch er, unmenschlich stets genannt, erzittert!

Berdoa.
Die Felsen selber würden hier erschüttert!

Gothland. Ein Bruder tats an einem Bruder!

Berdoa. O,
Das glaub ich nie! Es ist getan, allein
Ein Bruder tat es nimmer!

Gothland. Wie? war er nicht
Mit einem einzgen Knechte nur zugegen?
– Mein jüngster Bruder hats getan!

Berdoa. Des Jammers! *(Beiseit.)*
Wie ich jetzo, so greint, im Schilf des Nils
Versteckt, der Krokodil, und ahmet nach

Des Kindes unschuldvolle Klagetöne,
Um den arglosen Wandrer zu betören! –

G o t h l a n d.
Nicht wahr? Die Löwen, welche als Charybden
Der Wüste, alles was sich ihnen naht,
Lautheulend niederschlingen,
Verschlingen dennoch nie *verwandtes* Fleisch, – sie
Zerreißen ihre *Brüder* nicht?

B e r d o a. Das tun
Sie nicht!

G o t h l a n d. *Mein* Bruder tats!

B e r d o a. Der *Eisbär* wimmert!

G o t h l a n d.
Sahst ihn auch?

B e r d o a. Wen?

G o t h l a n d. Dort den Erschlagnen!

B e r d o a. Sah ihn! *(Beiseit.)*
Jetzt, Herzog, heiz ich dir so lange ein, bis daß
Der Rache Flamm dir aus den Augen schlägt!
(Laut.) Wohl sah ich ihn: aschfarb sein ganzer Leib –
Von dem Gewürme der Verwesung wimmelnd –
Sein Aug –

G o t h l a n d. O seine Augen! sie die mir
So oft gelächelt, meines Lebens Sterne,
Sie starren mich aus ihren tiefen Höhlen
Blind, ohne Glanz und Regung an!

B e r d o a. – sein Haupt –

G o t h l a n d.
Sei still davon!

B e r d o a. – sein Haupt!

G o t h l a n d. Bei deiner Zunge,
Sprich Eins nicht aus!

B e r d o a. – an seinem nackten Haupte,
Das seine Locken schon verlor, die Spur von –

4 *Charybden:* Die Charybdis ist nach Vergil (Aeneis 3, 420) eine Tochter Gaias und Poseidons. Sie haust unter einer Klippe:

»Drunter lauert Charybdis, die wasserstrudelnde Göttin.
Dreimal gurgelt sie täglich es aus, und schlurfet es dreimal
Schrecklich hinein. Weh dir, wofern du der Schlurfenden nahest!«
(Odyssee 12, 104–106)

G o t h l a n d. Hör auf mir zu erzählen was ich weiß!
Ich sah ja selbst, wie ihm –
B e r d o a. *– das stolze Haupt*
Zerschmettert ist vom Mörderbeil!
G o t h l a n d *(aufschreiend).*
Du mächtger Rücken dieses Domes brich
Zusammen und begrabend diesen Anblick
Des Entsetzens, begrabe mich mit ihm!
(Berdoa scheint sehr bewegt.)
O seht den Mohren, seht! –
Du *weinst*?
B e r d o a *(schluchzend).* Es ist
Das erste Mal in meinem Leben; ich weiß,
Es ist 'ne Schande für den tapfren Mann,
Und dennoch laß ichs nicht!
G o t h l a n d. O schäme dich
Des nassen Auges nicht! Es ist die Spur
Von einem Menschenherzen, das empfindet;
Du wirst verleumdet, wenn man dich verkündet
Als einen Bösewicht, – du bist nur *roh* und *wild*,
Ein kräftger Sohn der kräftigen Natur,
Allein dein Herz fühlt kindlich und schlägt mild!
O Mohr, ich habe dich verkannt;
Zum Bunde reich ich dir die Hand,
Wir wollen uns versöhnen!
B e r d o a *(ihn wild umarmend).*
Wohlan denn, diese nächtge Stunde
Vereine uns zum ewgen Bunde!
(Während der Umarmung einen Dolch zuckend; beiseit.)
Ich könnt mein Werk jetzt krönen:
An meines Dolches Spitze hängt sein Leben;
Doch *brauch ichs noch*, drum sei ihm Frist gegeben!
R o l f *(der alles von ferne mit angesehen hat, ruft ziemlich vernehmbar aus).*
So mögen giftge Schlangen sich umschlingen!
B e r d o a *(sich umblickend).*
Wer redet da?
G o t h l a n d. Wer ists?
B e r d o a *(ist in den Hintergrund gegangen und kommt mit Rolf zurück).* Ich kenn ihn nicht.
G o t h l a n d. Ha,

Ich kenne ihn! – Was hast du hier zu schaffen, Bote?
Stehst du auf deines Herrn Befehl
Schildwache hier?
Berdoa *(dem Rolf ins Ohr).* Bejahe das, wenn du
Dein Leben liebst!
Rolf *(verlegen).* Der Kanzler schickte mich
Hieher, damit –
Gothland. Schon gut! – Du sagtest mir,
Du wärst bei Manfreds Tod gewesen;
Nicht?
Rolf. Ja, Herr.
Gothland. So bekenne, ob ihn
Der Kanzler mordete! Bekenne! Oder,
Gott sei dir gnädig, hast du selbst vielleicht
Geholfen?
Berdoa *(zu Rolf, ihm zunickend).*
Sprich! Was du auch weißt, – kein Haar
Wird dir gekrümmt!
(Zum Herzoge.) Ich mache ihn nur kühn!
Gothland *(zu Rolf).*
Hör auf zu zaudern, Schurk!
Rolf *(gereizt).* Ihr schimpft
Mich einen Schurken? Ho! nehmt Euch in Acht!
Berdoa *(für sich, verwundert auf Rolf sehend).*
Ei, wie der Kerl gereizt tut! Ha, der ist
So einer von den Wichten, welche sich
Bloß dann beleidigt fühlen,
Wenn sie sich rächen können;
Von *mir* nahm er
Geduldig jedes Schimpfwort an!
Rolf *(boshaft).* Wenn ich
Ein Schurke *bin*, so sollens andre *werden*!
Ja, Herzog! wißt, Eur Bruder Manfred ward
Von Bruderhand, vom Kanzler Friedrich, auf
Das grausamste ermordet!
Gothland. Ward ermordet!
Rolf. *Nein*, er ward nicht ermordet!
Gothland *(froh).* Nicht?
Rolf *(mit Schadenfreude).*
Er ward *geschlachtet*!
Gothland. Ward geschlachtet!

Rolf. Soll ichs erzählen?
Gothland. Sprich; ich bin gefaßt.
Rolf. Der Kanzler hielt des Tags, als Manfred auf
Dem Schloß zu Northal angekommen war,
Bis in die Nacht 'nen königlichen Schmaus.
In Strömen floß der heiße Wein,
Die Becher schäumten rastlos über –
Berdoa. Merkt
Ihr auch, warum der Wein in Strömen floß?
Rolf. Erzähl ich weiter?
Gothland. Weiter! weiter!
Rolf. Herzog,
Ich warne Euch! Laßt mich nicht weiter
Erzählen!
Gothland *(ungeduldig)*. Weiter! weiter! Oder
Ich lasse dich foltern, bis daß dir
Die Glieder brechen!
Rolf. Foltern bis
Daß mir die Glieder brechen?
Ei! dazu sind mir meine Knochen doch
Zu lieb! Gut! gut! Ich wills Euch schon erzählen!
Ihr sollt Eur Gnüge daran haben! Hört
Nur zu! –
Weinberauscht
Sank mancher Gast von seinem Stuhl; bald wachte
Im weiten Schlosse niemand mehr. Da, um
Die zwölfte Stunde, weckte mich der Kanzler;
In einen schwarzen Mantel eingehüllt
Stand er am Eingang meiner Kammer;
Er winkte mir, ich folgte ihm. Wir gingen
Lautlos zu dem Rüstsaal; – hier mußt ich ihm
Dreifach die Brust mit Erz umschnallen; darauf
Ergriff er eine Axt und wetzte sie beim Licht
Des Monds, und wetzte stundenlang; –
Endlich, als schon die Nacht zerfloß, sah er
Vom Werk empor und starrte finstren Blicks
Den grau'nden Morgen an, als wollt er ihn
Verscheuchen. Dann forteilend, in der Hand
Die scharfgewetzte Axt, durchschritt er wie
Ein Geist die öden Hallen; an der Schwelle
Von Manfreds Schlafgemache angekommen,

Befahl er mir zu harren, – er selber ging
Hinein. Ich blickte schreckenahnend durch
Den Ritz der Tür: nachdem der Kanzler scheu
Umhergesehn, tritt er zu Manfreds Bett, –
Prüft mit dem Daum des Beiles Schneide –
Ein kurzes Lächeln überschattet sein
Gesicht – und hochgeschwungen fliegt die Axt
In seines Bruders Haupt!

Gothland. O hätte er doch *mich*
Getroffen!

Berdoa *(leise und dringend zu Rolf).*
Bravo! fahr so fort!

Rolf *(mit immer mehr erhobener Stimme).*
Manfred
Erwacht, kreischt auf und fährt
Schlaftrunken mit der Rechten
Nach dem gespaltnen Haupt, – greift krampfhaft in
Die eigne, offenstehnde Hirnschal
Und reißt die Faust geballt, befleckt mit Blut,
Voll von Gehirn daraus zurück!

Gothland. Halt ein,
Halt ein! Mein Blut beginnt zu sieden
Und alle meine Adern blähn sich wie
Getretne Nattern!

Berdoa *(heimlich zu Rolf).*
Nun gilt es! Machs noch ärger! ärger!

Rolf *(gleichfalls heimlich).* Könnt Ihrs
Noch ärger denken?

Berdoa. O ja! Fahr fort!
Ich wills dir fürstlich lohnen! Fahr fort!

Rolf *(laut).* Der Kanzler
Erhebt zum zweitenmal das Beil,
Doch der Verwundete stürzt sich,
Von Todesangst getrieben, aus dem Bette,
Und streckt, halb drohend und halb flehend,
Die Hände ihm entgegen,
Der Kanzler haut sie ab –
(Gothland macht eine Bewegung der höchsten Wut.)

Rolf *(springt entsetzt zurück).*
Hu! Ihr zerreißt mich!

Gothland. Hinweg von mir, was Bruderliebe heißt!

Verdammt sei das Erbarmen! Kanzler,
Wie du die Fehde botest allem,
Was menschlich ist und brüderlich, so werf
Ich dir den Fehdehandschuh hin
Und fortan steh ich dir nur mit
Gezücktem Schwerte gegenüber!
(Zu Rolf, indem er ihn ergreift.)
Du selber hast mir in die Brust
Zehntausend Tiger eingebettet, –
Du bist der Erste, welchen sie erwürgen!
Die Tür des Grabgewölbes reißet auf!
(Es geschieht.)
Hinein mit dir!

Rolf *(sich sträubend).*
Herr Gott, da drinnen muß
Ich ja verhungern!

Gothland. Ei, das sollst du auch!

Rolf. Jetzt Neger! halt, was du versprachst! Errett mich!

Berdoa. Herzog, werft doch den Hund hinein, daß ihm
Die Zähne klappern!

Rolf. Ha, gemartert müßt
Ich werden, weil ich einer Natter traute!
(Zu Berdoa.) Wart Satan! wart! noch hab ich eine Zunge!
Hört, Herzog! höret, hört mich an! *(Zu Berdoa.)* Erbose
Dich nur!

Berdoa *(grimmig; zu Gothland).*
Erlaubt mir, daß ich ihn durchstoße!

Gothland. Mir kommt die Rache zu, nicht dir!
(Zu Rolf.) Willst du
Jetzt *leugnen*, was du mir erzählt hast, *um
Dein Leben zu erretten?*

Rolf. Nein! ja! Gott!
Hört mich nur! Gönnt mir Einen Augenblick!
Ich flehe Euch bei Eurem ewgen Heil!

Gothland *(sehr streng).*
Du flehst umsonst! Des Frevels Stunde ist
Vorbei, nun schlägt die Stunde der Vergeltung;
Das ist die stete Ordnung der Natur!
Sag nichts; dein eignes Wort hat dich gerichtet;
Du warst vereinet mit dem Brudermörder;
Du hast gefrevelt, weil du ihm nicht wehrtest,

Du hast gefrevelt, weil du ihm geholfen,
Du hast gefrevelt, weil du es so lang verschwiegst;
Erbarme *Gott* sich deiner, – *ich* bin
Ein *Mensch*, bei meiner Seligkeit, ich *kann*
Es nicht! *(Er reißt den Rolf an die Tür des Gewölbes.)*

Rolf. Ihr hört mich nicht! ich schweige! und wenn
Ihr nun auch bittet, doch will ich nicht reden!
Und nur dies Schweigen ist es, was mich tötet;
Doch solcher Tod erträgt sich, da ich weiß,
Daß mein starrsinniges Verstummen
Mich schrecklich rächen und
Euch mehr als Tod verderben wird!

Berdoa. Herzog,
Macht mit dem Schufte doch kein Federlesen!

Rolf *(zu Gothland; sehr laut)*.
Schlaf nur! wenn einstens Donner dich erwecken,
Dann wird die Höll an deiner Seele lecken
Und wünschen wirst du, daß du nie gewesen!

Gothland *(ihn in das Grabgewölbe stoßend und die Tür hinter ihm zuwerfend)*. Es komme über mich dein Blut!

Berdoa. Dem schiens
Gar sehr zu reuen, daß er Wahrheit Euch
Verkündet hatte, weil Ihr sie
Mit seinem Leben ihm bezahltet!

Gothland. – Schwer
Und traurig ist das Amt, das mir geworden:
Den Bruder soll ich an dem Bruder rächen!
Rächen?? Nein, das ist Frevel! Rächen nicht!
Er ist mein Bruder auch! –
Allein die Untat,
Die auf die heiligsten Gesetze trat,
Muß sein bestraft mit dem verdienten Lohne!
(Kurze Pause.) Ich eile zu des Königs Throne,
Den König und die schwedischen Barone
Aufrufend zu 'nem Blutgericht;
Als Kläger tret ich vor die Schranken,
Und jammert auch mein Herz, ich darfs nicht achten!
Gerechtigkeit und wenn der Weltbau bricht!
Ist alles abgebüßt –
Ja dann empfange mich du Nacht der Schlachten!
(Er stürzt fort, seine Diener folgen ihm.)

Berdoa *(aufjauchzend).*
Mit seiner Seele, Höll! will ich dir danken!
(Er eilt dem Herzoge nach; Irnak folgt ihm.)

ZWEITER AKT

Erste Szene

Eine Halle im königlichen Schlosse zu Upsala. – Es ist noch früher Morgen

(Der Kanzler Friedrich von Gothland und der Graf von Arboga begegnen einander.)

Arboga.
Herr Kanzler!
Kanzler. Was soll ich?
Arboga. Bin ich im Ernst
Verurteilt tausend Goldstück Strafe zu
Erlegen?
Kanzler. Ja, im vollsten Ernste. Freut Euch,
Daß Ihr auch diesmal gut davongekommen!
Arboga.
Ei! gut davongekommen!
Kanzler. Gnade ist für Recht
Ergangen! dankt es Euren milden Richtern!
Arboga. Mein Dank soll sein wie ihr Geschenk!
Kanzler. Sacht, Herr, sacht!
Tobt nicht zu laut; erweckt nicht das
Gedächtnis Eurer Taten!
Arboga. Was wüßtet Ihr von meinen Taten?
Kanzler. Neun Jahre sind es nun, daß der Graf Sture
Erschlagen ward im Föhrenwalde bei
Stockholm!
Arboga *(mit grinsendem Lächeln).*
Ja, dort biß er ins Gras! – – Was soll
Der mir?
Kanzler. Fluch seinem Mörder!
Arboga. Kennt Ihr den?
Kanzler *(faßt ihn bei der Schulter).*
Ja, Graf, wir kennen ihn!

(Da Arboga ruhig stehen bleibt.)
O deine Seele
Ist dumpf und dein Gewissen ist an Blut
Gewöhnt! – Zahl' ohne Murren deine Strafe,
Und freu dich, daß des Königs Gnade dir
Die Regimenter ließ!

Arboga. Des Königs *Gnade*!
Des Königs *Not*! – Da sich der Herzog Gothland,
Eur Bruder nicht zu rühren scheint, so bin ich
Der Einzge, der die Finnen hemmen kann;
Das zwang Euch, mir den Feldherrnstab zu lassen;
Drum neckt mich nicht, sonst möcht ich ihn Euch vor
Die Füße werfen, und ich fürchte, daß
Sich niemand finden würde, der ihn aufnähm!
Bedenkt das! *(Er geht ab.)*

(Der Kanzler bleibt nachsinnend im Vordergrunde stehn; der Herzog Gothland tritt im Hintergrunde auf.)

Gothland. Bruder!

Der Kanzler *(aufblickend)*. Theodor! Sei mir
Willkommen!

Gothland *(des Kanzlers Umarmung abwehrend; halblaut)*. Schwerlich bin ich das. – – Warum
Erschrakest du, als du mich sahst? *Scheu ist*
Die Sünde!

Kanzler. O es war der Freude Schrecken! –
Dich hatt ich nicht erwartet! – Sieh, noch ists
Nicht Tag; woher kommst du so früh?

Gothland.
Ich komme – – – Still davon! – – Gedenkst du auch
Noch oft der feierlichen Stunde, als wir
Drei Brüder, Manfred, du und ich, auf
Der Morawiese, unter Denkmälern
Der Urzeit stehend, hochbegeistert,
Im Angesichte der gestirnten Nacht,
Uns Freundschaft schwuren für die Ewigkeit?
Wir streckten betend unsre Hände zu
Dem großen Vater aller Liebe aus,
Ihm dankend, daß er uns zu Brüdern schuf!
(Er hält ihn fixiert.)

32 *Morawiese:* Mora hieß eine Ebene bei Upsala.

Kanzler. Es war 'ne schöne Stunde!
Gothland. 'Ne schöne Stunde!
'Ne schöne Hure! Mehr war es
Dir nicht? Also 'ne schöne Stunde nur?
Ha, wo ist Manfred?
Kanzler. O frage nicht!
Er ist dahin!
Gothland. O Friedrich, Friedrich, wo
Ist Manfred, unser Bruder?
Kanzler. Tröste dich;
Er harrt auf uns im beßren Lande.
Gothland. Sahst du
Ihn sterben?
Kanzler. Leider sah ichs!
Gothland. Und du *lebst*?
Kanzler. Im Trau'rgewande!
Gothland. Manfred hatte Geld;
Wo ist sein Geld geblieben?
Kanzler. Geld?
Gothland. Wo blieb
Sein Geld?
Kanzler. Ich weiß von keinem Gelde.
Gothland. Was
Geschieht mit seinen Schlössern? seinen Gütern?
Kanzler. Vorläufig habe ich sie in Besitz
Genommen.
Gothland. Ei, da hast du sehr geeilt;
Du scheinst nach ihnen große Gier
Zu haben!
Kanzler. Bruder!
Gothland. O verzeihe; – gib
Mir deine Hand! *(Des Kanzlers Hand betrachtend.)*
Daß manche Wölfe
Doch so zarte Klauen haben!
Kanzler. Ich versteh
Dich nicht!
Gothland. Ich frage dich, wo Manfred blieb;
Gib ihn mir wieder!
Kanzler. Kann ich
Die Toten auferwecken?
Gothland. Nein! –

Das solltet ihr bedenken, wenn
Ihr mordet!
Kanzler. Mordet?
Gothland. Fürchte mich,
Denn ich bin Manfreds Bruder!
Kanzler. Und ich auch!
– – Ich habe stets gewähnt,
Der große Gothland, der die Völker all
Besiegte, könne auch sich selbst,
Das eigne Herz besiegen!
Gothland. Freilich, *du* hast
Das dein'ge bald besiegt! –
– – Wehrt' er sich lange?
Kanzler. Wer?
Gothland. Ich hätt es wenigstens *schnell* abgemacht;
Doch langsam töten alle Katzen!
Kanzler. Jetzt will ich wissen, was du meinst!
Wird endlich die Erklärung dir belieben?
Gothland. Fragst
Du *mich*? Du magst
Die Wände deiner Burg zu Northal fragen,
Wo du mit Manfreds Blute angeschrieben,
Daß Bruder durch den Bruder ward erschlagen!
Kanzler *(hochentrüstet)*. Ein Bösewicht hat das gesagt,
Ein Bösewicht hats ihm geglaubt!
Gothland. Die Schmähungen verzeih ich;
(mit abgewandtem Gesicht) nur rat ich dir,
Flieh fort, eh sich die Morgenwolken röten;
Besteig dein Roß – Mir grauet, dich zu töten!
Kanzler.
Mich töten?
Gothland. Flieh!
Kanzler. Vor 'nem Verrückten?
Gothland. Flieh!
Kanzler. Weshalb?
Gothland. Weil ich dich drum *beschwöre*!
– – Du weilst? –
Wohlan denn, hör mich, Schweden, höre!
Auf, Schwedenkönig, komm mit deinen Grafen!
(Der König Olaf, Holm, Arboga, Skiold und andere treten auf.)

König.
Was gibts?
Gothland. Es gilt die schwärzste Untat
zu bestrafen!
König. Ihr, Gothland, seids? Willkommner ist mir
Niemand. Nehmt ein den Platz, der Euch gebührt,
Dem ersten Feldherrn meines Reiches.
Gothland. Nicht
Als Feldherr, – als ein Kläger steh ich jetzt
Vor dir. Der Kön'ge höchste Ehre
Ist die Gerechtigkeit; Gerechtigkeit
Ists, die ich von dir fodre!
König. Fodre sie.
Gothland. Im Namen Manfreds, des Ermordeten –
Alle. Ermordeten?
Gothland. Entsetzt euch nicht zu früh,
Denn das Entsetzliche ist noch zurück!
(Auf den Kanzler deutend.)
Der da, mein Bruder und der seinige,
Doch in der Tat
Ein Eingeweidewurm im Herzen der Natur,
Hat ihn um Mitternacht,
In Gier nach Ländern, Geld und Gütern
Auf seiner Burg zu Northal mit der Axt
Erschlagen!
König. Was? der Kanzler?
Er hätte –!
Gothland. Ich klag – – – Ich klag
Ihn an auf Brudermord!
Kanzler. Er ist toll
Geworden! Sperrt ihn ein, damit er keinen
Beißt!
Gothland.
Hört ihr seine kecke Zunge?
Erkennt ihr nicht die Frechheit des Verbrechers?
– Gebt mir Gericht!
König *(nach kurzem Nachdenken)*.
Das weigre ich fürerst.
Gothland. Du weigerst es? Du weigerst mir, was man
Dem Bettler nicht versagt? Denk, Herrscher, denk
An deine Pflicht! Ihr Könige seid die

Gewaffneten Erklärer der Gesetze, –
Ihr habt das Schwert, um sie mit ihm zu schützen, –
Mißbraucht es nicht, um die Bedürftigen
Von ihnen abzuwehren!

Skiold. O mein Sohn!
Gedenke deines Weibes, meiner Tochter;
Du stürzest sie und dich in das Verderben!

Gothland *(zu Skiold)*.
Gerechtigkeit, stürzt auch der Weltbau ein!
– Gebt mir Gericht!

König. Ich weigere dein Unglück!

Gothland. Unselges Schwedenland! sein König hat
Mit Brudermördern sich verbunden
Und schweigend stehen seine Großen da
Und dulden es!

Holm *(zum Könige)*. Herr, diesen Vorwurf
Kann ich nicht tragen, drum gewährt ihm sein
Begehr.

König *(zum Kanzler)*.
Ihr schweigt?

Kanzler *(düster)*. Ich fürchte kein Gericht.
Gebt ihm, was er verlangt.

König *(zu Gothland)*. Ihr wollt es noch?

Gothland.
Ich kann nicht anders! ja!

König. So habt es denn!
– Doch nochmals warn ich Euch;
Denn ungeheur ist Eur Beginnen
Und meistens ist das Ungeheure
Zugleich auch *sündlich*!

Gothland. Nur nicht hier!
Er hat den Bruder mir erschlagen,
Damit hat er auf Bruderrecht verzichtet!
Wie ich jetzt handle, werde ich gerichtet!

König. Es ehrt der Mensch des Blutes heilge Bande!

Gothland. Die Freveltat zerreißt ein jedes Band!

König. Ihr stürmet aus dem Gleise der Natur!

Gothland. Dein Kanzler ging vorauf, ich folg ihm nur!

König. Genug!
(Zu den schwedischen Großen.)
Seid Richter! Schwört gerecht zu richten,

So weit es schwache Sterbliche vermögen!
Ich schwöre es bei meiner Königspflicht!
Holm, Arboga, Skiold und andere.
Wir schwören es!
König. Beginne, Kläger.
Gothland. Ihr kennt doch des Orestes traurig Los?
Es ist das meine! –
Laßt mich
Mein unglückseliges Geschäft so schnell
Vollenden, als mir möglich ist; ich will
Die vielen Anzeigen verschweigen,
Die nach und nach in mir Verdacht erregten
Und gleich zu der Entscheidung eilen. –
– Der Kanzler war mit einem einzgen Knechte,
Mit Rolfen nur bei Manfreds Tod zugegen –
König. Ists so?
Kanzler. Ja.
Gothland. Manfred muß also von ihnen
Ermordet sein, wenn er wirklich ermordet ist,
Und daß ers ist, hab ich gesehn.
Denn hört: als ich – –
König. Was zauderst du?
Gothland.
O könnt ich hier doch ewig zaudern!
König. Jetzo kommt das zu spät; fahr fort!
Gothland. An den beeisten Nordpol stellt
Mich hin, wo nichts mehr grünet, nichts mehr lebt,
Wo Meer und Menschenherzen, welche sonst
Sich stets bewegen, aufgehört zu schlagen;
Dort, wo Erdteile von Eisfeldern
Jetzt allgewaltig ineinander wachsen,
Als wollten sie auf Ewigkeiten sich
Vereinen, und im nächsten Augenblicke
Sich wieder voneinander donnernd trennen
Und wechselseitig sich zermalmen, *ganz*
Wie Menschenherzen, dort nur möcht es sein, wo
Ich für die grause Mär, die ich erzählen
Soll, Glauben fände bei des Eismeers Schrecken! –
(Gegen die Tür gewendet.)
Erik!

(Erik tritt ein.)

Gothland *(zum Könige).*
Gewiegt von Zweifeln zwischen Höll und Himmel
Mach ich mich gestern abends auf
Und reite bei Kometenschein nach Northal,
Um selber Manfreds Leichnam anzuschaun.
Mich griff Entsetzen, als ich ihn erblickte!
Vom Mörderbeil sah ich sein Haupt zerschmettert!
Mein Zweifel schwand, der Brudermord ward mir
Gewiß, mein Glaube an das Heiligste
Verließ mich – *und der Neger weinte*!
Holm. Was für ein Neger?
Gothland. Der Berdoa.
Holm. Du bist betrogen; dieser Neger schwur
In meiner Gegenwart, dich zu verderben!
Gothland.
Ich weiß! – Doch bin ich jetzt mit ihm versöhnt;
Er ist ein edler Mann. – – Hört weiter!
Im Dom zu Northal ward ein Kerl ertappt,
Verdächtig durch sein scheu Betragen.
Rolf wars, derselbe Diener, der
Bei Manfreds Tod mit gegenwärtig war.
Nachdem er kurze Zeit gezaudert, hob er
Die Felsen von dem Abgrund seines Herzens,
Und so wie aus der Hölle ihre Geister,
So stiegen furchtbare Geschichten daraus auf;
Da hörte ich, *(auf den Kanzler deutend)*
daß dieser Schreckliche
'Ne ganze Nacht hindurch zum Brudermord
Die Axt gewetzt, daß er –
Ihr starrt euch an? – Entscheidet!
(Leise Donner eines nahenden Gewitters.)
König *(zum Kanzler).*
Ihr schweiget noch?
Kanzler. Was soll ich sprechen? – Alles,
Von meinem Bruder bis zu meinem Knechte, selbst
Der Zufall ist verbündet wider mich,
Und die Beweise, welche mich verdammen, sind
So schlau und wunderbar gestellt, daß ich
Sie schwerlich werde widerlegen können –
Ich kann nur schwören, daß ich schuldlos bin!
(Lautere Donner.)

Gothland.
Hört, hört! sogar der Donner straft ihn Lügen!
Kanzler. Wer lehrte dich des Donners Laut erklären?
König *(zu den Großen)*.
Was meint ihr von des Herzogs Klage?
Holm. Man muß die Leichenfrau vernehmen,
Von welcher Manfred in den Sarg gelegt ist;
Sie nur kann sicher wissen, ob er auch
Schon damals so verstümmelt war,
Wie ihn der Herzog jetzt gefunden hat.
Den andren, welche außer ihr ihn vor
Der Grablegung gesehen haben, hätte man
Es leicht verbergen können.
Kanzler. O ich erkenne immer deutlicher,
Daß mich ein wütendes Geschick verfolgt!
Die Leichenfrau – die einzige, die mich
Von der abscheulichen Beschuldigung
Erretten könnte – sie ist
Vergangne Nacht erdrosselt worden; vor
Zwei Stunden meldete es mir ein Bote!
Gothland, Holm und Skiold.
Sie ist erdrosselt worden?
König. Ha! durch wen?
Kanzler. Man kennt
Die Täter nicht!
König. O Kanzler! Kanzler! wenn
Ich glauben müßte –
Kanzler. Glaubt, daß ich aus Furcht
Sie möchte mich verraten, sie
Erwürgen ließ! Zwar ist es das Unwahrste,
Allein es ist das Schlimmste, und das Schlimmste
Ist immer das Wahrscheinlichste! –
König *(nach einer kurzen Pause, schnell zum Herzog)*.
Wo ist
Der Diener Rolf?
Gothland. Ja, der wird auch wohl tot
Sein!
König. Wie?
Gothland. Er hatte mich durch seine furchtbare
Erzählung auf das Äußerste gebracht;
Ich fühlte durch mein eignes Haupt

Des Beiles Schneide zucken –
Die Sanftmut selber hätte sich
Nicht länger zähmen können –
Ich schleuderte ihn in das Grab-
Gewölbe!

König. Dennoch war das eigenmächtig
Gehandelt!

Gothland. Eigenmächtig nicht!
Rolf war Leibeigner unsres Hauses,
Und ihn zu richten hatte ich das Recht!

König. Habt
Ihr andre Zeugen?

Gothland. Ja; hier ist mein Burgvogt Erik;
Er war mit mir im Dome
Und kann beschwören, was ich sprach.

König. Dein Burgvogt kann für dich nicht zeugen.

Gothland.
So zeuge denn mein Feind für mich! – Berdoa!
(Berdoa tritt herein.)

Alle *(außer Arboga und dem Kanzler).*
Der Mohr? Ergreift ihn!

Gothland. Als mein Zeuge, nicht
Als Oberhaupt der Finnen steht er hier.
Ich habe für sein Leben ihm gebürgt,
Mit meinem Leben werd ich ihn beschützen.
– Zeug mir!

Berdoa. Ich kann bezeugen –

König. Was? Daß du
Ein Bube bist? Das weiß ich ohnedem!
(Zum Herzoge.) Ho,
Ihr macht mit Euren Zeugen Eure Sache
Schlecht!

Gothland.
Meine Zeugen gelten nicht? – Sei's denn!
Auch ohne sie bleibt meine Klage deutlich;
Entscheidet nur!

König. Sagt euer Urteil, Grafen!

Holm.
Der Kanzler hat nichts leugnen können – schuldig scheint
Er mir zu sein.

Arboga. Ich halte ihn für schuldig.

D i e ü b r i g e n s c h w e d i s c h e n G r o ß e n *(außer Skiold).* Er
Ist schuldig!

K ö n i g. Schuldig? – Denkt Ihr ebenso,
Skiold?

S k i o l d. O laßt mich lieber schweigen!

K ö n i g. Ihr alle sprecht ihn schuldig;
Ich aber sprech ihn *frei!*

G o t h l a n d. Weswegen?

K ö n i g. Weil
Der Mohr dein Zeuge ist!
(Zeichen des Unwillens unter den Großen.)
Was
Begehret ihr, *Vasallen?*

G o t h l a n d. Also hier
Zu Land ist Brudermord erlaubt? Wohlan,
Ich nutze die Erlaubnis!
(Er eilt auf seinen Bruder zu.)

K ö n i g. Fallt ihm in den Arm!
(Man fällt dem Herzog in den Arm und hält ihn auf.)

D e r K a n z l e r *(stürzt vor ihn hin und ruft).*
Nein, laßt ihn, laßt ihn mich erwürgen! Hier
Ist meine nackte Brust! Durchbohr sie! reiß
Sie auf! saug ihre Wunden! Bruderblut
Ist Nektartrank! Schlürf es! Hier strömt es dir!
Mit Freuden geb ichs, wenn es dich
Beglückt! Berausche dich darin,
Bis daß du dich davon *erbrichst!*
(Der Herzog tritt schaudernd zurück.)
Weich nicht zurück; erschlag den Bruder, – *wehrlos*
Steht er da! töte ihn, du großer Held,
Vollende jetzt die größte deiner Taten:
Zerfleisch dies Herz, das seit der Kindheit Tagen,
So lang es fühlen kann, für dich geschlagen!

K ö n i g. Mäßigt Euch!

K a n z l e r *(zum Könige).* Könnet Ihr die Qual erfassen,
Wenn die uns, die wir lieben, tödlich hassen?

G o t h l a n d *(zu Berdoa).*
Mohr! Mohr! er weinet! mich erschüttert Grausen!

B e r d o a *(raunt ihm zu).*
Sind Krokodilestränen!

G o t h l a n d *(fährt empor).* Wie hieß das?
B e r d o a. Er weint nicht! macht sich bloß das Auge naß!
G o t h l a n d. Du meinst, wer mordet, heuchelt auch?
B e r d o a. Das meine ich!
G o t h l a n d *(wendet sich wieder zu den Umstehenden und zeigt auf den Kanzler).* Seht diese Memme an!
Sie tötet andre, wenn sie schlafen,
Doch soll sie selbst nun sterben,
Dann greint sie wie 'ne Metze um ihr Leben!
K a n z l e r.
Das wird zuviel! ich kanns nicht länger dulden!
(Er greift an das Schwert.)
G o t h l a n d *(ihn starr betrachtend).*
Die Larve fällt, sein Herz wird sein Gesicht!
S k i o l d.
Hemmt sie! die Schwerter stürzen aus den Scheiden!
(Donner und Blitz; das Gewitter kommt näher.)
K a n z l e r. Wildzürnend klopft mein Busen dir entgegen!
G o t h l a n d. Nach einem Aderlaß wird das sich legen!
(Sie dringen aufeinander ein.)
K ö n i g. Arboga! jetzt seid Ihr der rechte Mann!
Haut *beide* nieder! das ist besser,
Als wenn der eine durch den andren fällt,
Denn Ihr spart ihnen Bruderwechselmord!
(Arboga greift nach dem Schwerte; aber Holm, Skiold und andere haben die Brüder schon auseinandergerissen.)
G o t h l a n d.
Du bist es, Holm, der mich von ihm zurückhält?
Du warest der ja, der ihn schuldig sprach!
H o l m. Wenn er auch schuldig sein mag, so geziemts
Doch dir nicht, ihn zu strafen; ewig würd
Ich dich verfolgen, wenn durch deine Hand
Dein Bruder fiele.
G o t h l a n d. Ihn zu strafen ziemt
Dem Könige; allein wenn der nicht will,
So ziemt es meinem Vater oder mir!
– Noch einmal König! fodre ich sein Haupt!
Verweigere es dem Gesetze nicht,
Dem es verfallen!
K ö n i g. Ketten, Ketten sollst
Du haben!

K a n z l e r. Ja ja! kettets, kettets an
Das Ungetüm, das seine Brüder frißt!
G o t h l a n d.
Die giftge Schlange! Wie sie hohnlächelt!
K a n z l e r. Du hast
Mich eben, als ich weinte, ausgelacht, *(laut lachend)*
Jetzt lache ich!
G o t h l a n d. O seht ihn, seht ihn, wie
Er triumphieret, daß sein König seine
Mordtat schützt! – Triumphiere nicht zu früh! –
Ein Wort noch König! eh du gehst! Du nimmst
Partei, denn deinen Kanzler willst du nicht
Verlieren, – deshalben *zürne* ich dir nicht;
Ich kann euch Erdenkön'ge nur *bedauern*;
Ihr sollt der Götter Rolle spielen und
Seid Menschen! – Aber Eins ist da, was ihr
Stets üben könnt und sollt: Gerechtigkeit!
Sie ist es ja, die euren Thron erbaute, –
Hat sie im Lande aufgehört, so hat auch
Der König aufgehört, und jeder sucht
Auf eignem Weg sein eignes Recht!
Ich hab es dir gesagt!
K ö n i g. Bringt Ketten! *(Ein Soldat tritt mit denselben auf.)*
Ha, da kommen sie! – ihn und
Den Neger schlagt an Eine; beide sind
Einander würdige Gesellen!
K a n z l e r. Gerechtigkeit, die du verlangtest, sollst
Du haben: Morgen werf ich deine Klage
Dir auf das Haupt zurück und klag dich an
Auf Brudermord, weil du mir unterm Schein
Des Rechtes nach dem Leben hast getrachtet!
K ö n i g. Und ich verklage dich auf Hochverrat,
Weil du dich mit dem größten Feind
Des Schwedenreichs, dem Mohren, hast verbunden!
(Der König gibt dem Kanzler die Hand und geht mit ihm ab; die andren folgen; der Herzog Gothland, Berdoa, Erik und ein Hauptmann, der mit Soldaten im Hintergrunde verweilt, bleiben zurück.)
S k i o l d *(tritt noch einmal vor Gothland hin).*
Was du auch tun wirst, – meine Tochter mach
Nicht unglücklich! sie ist mein einzges Kind! *(Geht ab.)*

Gothland (*zu Erik*).
Geh zu dem alten, großen Herzoge
Von Gothland, meinem Vater; sage ihm,
Er würde schon vernommen haben,
Was sich ereignet; statt des Königs, welcher schlecht
Geurteilt, möge *er* das Richtschwert nehmen, und
Dann handeln, wie es ihm als Stammeshaupt
Gezieme!
(*Erik geht.*)
Der Hauptmann (*tritt vor*).
Herr, gefangen Euch
Zu nehmen, hat der König mir geboten.
Gothland. Den Herzog Theodor von Gothland willst
Du fesseln? (*Den Arm ausstreckend.*)
Feßle ihn!
(*Der Hauptmann weicht scheu aus. – Erik kommt wieder.*)
Gothland. Was spricht mein Vater?
Erik. Wenn er das Richtschwert nähm, so würd es sein,
Um Euch zu züchtgen, wie Ihr es verdientet!
Gothland. Mein Vater ist der vorge Held nicht mehr,
Sonst hätt er also nicht gesprochen. –
Geh,
Ruf meinen Sohn mir her!
(*Erik geht ab.*)
Berdoa. Was tut man nun?
Gothland (*ohne auf Berdoa zu achten*).
Es ist
Der fürchterlichste Brudermord geschehn, –
Der König hat ihn wider sein Gewissen
Und wider das Gesetz verziehn, vor ihm
Und seinem Richterstuhl find ich kein Recht, –
So appellier ich laut und feierlich
An euch, ihr ewigen Gesetze,
Auf die die Welt gegründet ist, die ihr
Mit Feuerzügen flammet, welche kein
Vorübersausendes Jahrtausend ausweht,
Die selbst das Raubtier schaudernd ahnt,
Wenn es im Blute seinen Hunger stillt, die ihr
Der unterdrückten Menschheit Zuflucht botet

32 ff. *So appellier ich . . .* und 65,13 *Drum greif ich . . .*: Vgl. »Wilhelm Tell« II, 1.

Für und für! – Zeuge eurer Wahrheit ist
Die Himmelsscheibe, die euch widerspiegelt,
Der Ozean ist euer Spiegel, in
Des Heklas Flammen leuchtet ihr, und wo
Ein Herz schlägt, zittert man vor euch!
Die menschlichen Geschlechter sterben; sie
Sind Flocken, ausgesäet in den Sturm;
Spurlos, wie Schatten über eine Wand,
Ziehn ihre Scharen über diese Erde;
Ihr aber werdet rastlos mit den neu
Entstehenden Geschlechtern neu geboren!
– Die Blutsfreundschaft ist irdisch und vergänglich,
Drum greif ich kühn zu euch, Unsterbliche!
– Ich habe keinen irdschen König mehr; ihr
Gesetze! seid mein König! –
»Blut sühnt Blut
Und die Vergeltung ist das Recht!« so heißt
Eur Ausspruch; – der *Hebräer* las ihn schon
Am Sinai und heut noch les ich ihn
In meiner Brust; er soll mich leiten! *(Will abgehn.)*

Der Hauptmann *(tritt ihm in den Weg).*
Bleibt!

Gothland *(wirft ihn auf die Seite).*
Mach Platz für die Vergeltung!
(Er geht mit Berdoa ab.)

Hauptmann. Greifet! haltet ihn!
(Skiold und Holm treten auf.)

Skiold. Was fällt hier vor?

Holm. Wo ist der Herzog?

Hauptmann. Fort! – Mit
Gewalt brach er sich Bahn!

Skiold. Folgt, folgt
Ihm eilends nach! Er sucht den Kanzler auf!

Holm. Er wird doch nicht – ? –

Skiold. Er wird, er wird!

Holm *(schreit).*
Dann rufet Mord und alarmiert das Schloß!

König *(stürzt herein).*
Welch ein Tumult! Was gibts?

4 *Hekla:* (isländisch ›Mantel‹). Die Hekla ist ein Vulkan auf Island, der in der germ. Mythologie als Eingang zur Hölle galt.

Skiold *(unter den Donnern des jetzt völlig heraufgestiegenen Gewitters).* Hört ihrs denn nicht?
Die finstren Mächte läuten hoch im Dom der Welt,
In seiner düstren wolkumflorten Runde,
Mit Donnerschlägen *ein* die Schreckensstunde,
In der der Bruder durch den Bruder fällt!
(Er eilt fort, dem Herzoge nach; alle folgen ihm.)

Zweite Szene

Großer Saal des Kanzlers

(Der Kanzler tritt ein; kurz darauf der Herzog mit Berdoa.)

Gothland. Du selbst wirst wissen, daß der König falsch
Gerichtet hat – jetzt halte *ich* Gericht –
Wehr dich!

Kanzler *(das Schwert ziehend).*
Das will ich, und der Himmel wirds
Verzeihn, wenn ich aus meinem eignen Fleisch
Den Krebsschaden, der mir Verderben droht,
Ausschneide! *(Gefecht beider Brüder.)*

Berdoa *(beiseit, als wenn er Hunde hetzte).*
Packt euch! faßt euch! faßt!

Gothland.
Halt ein! du bist verwundet!

Kanzler *(fortfechtend).* Nur geritzt! Jetzt lehr
Ich dich, was angeschoßne Eber sind!

Gothland. Was soll das Degenspiel?
Hier ist das Ziel!

(Er schlägt dem Kanzler das Schwert aus der Hand und durchsticht ihn.)

Berdoa.
Brav, Herzog Gothland! das war brav gestochen!

Gothland.
Dir Manfred! fließt dies Blut! du bist gerochen!

Kanzler. Mit meinen Fäusten kämpf ich fort!
(Er stürzt wütend auf seinen Bruder los; aber plötzlich fühlt er seine Wunde; er taumelt und statt mit dem Herzoge zu ringen, hängt er sich um seinen Hals und wimmert wie ein Kind.) O Gott!

O Gott! – mich greifen ungeheure Wehen!
Verband! Verband! Wer du auch seist, wenn du
Ein Mensch bist, so verbinde meine Wunden!
Verband! Verband!

Gothland. Verband! Verband! –
Entsetzlich! – Macht mich los von ihm!

Kanzler. Verband!

Berdoa (*ihn vom Herzog losreißend und von sich stoßend*). *Verbluten* sollst du!

Kanzler (*stürzt da, wo sein Schwert liegt, zusammenbrechend ins Knie; zu Berdoa*). Hund, verdammter Hund!

(*Er ergreift zürnend das Schwret, will es mehrmals erheben, aber seine Hand ist zu schwach.*)

Berdoa.
Fort, Herzog, fort! Hier ist kein längres Bleiben!
Das Finnenheer ist kaum noch stundenweit
Von dieser Stadt entfernt – die Tore stehn
Noch auf – eilt, daß wir seinen Schutz erreichen!

(*Erik kommt mit Gustav.*)

Gothland.
Da ist mein Sohn! Komm, Gustav, komm mit mir!

Kanzler. Ich armer, armer schmerzdurchzuckter Wurm!

Gustav. Was fehlt dem Oheim?

Gothland. Komm mit mir!

Gustav. Was fehlt dem Oheim?

Gothland. Laß ihn! laß ihn!

Gustav. Dein Schwert ist dunkelrot –
O Vater! Vater! was hast du getan?

Gothland. Nichts als was ich dereinst vertreten kann –
(*Donner und Blitz.*)
Der Donner über unsren Häuptern gilt nicht mir! –
– Sein Blut komm über mich und meine Kinder! –
(*Er faßt Gustavs Hand.*) Geh mit!

Gustav. Nein, Vater, nein, dir folg ich nicht!

Gothland. Du sollst!

(*Er eilt ab und reißt seinen Sohn mit sich fort; Erik ihnen nach.*)

Skiold (*rasch eintretend*).
He, Herzog! Neger! Neger! Was
Habt ihr gemacht?

Berdoa *(auf den Kanzler deutend).*
Ein Aas! *(Er eilt fort.)*
Skiold. O Kanzler! Kanzler!
Kanzler *(matt).*
Nenn mich nicht Kanzler, – ich bin Staub!
(Er sinkt wie leblos hin.)
(Der König, Holm, Hauptleute, Soldaten und andere stürzen atemlos herein.)
Skiold *(zu ihnen).* Ihr seid
Zu spät gekommen! *(Eilt hinweg).*
König. Ha! – – Zieht
Die Glocken! betet! trauert! hüllet euch
In Asche ein, daß der gerechte Gott
In der Vergeltung Grimm uns mit
Dem Brudermörder nicht zugleich vertilge!
(Man hört es draußen regnen.)
Ström auf das Pflaster nieder, Regen! wasch
Es rein vom Bruderblut! Umnachtet uns
Ihr Wolken! und verberget diese Tat! – Holt Ärzte! –
Auf auf! dem Herzog und dem Neger nach!
Tot oder lebend fangt sie ein!
Biörn *(auftretend).* Sie sind
Im stürmenden Galopp zum Südtore
Hinausgesprengt, dem Finnenheer entgegen!
Volk auf der Straße.
Weh! Bruder-Bruder-Mord! Weh über uns
Und unsre Stadt!
König *(zu dem eintretenden Arboga).*
Was ist das für ein Lärm?
Arboga.
Lautheulend läuft das Volk zusammen!
König *(zu Biörn und andren Hauptleuten).*
Jagt durch die Straßen, sperret sie
Mit Ketten, laßt die Tore schließen, laßt
Die Regimenter unter Waffen treten und
Bereitet sie zur Schlacht!
(Biörn mit Hauptleuten fort.)
König. Ruft mir
Den grauen Vater beider Brüder, des
Erschlagnen und des Mörders,
Den alten Gothland ruft mir her!

Holm *(am Fenster).*
Dort irrt er klagend durch die Gassen!
Die Stimme des alten Herzoges von Gothland.
Weh! meine Söhne haben mich verlassen!
König *(am Fenster; mit dem Schwerte winkend).*
Komm Herzog! folg dem Winke meines Degens!
Ich rufe dich, und deines Sohnes Wunde
Ruft dich mit blutgen Lippen!
Der alte Herzog von Gothland *(tritt auf und umklammert eine Säule).* Stützt mich, Säulen!
Denn meine Söhne stützen mich nicht mehr!
Holm. Beweinenswerter Greis!
Der alte Gothland. Wo ist mein jüngster Sohn?
König. Getroffen von dem Bruderschwerte liegt
Er hier zu deinen Füßen,
Und seine feuerroten Wunden dampfen!
Der alte Gothland.
Wie? diese starre, rotgefleckte Leiche, mit
Dem dunklen, blutdurchflochtnen Haare, mit
Dem weißen, todverzerrten Antlitz, mit
Den kalten, qualgekrampften Händen – –
Dies Scheusal wär mein Sohn?
(Indem er auf ihn niederstürzt.) Er ists! er ists! und wer
Ist unglückseliger als ich?
Vom Aufgang bis zum Niedergange schweift
Mein Blick, und unglückseliger als ich
Ist Niemand! – Da liegt
Ein Haufe schwertzerrißner Lumpen – und
Es ist mein Sohn!
Halloh, Zerstörung, reiß
Das Firmament zu Fetzen,
Ich lache drob und tanze vor Ergötzen! –
– – – O wohl dir, wohl dir, die du ihn
Gebarest, du
O *Leonore*! bist nicht mehr! – Hättest du's
Erlebet, sähest du ihn liegen, du
Zerrauftest jammernd deine greisen Locken
Und schlügest dumpf die Mutterbrust, das Haus
Des Schmerzes und der Qual, – und tränkest nicht,
Und äßest nicht, und schwändest hin vor Gram,

Vor Gram! – –
Legt mir
Sein Haupt an meine Brust. *(Man tut es.)*
Blut' aus,
Blut' aus am Vaterbusen, teurer Sohn!
Blut' aus! blut' aus! – Ein Leichenweib will ich
Mit meinen Tränen deine Wunden waschen,
Am Morgen und am Abend wach, – und wenn
Die Sterne mit den goldnen Füßen leis
Und still, um nicht der Erde Schlaf zu stören,
Des Nachts dahinziehn über unsren Häuptern,
Will ich – der einzge Wache auf der Erde –
An dieser Leiche trauernd stehen und
Nicht früher mit dem müden Haupte nicken,
Als bis es einnickt zu dem ewgen Schlaf!

König. Arboga! Niegerührter! rühret dies
Dich nicht?

Der alte Gothland.
– Ha! – wärs möglich? – oder trügt mich
Mein Ohr? Hört ihr das leise Pulsgewimmer
In dieser toten Brust? Er lebt! er schlägt
Das Auge auf! er lebt!

Kanzler *(noch einmal das Auge aufschlagend).*
O furchtbar! furchtbar, nie
Empfunden, nie begriffen sind
Die Schauer des Todes! Schwarz ist die Sonne!
Dunkel der Tag! – O furchtbar ist das Sterben!

Der alte Gothland.
Wohl weiß ich das – ich sterbe schon seit Jahren! –

Kanzler. Mein trübes Aug sieht einen edeln Kreis,
Der trauernd um mich her steht. – Wo ist Holm?
(Holm tritt zu ihm.)
Du warst der erste, der mich schuldig sprach,
Und tatest es mit Recht, denn alles schien
Mich zu verdammen, – doch ich schwöre dir
Bei dieser meiner Todesstunde, daß
Ich schuldlos bin!

Holm. Wir alle glauben es;
Euch an dem Mörder rächend, büßen wir!

Kanzler. Was
Hilft mir die Rache? – Lindert lieber meine Qualen. –

– Die Brust, an der ich ruh, klopft schwer und bang, –
Schlägt sie um mich so schmerzbewegt?

Der alte Gothland. Um dich –
Ich bin dein Vater –

Kanzler. Vater! Vater! O,
Am Vaterbusen stirbts sich leicht!

Der alte Gothland.
Du schlummerst ein am Vaterbusen, *ich*
Entschlafe einstens einsam auf der bloßen Erde, –
Wenn mich der eine Sohn, der mir geblieben,
Nicht *auch* ermorden sollte! – –
(Des Kanzlers Haupt sinkt nieder.)
Ich
War es, der dich zuerst
Begrüßte, als du in das Leben tratest,
Ich bins, der Lebewohl dir sagt, da du
Nun scheidest aus dem Lichte! Lebe wohl!

Kanzler. Die Schmerzen lindern sich – doch auch
Die Freuden hören auf – ich genese! –
Leb wohl, mein Vater! lebet wohl ihr alle! –

Alle *(außer dem alten Gothland und Arboga).*
Fahr wohl, du treuer Bruder, fahre wohl
Auf Wiedersehen!
(Der Kanzler stirbt.)

Der alte Gothland.
Was ich zeuge, stirbt,
Und was mir nahe ist, vergeht, – ich bin
Ein Giftbaum, welcher Pest aushaucht,
(sein Haar ausraufend) darum
Ergraute Haare! rettet schleunig euch
Aus meiner Näh! –
Und dich Gewand,
Will ich wie – *(Er reißt sich sein prächtiges Gewand ab.)*

Holm. Was beginnest du
Mit deinem herrlichen Gewande?

Der alte Gothland *(es zerreißend).*
Ich
Zerreiß es, wie mein Herz zerrissen ist!

König *(auf die Leiche deutend).*
Dies Blut schreit Rache –
Der Mörder sei verurteilt!

Arboga. Unverteidigt?

König. Wer ist's, der ihn verteidgen kann? – Reißt Tür
Und Fenster auf! – Dort wogt Upsalas Volk!
(Durchs Fenster.) Ist einer unter euch, ihr Tausende, der
Den Herzog Theodor von Gothland
Verteidgen will? *(Pause.)*
Der Herzog Gothland hat
Sein Haupt mit schwerem Brudermord belastet;
Wer ihn verteidgen will, der trete auf! *(Pause.)*
Erscheinet Niemand? –
So entkleide ich
Hiemit den Schwedenherzog Theodor
Von Gothland aller seiner Würden, ächte ihn
Um Brudermord und breche über ihn
Den Stab! *(Zu den Umherstehenden.)*
Zieht eure Schwerter, um an ihm
Die Acht des Königs zu vollstrecken!
(Sie ziehen die Schwerter.)
Fortan, verstoßen
Von dem heimatlichen Herde,
Wandl er unstet durch die Erde,
Verderben zeichne seine Bahn!
Wenn des Waldes Blätter rauschen,
Donnre ihm sein Blutgericht;
In den Klüften soll er lauschen,
Wie die Eule scheue er das Licht!
Sieht er, naß von Sturm und Regen,
Einer stillen Hütte Tür,
Klopfe er vergebens an,
Denn auf seinen nächtgen Wegen
Soll er kämpfend wandern für und für!
Frei ist sein Haupt! Wers *kann*,
Der *darf* ihn töten, –
Wie er auch ihn quäle,
Ich, der König wills vertreten, –
– *Betet jetzt für seine Seele!*
(Tiefe, feierliche Pause.)

Holm *(unterbricht sie zuerst).*
Ich war einmal sein Freund – dreifach verflucht
Sei jede Stunde, die ich ihn geliebt!
Ich schwöre Rache, schwöret sie mit mir!

A l l e *(außer dem alten Gothland).*
Wir schwören sie!
K ö n i g. Du schwörst sie nicht?
D e r a l t e G o t h l a n d. Kann ich es denn?
Auch Theodor von Gothland ist mein Sohn!
K ö n i g. Und was ist der Erschlagne da?
D e r a l t e G o t h l a n d. Mach mich
Nicht wild!
K ö n i g. Und deinem einen Sohn verzeihest du
Des andren Sohns Ermordung?
D e r a l t e G o t h l a n d. Wie? Verzeihen?
(Auf die Leiche zeigend.)
Dies? – Ihr, des Himmels Feuerkatarakten,
Strömt nieder auf des Brudermörders Haupt;
Pocht, pocht am Himmelsdache an, ihr Donner,
Und weckt die Rache aus dem Schlafe; auf,
Ihr Stürme, brüllet Mord und widerhallt
In des Verfluchten ehrner Brust! Ich selbst will –
(Er schaudert zurück.)
Ich will den bösen Sohn, will mich, der ihn gezeugt,
Verfluchen, doch mit diesen Händen, die
Sich im Gebet zu Gott so oft für ihn
Gefaltet, ihn *erschlagen*, – nein! das kann ich nicht!
K ö n i g. Das kannst du nicht? Was kannst du denn?
Nur greinen?
Ha, wir, die *Fremden*, wagen unser Blut, um
Zu rächen deinen Sohn, und du, der *Vater*,
Regst dich nicht?
Zürnend bebt die *Erde*, daß sie
Gesäugt ward mit dem Blute deines Sohnes,
Allein dein *Vaterherz* erbebet nicht!
Dort die *Gebirge* schüttelten die eis-
Umlockten Häupter, als der Bruder fiel
Durch seines Bruders gottverfluchte Hand,
Du aber, *Vater*, schüttelst deines nicht!
D e r a l t e G o t h l a n d. Was soll
Das alles?
K ö n i g. Reizen soll es deinen Grimm,
Den diese Blitze, welche Rache glühn,
Den diese Windsbraut, welche Rache heult,
Nicht wecken können! Wütend bellen dich

Die Donner an und hetzen dich zur Rache,
Die Wunden deines Sohns, dein Schmerz, die Völker,
Die Elemente rufen dich zur Rache –
Zeig, daß der Tote einen Vater hatte,
Daß du der Leu noch bist, der du gewesen!

Der alte Gothland.
Laß ab! laß ab, du furchtbarer Beschwörer!
Auch Theodor, der Mörder, ist mein Sohn!

König. Er ists nicht mehr! Als er der Bruderpflicht
Vergaß, entband er dich der Vaterpflicht!

Der alte Gothland.
Wärs so?

König. Und wärs so nicht, so weißt du doch,
Daß es der Vaterpflichten höchste ist,
Ruchlose Kinder zu bestrafen!

Der alte Gothland. Glaub ich es?

König. Du bist das Oberhaupt des Stamms; dir ziemts
In deinem Stamm zu richten!

Der alte Gothland. Meinst du's auch?

König. Laß dir nicht greifen in dein Amt; duld nicht
Daß fremde Hände deinen Sohn bestrafen!

Der alte Gothland.
Das duld ich nimmermehr, – ein Gothland kann
Durch eines Gothlands Hand nur würdig fallen!
(Indem er sich kräftig vom Boden emporhebt.)
Ich habe ihn gezeugt, und dafür darf
Ich ihn vernichten!
Wehe, Weh dem, der
Ihn außer mir mit frevler Hand verletzt! –
So flackre denn noch einmal leuchtend auf,
Mein alter Stern, eh du versinkest in
Die Nacht!
(Er steht groß, in einer drohenden Stellung da.)

König. Seht ihn, wie er sich riesengleich
Emporgehoben hat, ein Heldenbild
Vergangner Tage, – einst war dieser Greis
Der Erste in des Nordlands Heldenscharen!

Der alte Gothland.
Bringt mir 'nen Panzer und ein Schwert!
(Ein Diener bietet ihm ein Schwert von mäßiger Größe an.) Das ist

Ein Kinderschwert. Meinst du ich wär ein Knabe?
– Hol aus der Hall das Schlachtschwert, welches ich
In meiner Jugend führte! *(Diener ab.)*
Da schwang ichs in
Den Finnenschlachten, nimmer dachte ich
Es einst zu schwingen gegen meinen Sohn!
(Der Diener bringt ihm das Schwert.)

Der alte Gothland *(zieht es aus der Scheide und betrachtet es mit funkelnden Augen).*
Da ist es! Wie es blitzt, – 'ne Sonne aus
Der Jugendzeit! In ihrem Strahl
Durchglühet mich ein neues Frühlingsleben! –
– Wie oft hab ich gewaltig dich geschwungen,
Du ehrne Geißel in dem Schlachtgefild,
Als ich noch stand, der Angelstern der Heere,
Des Feindes Schreck, des Schwedenreiches Schild;
Die Völker stürzten, ringsum ward gerungen, –
Das Blut der Toten strömte gleich 'nem Meere, –
Ich wankte nicht! – O flieht, Erinnerungen,
Die Zeit ist hin und meine Pulse hinken,
Mein Aug ist trüb, die alten Arme sinken, –
Allein noch immer hab ich Kraft genug,
Zu strafen den, der diesen da erschlug, –
Mit ihm zu fechten, ziehe ich jetzt aus, –
Euch Geir und Raben lade ich zum Schmaus, –
Ich tische meines Kindes Fleisch, das Beste,
Was ich besitz, euch auf, ihr traurgen Gäste!
(Er will gehen.)

König. Geh nicht, eh du uns hast gesegnet, Vater,
Zu der Verfolgung deines blutgen Sohns!

Der alte Gothland.
Weh über mich! Es ist mein Sohn, den ihr
Verfolgen wollt, und dennoch strecke ich
Die Hände über euch, ihr Rächer, aus
Und segne euch!

König. Dein Segen soll uns wuchern!

(Man hört Trommeln hinter der Szene. Biörn tritt schnell auf.)

König. Was gibts, Biörn?

Biörn. Der Finnen Vortrab rückt
Heran!

König. Schlagt an den Boden ihn, Soldaten!
Biörn. Erfahren, König! sollst du unsre Taten!
(Er eilt mit einem Soldatenhaufen ab; bald darauf hört man hinter der Szene:)
Das Jammergeschrei verwundeter Finnen. Wir sinken! Gnad uns Gott!
König *(zu dem alten Gothland).* Jetzt, du Schwer-
Verletzter, gehe tötend uns vorauf,
Wir folgen deiner Spur mit Siegerlauf!
Der alte Gothland.
Sehr, König, muß ich deinen Eifer loben!
(Er schwingt sein Schwert.)
Wie Eumeniden ihre Schlangenhaare,
Soldaten! schwingt zur Rache eure Degen, –
Der alte Gothland hat vor seiner Bahre
Mit aller Kraft noch einmal sich erhoben,
Und seinem Sohne führt er euch entgegen!
(Er geht ab; alle folgen ihm.)

DRITTER AKT

Erste Szene

Küste der Ostsee. – Sturm und Gewitter
Auf der linken Seite stehen die Zelte des finnischen Lagers

Rolf *(blaß und entstellt, führt den Herzog Gothland auf die andre Seite der Bühne).*
Gothland. Wer bist du? Was willst du mir sagen?
Rolf. Jetzo stehn
Wir an des Meeres lauten Ufern, von
Den Finnenzelten fern genug, – hier kann
Uns niemand stören.
Gothland. Was du mir
Zu sagen hast, sag kurz; – ich habe Eile,
Denn heute noch geh ich zu Schiff und fliehe
Dies Schwedenland auf immerdar.

13 *Eumeniden:* griech., ›die Wohlwollenden‹, beschönigender Name für die Erinnyen, mit dem man das Wohlwollen der Rachegöttinnen gewinnen wollte. In der Kunst mit Schlangen in den Händen und im Haar dargestellt.

Rolf. Kennt Ihr mich
Nicht mehr?
Gothland. Fremd ist mir dein Gesicht.
Rolf. Im Dom
Zu Northal sprach ich Euch zuletzt.
Gothland. Zu Northal?
Ho! bist du nicht der Bube, welchen ich
Ins Grabgewölb geworfen? – wie entrannst du? –
Der Himmel, der die Untat strafen will,
Betörte deinen Sinn und liefert dich
Nochmals in meine Hände!
Rolf. Schweigt vom Himmel!
Gothland. Er ist gerecht!
Rolf. O schweigt vom Himmel!
Gothland. Bete,
Denn du mußt sterben!
Rolf. Bloßes Sterben schreckt
Mich nicht. – Als ich, von Eurer Hand hinein-
Geworfen, in dem Grabgewölbe lag,
Erfuhr ich andre Angst! – Ein Einsamer,
Der einzige Lebendge unter Toten,
Ergriff mich unbezwinglich Geistergraun, und
Voll heißer Sehnsucht weint ich nach
Dem süßen, goldnen Licht der Sonne. – Doch
Die Kräfte meines Arms erschlafften an
Des Eisengitters Festigkeit, – mein Ruf
Verhallte in den unterirdschen Klüften;
Verzweiflung gab mir neue Stärke
Und mit dem Kopfe rannt ich wütend an
Die Tür, – mein Schädel ward zerschmettert, doch
Die Türe nicht! – Betäubt lag ich nun da,
Bis mich der Hunger schrecklich weckte! –
Schaudernd naht
Ich mich den würmdurchnagten Leichen, sie
Zu speisen – Grabesmoder dampfte mir
Entgegen und trieb mich zurück; – da schlug
Ich endlich meine giergen Zähne in
Das eigne Fleisch und nagte meine Finger –
(Indem er den Mantel etwas lüftet und dem Herzoge verstohlen seine Hand zeigt, mit leiserer Stimme.)
Hier sehet Ihr die angefreßnen Knochen!

G o t h l a n d. Scheußlich!
R o l f. Was ich *verdiente*, litt ich nur! – Als ich
Nun lange Zeit, mit dumpfem Starrsinne,
Die Finger in dem Munde, auf
Dem Deckel eines Sargs gesessen, – als
Nun alles grabesstill geworden war –
Da blickten *Schlangenköpfe* aus
Den Löchern des zerbröckelten Gemäuers,
Und als sie nichts gewahrt, arbeiteten
Sich schwarzgefleckte Nattern an
Die Dämmrung des Gewölbs hervor
Und glitschten auf die Särge zu, um die
Gewohnte Leichenkost
Zu fressen; – furchtsam wich ich ihnen aus –
Auf einmal halten sie in ihrem Lauf –
Sie riechen was *Lebendiges*!
Vor Freude zittern sie mit ihren Schwänzen, –
Sie wenden sich vom Fleisch der Toten weg
Und kriechen auf mich zu! – O Angst der Ängste!
Ich flieh, schrei Hülfe! Niemand hörts! – sie folgen
Mit Blitzesschnelle meinen Fersen, –
Es mehrt sich hundertfältig ihre Zahl,
Aus allen Ritzen kommen sie heraus, –
Ich tret im Fliehen einer auf den auf-
Geschwollnen Rücken, daß sie wimmernd zischt –
Da zischt das ganze giftige Gezücht,
Das ganze Grabgewölbe zischt, als wie
Zur Rache! – an der Wand klettr ich empor,
Sie mir nach! Jetzt war ich verloren – –
Doch
Da ward die Tür geöffnet, und ein Mönch,
Der in der Kirche meinen Ruf
Vernommen hatte, trat mit einem Windlichte
Herein!
G o t h l a n d.
Du littest viel! –
Was willst du noch
Von mir?
R o l f. Ich bin hiehergekommen, um
Zur Reue und zur Buße Euch zu mahnen!
G o t h l a n d. Zur Reu?

Rolf. Verblendeter, was tatest du?
Um nichts erschlugst du deinen Bruder!
Gothland. Wie?
Manfreds Ermordung ist dir nichts? – Noch hallt
Im Ohr mir deine gräßliche Erzählung,
Wie Manfred fiel durch seines Bruders Hand!
Rolf. *Du wolltest Brudermord bestrafen, und*
Begingst ihn selbst, denn die Erzählung war
Erlogen!
Gothland. Nimmermehr!
Rolf. Mir hatte sie
Der Neger eingegeben!
Gothland *(in großer Angst).* Nein, ruf ich, nein!
Bei meiner Seele, nein! Hab ich doch selbst
Gesehn, wie Manfreds Haupt vom Mörderbeil
Zerschmettert war!
Rolf. Wohl sahst du das, – allein
Du irrtest furchtbar, als du glaubtest, daß
Von Friedrichs Hand das Beil geschwungen sei, –
Der Mohr, der kurz vor dir im Grabgewölb
Gewesen, hatte Manfreds Leichnam so
Abscheulich zugerichtet!
Gothland *(ergreift sich an der Brust).*
Bin ich Gothland oder bin ich
Ein Brudermörder?
(Zu Rolf.) Ewger Lügner, wie prüf
Ich dich? – Ha, unterm Dolche redet man
Die Wahrheit – *(Er setzt ihm den Dolch an die Kehle.)*
Dies ist deine letzte Stunde, –
Logst du in Northal oder lügst du jetzt?
Rolf. Sei Gott mir gnädig, wie ich Wahrheit spreche!
Dein Bruder Friedrich, welchen du so rasch
Erschlagen hast, war schuldlos; ich war dabei,
Als Manfred, von 'nem Schlagfluß schwer getroffen,
In seinen treuen Armen sanft verschied!
Gothland *(verhüllt mit dem Mantel sein Haupt).*
O der Schande!
Wo berge ich mein Antlitz? – Höchst gerecht
Glaubt ich zu handeln, und ermordete
Den frevelfreien Bruder!
Fressen sollen

Des Himmels Vögel diese Augen, an
Dem offnen Weg verfaule dieses Fleisch,
Am Rabensteine soll mein Blut verdampfen,
Und Pferde sollen dies Gehirn zerstampfen!
– Wohin ich blicke, – Brudermörder stierts
Mich an! –
– Ein irrgegangner, müder Wandrer
Entschläft beim Strahl der Abendsonne sorglos
Am Fuße schneebedeckter Alpen; – es
Wird Mitternacht, – – da, auf einmal, erwacht
Er voll Entsetzen unter dem
Gedonner niederstürzender Lauwinen, –
Der Boden bebt, die Felsen klingen, – und er
Erkennt das fürchterliche Lager, das
Er sich gebettet hat, und starret in
Die trostes-, sternen-leere Nacht hinaus, und
Die steilen Bergeswände schleudern un-
Ablässig auf ihn das Verderben!
(Er schlägt die Hände über dem Haupte zusammen.)

Rolf. Ich,
Ich wars, der ihn zum Brudermorde trieb!
Bestrafet *mich*, gerechte Mächte! und
Verschonet diesen einst so Großen!

Gothland. O,
Die Kammern meines Busens stehen auf und
Ein Lavastrom von Reueschmerzen stürzt
In ihre Tiefen! *(Er deutet auf das Meer.)*
Diese Wellen, die
Am schwedschen Ufer branden, lecken die
Gestade Rußlands, Deutschlands, Schottlands
In einem unermeßnen Raum, doch un-
Ermeßner ist mein Schmerz um meine Tat! –
– Um *meine Tat*? – Um *meine* Tat? *(Auf Rolf zeigend.)*
Der und der Neger, welche mich betrogen,
Der Zufall, der mit Blendwerken mich täuschte,
Der Himmel, der es litt, der Himmel, der
Mich werden ließ, – *die* haben sie begangen!

Rolf. Häuf Sünde nicht auf Sünde! Bete!

13 *Lauwinen:* schweiz. für Lawinen, auch bei Goethe in seinen »Briefen aus der Schweiz« belegt.

G o t h l a n d. Beten
Ist Betteln!
R o l f. Büße, Gothland, büße!
G o t h l a n d. Büßen?
Soll ich dem Königе mich überliefern,
Daß sie mich köpfen, wie 'nen Straßenräuber?
R o l f. Ja! tu es! deiner Seele willen!
G o t h l a n d. Oder
Soll ich mich selbst ermorden, damit ich
Sofort zur Hölle fahre? – Nein! ich schlug
Den Bruder tot! *Reu* um Geschehnes ist
Verlorne Arbeit!
R o l f. Nur der Reue wird
Verziehen!
G o t h l a n d. Das Verzeihen ist an *Mir*!
Die Mächte meines Lebens haben sich
Herabgewürdigt, mich auf böse Wege zu
Verlocken – Ich gehorche ihrem Willen
Und wandle darauf fort! Hier stehe ich
An meiner Sonnenwende! –
Du begreifst,
Daß du nicht leben darfst, wenn ich
Soll ruhig sein; stets mußt
Ich fürchten, daß du meine Schuld verrietest!
R o l f.
Der Tod ist mir willkommne Buße.
Ich flehe kein Erbarmen.
G o t h l a n d. Flehtest auch
Umsonst! So gnädig wie der Himmel will
Ich sein, der Freudenpsalmen jubelt und
Die Sünder ewig brennen läßt!
Stirb zweifach:
Der Ostsee deinen Leichnam, damit sie
An ihren Klippen ihn zerschmettere, –
Dem Teufel deine Seele!
(Er wirft den Rolf in das Meer. Dann kommt er in den Vorgrund zurück.) – – Hin ist hin!
Geschehen ist geschehn – ich bin einmal
Ein ungerechter Brudermörder worden,
Und werd es bleiben müssen, was ich auch
Beginne!

[a] Ja, jetzt seh ichs ein: beschränkt
An Geist und Sinn, beherrscht durchs kranke Herz,
Nicht einmal klug genug um Tugend von
Dem Laster klar zu unterscheiden, scheint
Der Mensch gemacht zu sein,
Daß über ihn die Hölle triumphiere, –
Drum, wie sich auch der Edle *wehrt*, um nicht
Zu fallen, – fehlen, fallen muß er doch,
Denn selbst die Taten seiner Tugend werden
Zu Freveltaten durch des Schicksals Fügung! –
Ich hab es an mir selbst erfahren! Ich
War kriegerischen Sinnes, aber *edel*!
Mein Herz schlug leidenschaftlich für
Die Freundschaft und die Bruderliebe – (gibt
Es reinere Empfindungen? und doch
Sind *sie* es, welche mich zum Abgrund rissen!)
Mein Höchstes war Gerechtigkeit und nichts
Verhaßtres kannt ich als den Brudermord –
Das wußt das Schicksal, grade damit fing
Es mich: es ließ den einen Bruder sterben, – rief
Den Neger her aus Äthiopien und
Verband sich mit dem Buben wider mich, –
Es gab ihm Macht mich zu umstricken, – ließ
Kometen leuchten, mich zu täuschen, – ließ,
Als ich dem Bruder gegenüberstand,
Ihn selbst, die Gegenwärtigen,
Die Donner zeugen wider ihn, – trieb so
Unwiderstehlich mich zum Brudermord,
Und häufte seine Bosheit auf das Höchste,
Indem es mit dem Trost der Reue mir
Die Hoffnung auf die Umkehr und
Die Beßrung nahm; denn nimmer kann
Ich eine Tat bereun, die durch
Mein feindliches Geschick, und nicht durch mich
vollbracht ist! –
– So liege ich nun da, gescheitert an

a. Anmerkung. Die dritte Szene des fünften Aktes und in gegenwärtigem Auftritt die Zwischenreden Berdoas zeigen, daß der Dichter, nachdem er zwar die Flammen des Abgrunds auflodern ließ, er sie auch durch ihre eigne Kraft (selbst durch Berdoa) zu schwächen, ja zu *vernichten* versteht.

Dem Strand der Hölle, – rettungslos auf ewig!
Gleich einem Schiffer, welcher von
Dem Malstrom unaufhaltsam aus
Der heißen Zone hingeschleudert ward
An Islands Eisgebirge! –
Wie das Meer,
So wird das All von einem Malstrome
Durchströmt, – einmal muß jedes, was da ist,
Ihn kreuzen, aber keins vermag es, – so
Gehn denn die Millionen in ihm unter!
Jedoch vor allen Wehe uns, die uns
Der Mutterschoß an diesen Erdball aus-
Geworfen hat,
An diese Klippe in dem Ozean
Der Welten! Wer ihr naht, der ist verloren!
Zum *Brandmale* für ewge Zeit hat ihr
Die Sonne die Sahara eingebrannt! – –
– Der Mensch erklärt das Gute sich *hinein*,
Wenn er die Weltgeschichte liest, weil er
Zu *feig* ist, ihre grause Wahrheit kühn
Sich selber zu gestehn!

(Berdoa erscheint, von Gothland unbemerkt, mit einigen Finnen im Hintergrunde.)

Gothland. Nein, nein!
Es ist kein Gott; zu seiner Ehre
Will ich das glauben!
(Donnerschläge.) Ei, wie
Die *Ohrwürmer* rumoren!
– Wär ein Gott,
So wären keine Brudermörder! –
Ich glaube, daß es Panther gibt,
Ich glaube, daß es Bären gibt,
Ich glaube, daß die Klapperschlange giftig ist,
Allein an Gottes Dasein glaub ich nicht!
(Donnerschläge.) Still,
Verdammte Ohrwürmer! –
Der Mensch
Trägt Adler in dem Haupte

3 *Malstrom:* ein wirbelartiger Gezeitenstrom, der in engen Gewässern auftritt und die Schiffahrt gefährden kann.

Und steckt mit seinen Füßen in dem Kote!
Wer war so toll, daß er ihn schuf?
Wer würfelte aus Eselsohren und
Aus Löwenzähnen ihn zusammen? Was
Ist toller als das Leben? Was
Ist toller als die Welt?
Allmächtger *Wahnsinn* ists,
Der sie erschaffen hat!

Berdoa. Hört doch den Wurm!
Wie er sich gegen Gott zu bäumen meint!
Als ob ein Wurm sich bäumen könnt!
Ein Wurm, auch wenn er zürnt, kann sich
Nur *winden*!

Gothland. Wahnsinn? Nein!
So gräßlich wär der Wahnsinn nicht!
(Donnerschläge.) Horcht! horcht!
Das sind die Fußtritte des Schicksals! –
O,
Jetzt erst, jetzt erst begreif ich euch,
Ihr himmelstürmenden Giganten!
– Zerstörend, unerbittlich, Tod
Und Leben, Glück und Unglück an-
Einander kettend, herrscht
Mit alles niederdrückender Gewalt
Das ungeheure *Schicksal* über unsren Häuptern!
Aus den Orkanen flicht
Es seine Geißeln sich zusammen
Und peitscht damit die Rosse seines Wagens durch
Die Zeit, und schleppet, wie
Der Reiter an des Pferdes Schweife den
Gefangnen mit sich fortreißt,
Das Weltall hinterdrein!
Die Himmelsbogen sind gekrümmte Würmer
Und krampfhaft ringeln sie
Sich unter seinen Füßen!
Die Menschenherzen sind der Staub,
Worauf es geht! –
O immer, immer mehr
Begreif ich euch, Giganten!
Was ist natürlicher als Himmelssturm? –
– »Geschick!« so zischt es, wenn der Pfeil,

Der auf den Todesfeind geschossen war,
Ins Herz des Bruders fliegt! »Geschick!« so zischt
Das Blut, das aus der Wunde sprützt! – »Geschick« nur?
Nichts weiter? – O, der Glaube an
Ein Schicksal ist nicht furchtbar, – hold und tröstlich
Ist dieser Kinderglaube aus der Zeit
Der Griechen, welche noch nichts Schlimmres ahnten!
Das
Geschick ist grausam und entsetzlich,
Doch planvoll, tückisch, listig ist es nicht!
(Scheu, leise und unter heftigem Zittern.)
Allmächtge *Bosheit* also ist es, die
Den Weltkreis lenkt und ihn zerstört!

Berdoa. Ha,
Was sprach er da?

Gothland. Was zittre ich?
Weswegen flüstre ichs so leise?
– Ei, darf der Hund in seine Kette beißen,
So darf es auch der Mensch! *(Sehr laut.)* Ja, Gott
Ist boshaft, und *Verzweiflung* ist
Der wahre Gottesdienst!
(Donnerschläge.) Hu! wie
Die Nachtigallen zwitschern!

(Der Sturm heult lauter, das Meer braust auf, die Kriegsmusik der anrückenden schwedischen Armee schallt aus der Ferne.)

Berdoa *(erhebt die Stimme).* Schweigt! schweigt,
Ihr schwedschen Kriegestöne! Laßt
Das Atmen, Stürme! Wälder, unterbrecht eur Rauschen!
Verstumme Ostsee! Höret, höret, höret!
Hört schaudernd wie der Gotteslästrer rast,
Damit ihr einstens alle, Wälder, Meer
Und Stürme, zeugen könnet wider ihn!

Gothland. Weil es
Verderben soll, ist das Erschaffene
Erschaffen!

Berdoa. Schreit nicht auf,
Ihr Donner, vor Entsetzen, stört
Ihn nicht in seiner Lästerung, laßt ihn
Die Langmut Gottes zerrn und necken, bis daß
Sie endlich, aufgereizt zu Zorn und Grimm,

Sich selbst vergißt und zur *Hyäne* wird
Und ihn zerstückt!
Gothland. Weil es verderben soll
Ist das Erschaffene erschaffen!
Deshalb ist unsers Leibes kleinster Nerv so
Empfänglich für den ungeheursten Schmerz,
Deshalb sind unsre Glieder so gebrechlich,
Deshalb sind wir so fasernackt geboren!
Daß die Verführung sichrer uns
Beliste, wurden wir
Mit Dummheit reichlich ausgestattet, und
Unsterblich sind wir für – – die *Höllenstrafen*!
– Weil es verderben soll, ist das Erschaffene
Erschaffen! Wie ein riesges Henkerrad
Kreist dort der sogenannte Himmelsbogen;
Die Tage und die Nächte, Sonne, Mond
Und Sterne sind
Wie *arme Delinquenten* draufgeflochten, und
Mit ausgesparten Gnadenstößen
Zerrädert und zermalmt er sie!
Berdoa. Hoho! ich weiß, weshalb er allenthalben Rad
Und Galgen nur und arme Sünder sieht!
Gothland. Pfui, pfui! wie ekelt mich die Schöpfung an!
Der Jahreszeiten wechselnde
Erscheinungen, die immer wiederkehrenden
Verwandlungen an dem
Gestirnten Firmament – Was sind sie anders, als
Ein ewges *Fratzenschneiden* der Natur?
(Er blickt mit suchenden Augen umher, – seine Stimme wird bewegt.)
Weh! Weh! Wie hat sich alles doch verändert!
Wie labte gestern noch der Anblick der
Natur mein krankes Herz! Wie lächelte
Die Sonne!
Berdoa. O des Toren! die Natur
Ist noch so herrlich wie sie war, allein
Sein Busen ist der gestrige nicht mehr!
Gothland. – Zwar habe ich gemordet, doch –
(Er fährt auf und sieht die Sonne.) Wie mich
Die Sonne angrinst! – Was will sie? Meint sie
Ich wär ein Brudermörder? Oder lacht sie

Mich aus? Sie lacht und lacht, bei Freud und Leid,
Sie kennet keinen Schmerz! – Ha, Sonne! könnt
Ich dich einmal bei deinem Strahlenhaare packen –
Am Felsen wollt ich dein Gehirn zerschmettern,
Und dich, was Schmerz heißt, fühlen lassen!
(Die Sonne tritt wieder hinter die Wolken; Gothland beginnt abermals.)
– Zwar habe ich gemordet, doch –
(Donner und Blitz.) Wem drohet ihr,
Ihr Blitze? Etwa *mir*? O, ich
Bin nur ein Mörder, aber
Mordbrenner seid ihr!
– Zwar habe ich gemordet, doch –
(Kriegsmusik der anrückenden schwedischen Armee; aber Gothland fährt, ohne sich zum dritten Mal unterbrechen zu lassen, fort.) doch Morden ist
So schlimm nun grade nicht!
Vom Morden lebt ja alles Leben; wenn
Du atmest, mordest du! – ein Ding, das nichts
Ist, einen Menschen, machte ich zu etwas, sei's
Auch nur zu Mist! Bei einem Mastschwein
Bedenk ich mich eh ich das Messer zücke,
(Sein Dasein hat 'nen Zweck – es wird
Gefressen –) doch bei einem Menschen
Bedenke ich mich nicht; sein Leben
Nützt weder anderen, noch ihm, und dazu
(indem er unwillkürlich an Berdoa und an sich denkt)
Ist er so *negerartig* – oder auch so *weiß*,
Und so verderbt, daß es *unmöglich* ist,
Sich an 'nem Menschen zu versündgen: was
Für Leid ich auch ihm antu – er hat es
Verdient!

Berdoa. Wart, damit will ich mich
Entschuldgen, wenn ich dir den Hals umdrehe!
Ich werde – *(Laute, nahe, schwedische Kriegsmusik.)*
Ha, die Schweden sind schon nah!
(Er geht mit seinem Gefolge schnell ab.)

Gothland. Vor wem sollt ich *erröten*?
Ei! mordet jene schwärende, gift-
Geschwollne, aufgebrochne, eiternde
Pestbeule, die ihr Sonne nennt, und als

Das Ebenbild der Gottheit ehrt, nicht auch?
Wie an der Amme Brust das Kind, so liegt
An ihr das durstge All, – boshaft tränkt
Sie es mit ihrer fieberheißen Milch;
Daß sie zum Mord aufgären mögen, tropft
Sie Feur in unsre Adern,
Und zärtlich, wie 'ne Mutter, brütet sie
Die lieben Krokodile aus den Eiern!
– Vor wem sollt ich mich *fürchten*?
Du Himmel! darfst mich nicht verdammen;
Du selber schmiedest aus des Sommers Flammen,
Dicht unter deinem blaugewölbten Sitz,
Den schwefelsprühnden Blitz!
Du tust ihn an mit rotem Prachtgefieder,
Du lehrst ihn seine Donnerlieder,
Du leihst ihm turmeinschmetternde Gewalt,
Räumst ihm das Weltrund zum Versengen ein:
– Da flammt die Stadt! die Feuerglocke schallt!
Und lachend jauchzt der Donner hinterdrein!
(Schwedische Kriegsmusik; die Finnen erwidern sie mit der ihrigen; Schlachtgeschrei; Gothland fährt empor.)
Ha, was ist das?

Erik *(kommt atemlos).*
Herr, rettet Euch, wenn Ihrs
Noch könnt! Die Finnen fliehn, die Rächer nahn,
Und Euer eigner Vater führt sie an!

Gothland. Scheu fliehe ich dem Vatermorde aus
Dem Wege, und entrinne übers Meer!
(Er wirft sein Schwert von sich und stürzt auf die Ostseeküste zu; – auf einmal taumelt er zurück.) Ha!

Erik. Dort kreuzt die königliche Flotte und
Versperret Euch die See!

Gothland. Die Hölle hält
Mit festen Stricken mich gefangen, – nicht
Einmal der Weg der Flucht ist mir vergönnt!
So muß ich denn aus *Notwehr* sündgen! Um
Sein Leben wehrt sich auch das Lamm!
Horch!

Erik. Was?

Gothland. Bist du denn taub? Der Satan wiehert!

Erik. Die Ostsee hört Ihr um die Klippen brausen.

G o t h l a n d *(für sich).*
– Sieh! ringsum wirds mir Nacht – ausgelöscht
Sind mir die Leuchttürme des Lebens:
Die Liebe, die die Gegenwart umglänzt,
Die Hoffnung, die die Fernen rosig schmückt,
Des Ruhmes Kränze, welche funkelnd an
Den Sternen hangen, Tugend, die
Den Märtyrer im Sterben noch verklärt,
Die Sonnenberge der Unsterblichkeit,
Auf die der Erdenwandrer blickt
Im Unglückssturm – – sie alle leuchten mir nicht
mehr! – – Und
Ich *weine* nicht? So stürzet euch
Ihr Felsen, die ihr um mich her steht,
Zermalmend auf mein ehrnes Herz,
Bis daß es Weh empfindet!
Zerschmelzet es, ihr Flammen des Gewissens
Und läutert es zu einer Träne!
Hilf du mir weinen, Meer! – Wenn Liebe, Seligkeit
Und Tugend je der Träne wert gewesen,
So muß ich jetzo weinen –
(Nach einer Pause.) Sie sind es
Nicht wert gewesen! –
I r n a k *(kommt).* Herzog,
Der Neger läßt Euch sagen, daß
Der Schwedenkönig mit 'nem Heer
Von achtzigtausend Mann uns angefallen hat;
Wenn Ihr der große Feldherr wirklich wäret,
Als welchen man Euch rühmt, so möchtet Ihr
Nicht länger als ein Feigling zaudern, sondern
Den Finnen beistehn in den Drangsalen
Der Schlacht.
G o t h l a n d *(beiseit).*
Wie tückisch mich der schwarze Bube
Durch seines Dieners Mund verhöhnt! Die Schafsseel
Die das vergeben kann!
(Zu Irnak.) Verkünde laut
Dem Finnenheer, nie würd ich es verlassen,
Und kommen würd ich, wenn die Schlacht
In meiner Brust geschlagen ist.
(Irnak ab.)

G o t h l a n d. – Mein Vater
Will mich ermorden. Meine Freunde sind
Nun meine Feinde. Zum Schafotte hat
Mein König mich verdammt. Mein Vaterland
Verstößt mich. Mit dem Blut des Bruders
Ist diese Hand befleckt – die Freude kann
Mich nie erfreun! – – Ich selbst verachte mich und
Deshalb auch das, was außer mir noch da ist –
Glück, Freundschaft, Vaterliebe, Vaterland
Sind hin –
Was bleibt mir noch? Was anders, als
Die Wollust, an dem Neger, welcher mich
Verderbt hat, volle Rache mir
Zu nehmen, jede Höllenpein zwiefach
Mit Höllenpein ihm zu bezahlen, mich
Zu sättigen in seinem Blute, Glied
Vor Glied von unten auf mit eigner Hand
Ihm zu zerbrechen, und mit giergem Ohr
Sein Winseln einzusaugen! *(Rossan kommt.)*
– Der kommt mir
Gelegen. –
– Hab ich keine innre Größe mehr,
So muß ich sie mit äußerer ersetzen;
Weil ich mich selbst verachte, müssen mich
Die Völker achten: wenn die Königskronen
Finnlands und Schwedens um mein Haupt sich
schlingen,
So duld ichs schon, daß um mein Herz sich Nattern
ringen.
E r i k. O teurer Herr! der innre Seelenfrieden
Bedarf der Kronen nicht zu seinem Glück,
Doch jede Kron ist ohne Frieden nichts
Als eine goldne Last!
G o t h l a n d. Wie du, so denkt
Ein Knecht, wie ich, so denkt ein König. –
(Zu Rossan.) Nun,
Was bringst du mir, mein lieber Rossan?
R o s s a n. Wann Ihr denn endlich kommen wolltet, fragt
Der Neger, der mich schickt.
G o t h l a n d. Ei, das laß mich
Nicht glauben, Rossan!

Rossan. Was nicht?
Gothland. Daß der Neger
Dich schicken soll! Des Negers Botenläufer
Ist Rossan nicht!
Rossan. Höhnst du mich, Schwede?
Gothland. Wie? Bist
Du nicht der älteste der Finnenfeldherrn?
Bist du der klügste nicht und mutigste
Von ihnen? Und du kannst es dulden, daß der
Verlaufne Afrikaner dich hochmütig
Wie seinen Knecht behandelt? Wem gebührt
Denn eigentlich das finnische Kommando?
Rossan. Mir, mir, mir! mir! Der Teufel mag es wissen,
Wie dieser Mohr aus seinem Afrika
Nach Finnland kam!
Gothland. Sprich nicht so ungerecht;
Der Teufel weiß es nicht, der *Himmel*, der
Allwissend ist, hat es gewußt!
Rossan. Was Himmel?
Den Neger haß ich wie die Höll! Er stahl
Mir meine Rechte!
Gothland. Rossan, nimm sie ihm
Doch wieder ab!
Rossan. Kann ichs? Der Pöbel ist
In ihn vernarrt! – Mich frißt die Galle, er
Wird fett und mästet sich!
Gothland. Ich wüßte wohl
Den Weg ihn zu verderben.
Rossan. Zeig ihn mir!
Gothland.
Rings haben euch die Schweden eingeschlossen –
Das Finnenheer ist in Gefahr – Wählt mich
In dieser Not zum Könige –
Rossan. Bist du verrückt?
Gothland. Dann mach ich dich zum Obergeneral
Der finnischen Armee, den Neger setz
Ich ab und als Gemeiner dien er unter dir!
Rossan. Ei,
Das wär so übel nicht! Dann könnte ich
Ihn necken, wie er mich geneckt hat und
Ihn Galle schmecken lassen?

G o t h l a n d. Und dabei
Würd ich mit meiner Königsmacht dich schützen!
R o s s a n. Und dürft ich ihm und Usbek, seinem Lieblinge,
Zuletzt auch noch die Häls abschneiden?
G o t h l a n d. Mit Golde würd ich deine Tat belohnen!
R o s s a n. Herzog, Ihr seid mein König! Ich eile
Zu meiner Schar und spreche dort für Euch!
(Geht ab.)
G o t h l a n d *(ihm nachsehend)*.
Tor, aus dem Regen kommst du in die Traufe –
Ein Schlimmrer werd ich sein als dieser Neger!
– So ist der Mensch; die Gegenwart beherrscht ihn
Und schon das bloße Wechseln hat für ihn
Was Reizendes! Die kleinre Qual, die für
Den Augenblick ihn quält, vertauscht er gern,
Um sie nur loszuwerden, mit der größren;
Wer Zahnweh hat, wünscht, daß es Kopfweh wär,
Und wär es Kopfweh, würd er Zahnweh wünschen;
Demjenigen, den ein Despot bedrückt,
Scheint Anarchie etwas Willkommenes,
Und wer gehenkt wird, wünscht, daß man
Ihn rädre! –
Irr ich mich? Erbebte nicht
Der Boden?
E r i k. Wie
Von fernem Hufschlag dröhnt die Heide.
G o t h l a n d. Ha,
Gewiß versucht die schwedsche Reiterei
'Nen Ansturm auf die Finnen!
Ja! so ists!
Dort stäuben schon die lückenvollen Reihen
Des Finnenheeres durch das Feld!
F i n n e n *(hinter der Szene)*. Flieht! flieht!
Wir sind geschlagen! Fluch dem Mohren, der
Uns hergeführt!
G o t h l a n d. So höre ich es gern!
(Von der rechten Seite der Bühne kommen flüchtige Finnen; gleich darauf Irnak, Usbek und andere.)
U s b e k. Wohin, ihr Memmen?
Noch schwankt der Sieg! Stellt euch in Reih
Und Glied!

Flüchtige *(trotzig).*
Erst wolln wir ruhn!
Irnak. Dort kommt
Der Oberfeldherr!
Berdoa *(tritt auf).* Panther und Hyänen!
Wir sind zurückgedrängt! Von Europäern!
Gothland *(für sich).* Auf Europäer hast du lang genug
Geschmäht!
Berdoa. Noch einmal drauf und dran!
Ein Finne.
Wir haben keine Waffen mehr!
Berdoa. Erkämpft
Euch welche von dem Feinde! *(Zu Gothland.)*
Schlecht, Herzog! ziemts Euch müßig hier
Zu stehen und das Maul weit aufzusperren,
Wie 'n Gassenjunge! Wisset Ihr nichts Beßres
Zu tun? Seid dankbar gegen Eure Retter
Und helft den Finnen, wenn Ihrs könnt!
(Gothland hat ihn mit zurückgehaltenem Grolle lächelnd angehört. – Berdoa wendet sich zu den Finnen.) Ihr steht
Auf einem Schlachtfelde: hier ist der Mord
Ein Ruhm und wird belohnt! Ihr habt die Wahl,
Selbst umzubringen oder umgebracht
Zu werden! – Wollt
Ihr von des Feindes Rossen *euch*
Zertreten lassen oder wollt ihr *ihn* zertreten?
Wenn ihr das Letztre wünscht, so streitet brav;
Der Tapfre lebt am längsten!
Die blassen Schweden fürchtet ihr doch nicht?
Wie Hunde werdet toll von ihren Hieben!
Stoßt sparsam zu, doch wenn ihr stoßt, so trefft auch!
Bauch, Brust, Gesicht, das sind die Stellen
Wonach ihr zielen müßt!
Ist euer Schwert zerbrochen,
So habt ihr Nägel an den Fäusten; hat
Der Gegner euch die Hände abgehackt,
So habt ihr Zähne in dem Maule;
Auf! *»Europäerblut«* das Feldgeschrei!
(Er geht mit den Finnen auf die rechte Seite der Bühne zu.)
Rossan *(kommt ihnen eilends entgegen).*
Zurück! die schwedschen Reiter kommen!

Hier auf der offnen Heide können wir
Nicht widerstehn!
Berdoa. Das ist verdammt!
(Zu den Finnen.) Zieht bis an jene Höhen euch zurück
Und ordnet dort von neuem euch zur Schlacht!
In zehn Minuten sind wir wieder hier!
(Die Finnen ziehen linkerhand ab.)
Irnak. Herr, auf dem Meere schifft
Die Schwedenflotte und sie droht zu landen!
Berdoa. Still!
Schon seit 'ner Stunde hab ich sie im Auge!
Mich freut, daß sie das Volk noch nicht bemerkte;
So lang es gehn will, wollen wirs
Verhehlen!
(Berdoa, Irnak und die letzten Nachzügler des Finnenheeres ab.)
Gothland *(deutet rechts hin).* Erik, siehst du dort
Den Graugelockten auf dem Hügel stehn?
Erik. Es ist der Herzog, Euer Vater.
Gothland. Sieh!
Der Wind weht ihm das Haar wie Sturmgewölk
Ums Haupt, und wie ein Geier, welcher hoch
Von seiner Felsenwarte Beute späht,
Blickt er mit rollnden Augen durch die Heide –
– Erik! nach wem sieht er wohl so umher?
Weh! er erblickt mich! Weh, er kommt! er kommt!
Verbirg dich, Antlitz! *(Er zieht eine Kappe übers Gesicht.)*
Der alte Gothland *(tritt auf, laut rufend).*
Meinen ältsten Sohn
Ruf ich zum Zweikampfe!
Gothland *(mit verstellter Stimme).*
Gereuts dich, daß
Du ihn gezeugt?
Der alte Gothland.
Wohl reut' es mich, – er sei verflucht!
Gothland. Den Fluch auf dich! Wer hatte dir das Recht
Verliehn, das Leben ihm zu geben?! Fluch der Geilheit,
Die dich antrieb!

25 ff. *nach wem sieht er . . .:* Vgl. »Die Räuber« I,1 (Franz Moors Monolog).

Der alte Gothland. Gut mach ich meinen Fehler,
Indem ich ihn vertilge!
Gothland. Darfst du das?
Der alte Gothland.
Hab ich ihn nicht erzeugt, ernährt, erzogen?
Gothland.
Ho, dafür braucht dein Sohn dir nicht einmal zu danken!
Verdammte Schuldigkeit ists, daß
Ihr die Geschöpfe, welche ihr zu eurer Lust
In diese Welt der Qual setzt, auch ernährt!
Der alte Gothland.
Wes ist die Zunge, die hier leugnet, daß
Der Vater richten darf den Sohn?
Gothland. Und wenn
Du ihn vertilgen darfst, *kannst* du es auch?
Der alte Gothland.
Verspottest du mein graues *Haar*? Wer du
Auch bist, wahr dich vor meiner *Faust*! Noch fühlt
Sie ihre alte Kraft!
Gothland. So raffe denn
Die alte Kraft zusammen, und versuch es doch,
Vertilge seine *Seele*, du Gewaltiger!
– Ohnmächtiger, vermagst du's nicht? – Wer einmal
Geboren ist, muß ewig leben, er
Mag wollen oder nicht, denn von
Dem ersten Augenblicke seines Seins
Gehöret er der Hölle zu!
Drum Fluch der Welt, wo jeder Bauerlümmel
Mit Hülfe einer Viehmagd
Etwas Unsterbliches verfertgen kann!
Drum Fluch den Vätern! Jammer und
Unfruchtbarkeit den Müttern! Wehe den
Gebornen!
Der alte Gothland.
Lästrer! Hochverräter!
Verschworen scheints, bist du
Mit meinem Sohne, um
Zu rebellieren wider mich! Ist denn
Die Erde seit der vorgen Nacht
Aus ihrem tausendjährgen Gleis geworfen?
Und nehmen unsre Kinder jetzt

Die Rute in die Hand? Nein, ehe ich das dulde,
Fall ich im Kampfe für das älteste
Der Rechte, für das Vaterrecht!
(Er geht auf Gothland los.)

Gothland *(weicht rasch zurück).*
Ich will
Mit dir nicht kämpfen, retten will ich dich!

(Kriegerische Musik; Berdoa, Rossan, Usbek und andere ziehen im Hintergrunde mit Heerhaufen vorbei. Die Schlacht beginnt von neuem und scheint sich zu entfernen.)

Gothland. Siehst du's?
Der Finne ist verstärkt zurückgekehrt;
Willst du nicht abgeschnitten sein, so eile fort
Von hier; – dort durch den Hohlweg schleich; er wird
Dich vor des Feindes Blick bedecken
Und führt auf einem Umwege zum Heer
Des Königs.

Der alte Gothland. Ich begreif dich nicht, – indes
Du machst dein Reden gut durch deine Tat.
(Geht ab.)

Gothland *(zieht die Kappe vom Gesicht).*
Mit meinem Vater bin ich wett; er gab
Ein Leben mir, ich rettete ihm eins; –
Begegne ich ihm noch einmal, so weich
Ich vor ihm nicht! –
Keinen Vater mehr?
(Schmerzlich, die Hand auf der Brust.) O hier
Sind traurige Ruinen!

(Die Schlacht kommt wieder näher; abermalige Flucht der Finnen; waffenlose Soldaten stürzen herein; dann kommt Usbek; Gothland tritt auf die Seite und beobachtet das Vorfallende.)

Usbek *(verzweiflungsvoll).*
Alles ist
Verloren! Unsre Erschlagnen decken das
Gefild! Geh unter Sonne! und beschein
Es nicht!
(Irnak kommt, den Arm in einer Binde.)

Usbek. Verwundet?

Irnak. Kaum gestreift.
(Ihm ins Ohr.) 's ist aus

Mit uns! –
Wo ist Berdoa?
Usbek. Im Schlachtreihn, –
Fruchtlos sah ich ihn Sturm auf Sturm versuchen, –
Der Widerstand verdoppelt seine Kraft!
(Berdoa, Rossan und Finnen.)
Berdoa.
Trompeter, blast den Kampf zu neuen Flammen,
Den Mut der Finnen blaset wieder an!
Rossan.
Das hilft Euch nichts. Das Volk ist zu verzagt.
Zweimal wards nun an diesem Tag geschlagen.
Berdoa.
So will ich denn zum letzten Mittel greifen:
Ich lasse sie verzweifeln!
Finnen! Wir
Sind hoffnungslos verloren! *(Wehgeheul.)*
Nimmer seht
Ihr eurer Heimat Küsten, nimmer seht
Ihr eure Weiber, eure Kinder wieder;
Auf dieser fremden Erd, wo heute schon
So viele Kameraden fielen, werdet
Ihr unbeweint verwesen!
Die Finnen. Rette uns!
Errette uns!
Berdoa. Die Schweden treiben uns
Wie 'n Rudel Wild zusammen, – rings sind wir
Umzingelt; auf dem *Meere* (länger darf
Ichs nicht verschweigen) kreuzt die Feindesflotte
Und droht mit einer Landung unsren Rücken; auf
Dem *Lande* dringen, wie vier fürchterliche Schnitter,
Der König Olaf, der Graf Holm, der Graf
Arboga, dem der Pferdeschweif den Helm
Umflattert, und der alte Herzog Gothland,
Mit ihren Schwertern Finnlands Jugend un-
Barmherzig niedermähend, auf uns ein!
Schon harren über uns die Krähn
Auf unsren Tod,
(nahende Trommeln und Geschrei)
schon nahn mit Siegsgejauchz
Die Schweden –

Die Finnen. Rette! rette uns!
Berdoa. – und nichts
Als nur Verzweiflung kann uns retten!
Ein finnischer Hauptmann *(tritt ein).*
Ein schwedscher Herold ruft: sein König sichre
Den Finnen einen freien Abzug zu, wenn
Sie das verfemte Haupt des Herzogs Gothland
Freiwillig überliefern würden.
Berdoa *(boshaft).* Was
Verhindert uns, es auszuliefern?
(Zu Usbek.) Schlags
Ihm ab!
Erik. O Gott! mein armer Herr!
Gothland *(leise und dringend zu Rossan).*
Hast du
Getan, was du versprachest?
Rossan. Meine Scharen
Sind Euch gewonnen.
Gothland. Kann ich mich darauf
Verlassen?
Rossan. Als wärs auf Euch selbst!
Gothland. So sei
Gewärtig!
Usbek *(zu Gothland, das Schwert erhebend).*
Bück dich!
Berdoa *(zu Usbek).*
Haue doch nur zu!
Gothland.
Mohr, mäßge dich! Gefallen ist der Trug,
Der mir das Haupt umfing; ich weiß es, wie
Du mich betört!
Berdoa *(mit unmäßigem Hohn).*
Weißt du's, Dummkopf? Das freut mich!
Was ich befohlen, hast du wohl erfüllt:
Den Bruder, welcher dir noch lebte, hast
Du totgeschlagen, – schade, daß ich dich nun nicht
Mehr brauchen kann – du hast ja keine Brüder mehr!
Merkt Finnen! so bestraf ich die, die mich
Verhöhnen; dieser Schwede wollte einst
In seinem Übermut mich peitschen lassen –
Heut lasse ich den armen Sünder köpfen!

– Beinah erbarmt mich sein; der Tropf erwürgte
Den Bruder, weil ich –
Seht, wie er vor Furcht
Erbleicht!

Gothland *(mit dem schrecklichsten Ausbruche seiner Wut).* Du *irrst* dich! er erbleicht vor *Zorn*!
– Zurück du Hund, und knurre nicht!
(Er stößt ihn von sich weg; große Bewegung unter den Finnen.)

Usbek *(mit Finnen auf Gothland eindringend).*
Erschlagt ihn!

Rossan *(mit andren Finnen dem Usbek entgegentretend).*
Wir schützen ihn!

Usbek. Das ist Empörung!

Gothland *(zu Berdoa).* Plaudre
Kein Wort von dem, was zwischen mir und dir
Geschehn ist! Schweig, schweig! Du bist bös,
Doch dreifach bös bin ich, denn vorher war
Ich gut; drum hüt dich!

Berdoa *(wütend auf ihn eindringend).*
Hüte du dich selber;
Sehr blutbegierig sind die Tiger!

Usbek. Ich bin
In Tod und Leben dir zur Seite!

(Rossan hält mit seinen Leuten den Anhang der Beiden auf.)

Gothland. Haltet; hört
Mich erst, eh fruchtlos Blut vergossen wird!
Womit hat dieser Schwarze eure Liebe
Verdient?

Berdoa. Schlagt doch die Trommeln!

Gothland. – vielleicht, weil er
Die Ersten eures Volks hinrichten ließ,
Um ihre häupterlosen Rümpfe zu
Den Stufen seiner Macht zu machen?

Berdoa. Trommeln!

Einzelne Stimmen.
Nein, hört ihn, hört!

Berdoa. Verdammtes Finnenpack!

Gothland.
Vernehmet ihr sein Schmähn? So lohnt ers jetzt,
Daß ihr ihn, als er barfuß, bettelnd in

Eur Land kam, wie 'nen König aufnahmt und
Mit Purpur seine Blöße decktet!

Ein Finne. Ja, er
Kam barfuß in das Land; ich weiß es noch.

Gothland *(zu Berdoa).*
All diese vielen tausend Finnen, die
Hier stehn, die sich auf deinen Mut und Witz
Verlassend, dich zum Feldherrn wählten und
Dir folgten, hast du hergeführt auf dieses
Schlachtfeld, wie auf 'ne Schlachtbank, hast sie prahlrisch
Mit Siegsverheißungen getäuscht und nun
Durch deine Einfalt sie im Garn des Tods
Verstrickt! – Wo bleibt jetzt deine Kriegskunst?
Hast du
Schon ihren ganzen Vorrat aufgebraucht?
(Auf die Finnen deutend.)
Errett sie doch!
Zweimal hast du's bereits
Versucht und zweimal haben dich die Schweden
Wie 'nen begoßnen Pudel wieder
Zurückgejagt; nicht wert bist du ein Feldherr
Zu sein; ich setz dich ab, und fortan dienst
Du als Gemeiner unter Rossans
Bataillonen!

Berdoa. Gift und Hölle!
(Er geht auf Gothland los.)

Rossan und Finnen *(ihn abhaltend).*
Nieder mit
Dem Neger!

Usbek und Finnen.
Nieder mit dem Gothland!

Gothland.
Usbek! hör noch ein einzig Wort! Du kennst
Die Sitte deines Volks, die Blutrache?

Usbek.
Wie ich mich selbst!

Gothland. Ward nicht dein Vater meuchlings
Erschlagen?

Berdoa *(schnell und heftig einfallend).*
Rührt die Trommeln!

G o t h l a n d. Dieser Mohr
Erwürgte ihn!
U s b e k. Das lügst du!
R o s s a n *(gibt dem Usbek ein Papier).* Hier ist der Beweis.
U s b e k *(in das Papier blickend).*
O Mörder! Teufel! Teufel!
Gothland,
Ich bin der Dein'ge! Nieder mit dem Neger!
A l l e F i n n e n *(indem nun auch die Letzten dem Beispiele Usbeks folgen).* Nieder, nieder mit dem Neger!
(Irnak, der bisher schweigend auf Berdoas Seite gestanden hat, verläßt ihn jetzt ebenfalls. – Berdoa, da er sich von allen verlassen sieht, will racheglühend auf Gothland zuspringen, aber plötzlich stürzt er besinnungslos, niedergeworfen von seiner inneren Erschütterung, an den Boden.)
U s b e k *(zu Gothland).*
Wenn du ihn willst getötet haben, so
Trag *mir* es auf – laß mich den Vater rächen!
R o s s a n *(leise zu Gothland).*
Treibt es fürs erste nicht zu weit; schon wird
Der Pöbel nach der alten Weise wieder
Mitleidig, – immer hält er es mit dem,
Der unterliegt!
G o t h l a n d. Wie wahr das ist, mein lieber Rossan!
(Für sich.) – Erst Grausamkeit zur Folie und dann
Ein bißchen Großmut draufgeflickt – das wirkt,
Das muß zu Tränen rühren – Jetzt
Die Großmut!
(Laut.) Usbek, wie mich dünkt, ist er
Für jetzt genug bestraft; bewahr mich Gott,
Daß ich an dem Ohnmächtigen mich räche! – Wenn
Er wieder sich erholt hat, dann soll
Dich niemand hindern, es mit ihm
In offnem Kampfe auszufechten. –
Irnak,
Berdoa ward von dir am wenigsten
Beleidigt; beim Erwachen, denk ich, sieht er
Dich lieber als uns andre; bringe ihn
In Sicherheit, und wenn dir meine Gnade auch
Nur etwas gilt, so pfleg ihn wie 'nen Freund.

(Irnak und Soldaten bringen den Neger von der Bühne.)

Rossan. Ist das nicht edel?

Die Finnen. Ja, großmütig ists
Gehandelt!

Gothland *(schnell ein flüchtiges Lächeln unterdrückend).*
Lobt mich nicht; ich tat ja nur,
Was jeder Mensch tun würde. –
Wie es mit
Euch steht, das wißt ihr selbst; Berdoa hats
Euch schon gesagt; – die schwedsche Landarmee
Umzieht uns enger stets und enger, –
Die schwedsche Flotte macht sehr drohende
Bewegungen – Neunhundert Reiter könnten euch
Bequem zusammenhaun! –
Was gebt
Ihr mir, wenn ich eur Leben rette?
– Daß ich es *kann*, das glaubt ihr schon; ihr kennt
Den Herzog Theodor von Gothland aus
Den Schlachten, die er siegreich gegen euch
Gefochten hat!

Rossan. Sehr billig ist es, für
Das Höchste auch das Höchste dir zu bieten:
Rett uns und Finnlands Krone sei dein Lohn!

Die Finnen. Errett uns und sei König!

Gothland. Ist
Das euer Ernst?

Die Finnen. Ja, du bist unser König!

Gothland. Ists so?

Rossan, Usbek und Finnen.
Wir alle sind dir untertänig!

Gothland.
So schwört, mir treu zu sein in Glück und Not!

Rossan, Usbek und Finnen.
Wir schwören, dir zu folgen in den Tod!

Gothland. Den straf ich *Hochverrats*, der dieses log!

Rossan, Usbek und Finnen.
Der König Finnlands, Gothland lebe hoch!
(Tusch.)

Gothland *(laut gebietend).*
Wohlan, so reißet aus die finnischen Paniere
Und pflanzet auf die Banner meines Hauses!

(Es geschieht.) – Fortan ist Rossan euer Obergeneral,
Usbek bleibt Kommandeur der Reiterei! –
– Der schwedsche König hat 'nen Preis
Von tausend Stücken Goldes auf mein Haupt
Gesetzt, – ich setze funfzigtausend auf
Das seinige! – Herold, sitz auf und rufs
Den Feinden zu – *(indem er in seine Brieftasche schreibt)*
mach dich zugleich
An ihren Oberfeldherrn, an
Den Grafen von Arboga, grüße ihn
Von Gothland, laß ihn dieses lesen, und
Meld mir, was er darauf beginnt!
(Der Herold geht ab.) Wo ist
Mein Sohn?

Ein Finne. Ich sah ihn bei der Vorhut.

Gothland. Ruf ihn.
(Der Finne geht; Gothland streckt die Hände gen Himmel.) Gebt
Mir langes Leben! –
Erik, hurtig hol
Mir Panzer, Helm und Schild! *(Erik ab.)*
– – Begraben von den Wolken ist die Sonne,
Und tiefes Dunkel bricht herein, als wärs
Schon Nacht! *(Die Gegend verfinstert sich.)*
– Die Windsbraut hat
Den Ozean *entwurzelt*!
Wie ein Gigant stürmt er empor
Mit hunderttausend Häuptern, holt
Den Adler auf dem Flug ein und zerschellt
Mit gräßlichem Gebrülle an
Der Sternenfeste! – Möwenscharen fliegen auf –
Turmhohe Wasserhosen saugen an den Wellen –
Die Uferfelsen werden losgerissen – Alles ist
Mir günstig! –
Wissen sie dort auf
Der schwedschen Flotte, daß die Finnen hier
Am Ufer stehen?

Rossan. Ja; doch grad an *dieser* Stelle
Vermuten sie uns nicht, denn vor
'Ner Stunde noch stand eben hier
Der schwedsche Oberst Torst samt einem

Erlesnen Regimente, um damit
Die Landung zu bedecken. Schleunig und
Behutsam ließ ich ihn umzingeln,
Auf Gnad und Ungnad mußte er sich mir
Ergeben; – auf den Schiffen hat
Man schwerlich davon etwas wahrgenommen.

Gothland. Der Oberst Torst? Mit dem soll ich, wie man
Mir stets gesagt, viel Ähnlichkeit in Wuchs
Und Stimme haben.

Rossan. Wahrlich,
Ihr habt viel Ähnliches mit ihm,
Besonders in der Stimme.

Gothland. Denkst du? Nun,
Das bringt der Flotte ihren Untergang!
– Holt mir Torsts Uniform!

(Ein Finne geht ab.)

Rossan. Ha, ich ahne!

Der Finne *(mit einem schwedischen Offiziershute und Mantel zurückkommend).*
Hier ist die Uniform.

Gothland *(sich damit bekleidend).*
Brennt mir
'Ne Fackel an! *(Man tut es und übergibt sie ihm.)*
Wo ist
Die klippenvollste Stelle dieses Strandes?

Rossan *(zeigt auf einen Felsen, der im Hintergrunde am Seegestade steht).*
Die seht Ihr dort; auf sechzig Klaftern weit
Geht jedes Schiff in ihren Strudeln unter.

Gothland *(befiehlt den Finnen durch eine Bewegung seiner Hand, sich ruhig zu verhalten, und ersteigt den Felsen; wie er oben ist, winkt er der schwedischen Flotte mit der Fackel, und ruft ihr zu).*
Heran, heran, ihr Schiffskamraden!
Jetzt ist es hohe Zeit! Der König hat
Das Finnenheer von vorne an-
Gefallen, landet schnell und fallet es
Von hinten an!

Stimmen von dem Meere her *(aus der Ferne).*
Wer bist du?

Gothland. Donner und

Das Wetter! Kennt ihr mich nicht mehr?
Ich bin der Oberst Torst, und soll,
Wie ihr ja wisset, eure Landung decken –
Wie lange soll ich auf euch warten?
Stimmen von dem Meere her. Es
Ist dunkel und es stürmt!
Wir wissen keinen sichren Landungsplatz!
Gothland. Herr Gott,
So steurt doch nur dem Wink der Fackel nach!
Hier wo ich stehe, ist der schönste Ankergrund,
Den ich noch je gesehn! Kein Fels! kein Strudel!
Ein treues Wasser führet von
Den Schiffen bis hieher!
(Mit der Fackel winkend.) Heran! heran! *(Beiseit.)*
Empfangt sie, Riffe!
(Laut.) Rudert, rudert! kommt!
Stimmen von dem Meere her.
Wir kommen schon! Wir kommen schon!
Gothland *(beiseit).* Sie kommen! Fackel ködre, angelt sie
Ihr Klippen!
Stimmen von dem Meere her *(näher kommend).*
Ha, Betrüger du! In Strömungen
Und Felsgehege hast du uns gelockt!
Gothland *(plötzlich ein lautes Hohnlachen aufschlagend).* Ja ja!
Dem Haifisch in die Meersupp eingebrockt!
Stimmen von dem Meere her.
Weh! Weh! wir scheitern!
Gothland. Da geschieht
Euch euer Recht! Wie konntet ihr
So blind und töricht sein, den König Gothland
Für einen schwedschen Obersten zu halten?
(Er wirft die Fackel in die See und reißt sich die schwedische Uniform ab.)
Stimmen von dem Meere her.
Ha, warte nur! Wir stürzen häuptlings dich
Ins Meer, sobald wir an das Land geschwommen!
Gothland. Es ist mir lieb, daß ihrs im voraus sagt,
Nun kann ich es bei Zeiten noch
Verhüten!
Finnen!

Besetzt die Küste, zieht die Säbel
Und haut den Schweden ihre Finger ab,
Wenn sie damit sich an das Ufer klammern!

Einer der Schiffbrüchigen *(welcher die Küste grade da, wo Gothland steht, soweit erklettert hat, daß er mit dem Kopfe über sie hinwegragt).* Gott
Sei Dank! ich hab den Strand erklimmt!

Gothland *(stößt ihn mit dem Fuß zurück).*
Noch nicht! Verfluch
Die Mutter, welche dich gebar, daß du
Ersöffst!

Stimmen von dem Meere her *(dicht am Strande).*
Sind von den Unsren ein'ge oben,
Die hülfreich uns die Hände reichen können?

Gothland *(heimlich zu den Finnen).*
Reicht ihnen eure scharfen Säbel!

Finnen *(tun es).* Hier
Sind unsre Hände!

Stimmen von dem Meere her.
Wir ergreifen sie
Mit Dank und –
(auf einmal jammernd) Weh, geschliffne Schwerter sinds!
Die Finnen sinds! O die Barbaren!
Barbarscher als die See, die uns verschlingt!

Gothland *(fängt an zu singen).*
»Es stehet ein Fischer am Ostseestrand – Hoho!
Hat Felsennetze ausgespannt, – Hoho!
Er lockt mit blendendem Fackelschein
Die Fisch' in seine Netz' hinein! Hoho, Hoho!
Es kommen die Toren gezogen, – Hoho!
Er schmücket mit Scharlach die Wogen, – Hoho!
Der Fischfang ist gut –« *(Seinen Gesang unterbrechend.)*
Hu, alles still! ich *sang* noch! – Tausend Leben
Sind ausgelöscht, – der Sturm läßt nach, die Wolken
Verziehen sich, das Meer hört auf zu wüten,
Besänftigt durch die ihm Geopferten, –
Die Sonne tritt auf einen Augenblick
Aus dem Gewölk, beleuchtet blutigrot
Die mit Schiffstrümmern übersäte Ostsee
Und ihre leichenüberschwemmten Küsten,
Zeigt mir, was ich begangen und verhüllt

Ihr Haupt! – – *(Pause. Die Gegend hat sich wieder aufgehellt.)* Sind sie denn alle schon ertrunken? –
Ha, dort hängt noch ein einzger zappelnd an
Dem Felsenvorsprunge, – ein Jüngling ists! –
Im Meer, dicht unter seinen Füßen, lauert
Ein riesger Mantelroch auf seinen Sturz, –
– Wie mich der Arme rührt! Könnt ich ihn retten!
Weh mir, was habe ich getan! –
Jetzt schlägt
'Ne Woge an den Felsenhang, er klammert
Sich fester an; umsonst! sie spült ihn weg,
Er stürzet in die See, der Mantelroche
Umwickelt ihn und fährt mit ihm heißhungrig in
Die Tiefen! – –
– Eine teure Mutter harrt
Vielleicht auf ihn daheim, vielleicht war er
Die einzge Freude ihres öden Alters, – mit
Der Morgen-, mit der Abendröte steigt
Sie auf den Hügel und blickt sehnend aus
Nach ihrem treuen, hoffnungsvollen Sohn, –
Sie breitet liebevoll die Arme aus,
Ihn an das Herz zu drücken, – nimmer wird
Sie es! ein Mantelroch der Ostsee hält
Ihn schon umschlungen! – –
Still, das führt zur Reue;
Still, still, still –

(Er versinkt in düstres Nachdenken; seine Blicke ruhen unbeweglich auf dem Meere; der Herold, welchen er vorhin an das Schwedenheer absandte, tritt wieder auf.)

Rossan *(ruft).* König!

Gothland *(horcht auf).* »König?« Meint er mich?
Ha, dieses einzge Wort hat mich geheilt!
– Was gibts?

Rossan. Der Herold ist zurückgekehrt.

Gothland *(steigt von dem Felsen).*
Herold, was sagt der Graf Arboga?

Herold. Nachdem er Euren Brief gelesen, riß
Er vor der Fronte seiner Regimenter
Die schwedsche Farb von seinem Helme, warf
Sie in den Kot und rief: »der König, dem
Wir dienen, ist ein Lump! zum Gothland, den

Das Finnenvolk zum Herrscher sich erkoren,
Der euch so oft zum Sieg geführt hat, geh
Ich über – Wer mich liebt, der folgt mir nach!«
– Die Scharen jauchzten auf, als er
Den Namen Gothland nannte;
Ein Haufe von zwölftausend Mann, beinah
Der fünfte Teil der schwedischen Armee,
Ist ihm gefolgt; – da kommt er schon
Und führet ihn Euch zu.

(Arboga tritt von der rechten Seite der Bühne auf, schwedische Truppen folgen ihm.)

Gothland *(geht ihnen entgegen).*
Willkommen, Graf! willkommen, Kriegsgesellen!

Arboga *(zu seinen Kriegern).*
Grüßt euren alten, ruhmgekrönten Feldherrn!

(Kurze kriegerische Musik.)

Gothland. Ich danke euch, Landsleute! –

(Die finnischen und schwedischen Offiziere bewillkommnen sich stumm und auf militärische Weise. Dann treten sie wieder voneinander.)

Gothland *(zu Arboga).*
Ich hab mich nicht in Euch geirrt!

Arboga. Hier
War nichts zu irren. – Schwer beleidigt war
Ich durch den Schwedenkönig; zu 'ner Strafe
Von tausend Stücken Goldes hatte er
Durch seine Räte mich verdammen lassen.
Dafür mußt ich Genugtuung mir schaffen
Und Euer Brief bot mir Gelegenheit
Dazu.

Gothland.
Ich bau auf Euch! *(Irnak tritt auf. – Gothland wendet sich zu ihm.)* Wo ist der Neger?

Irnak. Das laute Lebehoch, das Euch vorhin
Die Finnen brachten, hat ihn aufgeweckt
Aus der Betäubung. Wutgetrieben streift er
Nun durch die Ebne, – wen er anrührt, den
Vernichtet er und nieder stößt er jeden,
Der ihm begegnet. Eben traf er auf
'Nen Haufen zechender Soldaten, – er
Ergriff ein branntweingefülltes Glas,

Leert' es auf einen Zug, und fraß es selbst
Dann hinterdrein, daß ihm
Die Zähne knirschten und das Zahnfleisch blutete;
»Herr! seid Ihr toll? Ihr freßt
Ja unser Branntweinglas!« schrien die
Soldaten; da versetzte er
Mit einer fürchterlichen Stimm: »ich meinte,
Es wäre Gothlands Herz!«

Gothland *(zu Arboga).* Ihr hört, Graf, wie
Gefährlich dieser Mohr mir ist; er hat
Noch viele Freunde in dem Finnenheer,
Deshalb verschieb ich seine Hinrichtung, –
Ich zähl auf Euren Beistand, wenn dazu
Die Zeit gekommen ist.

Arboga. Zählt dreist auf mich
(auf seine Soldaten deutend)
Und jene! Was Ihr ihnen auch befehlt,
Sie werdens tun; an blind Gehorchen hab
Ich sie gewöhnt.

(Gustav tritt ein.)

Die anwesenden Krieger *(rufen).*
Der Kronprinz Gustav lebe!

Gothland.
Erheitre dich, mein Sohn! Hörst du wie dich
Das Heer begrüßet?

Gustav. Die Begrüßung macht
Mich traurig.

Gothland. Und warum?

Gustav. Sie klingt mir fast
Wie 'n Vorwurf; *(Gothland fühlt sich getroffen, doch faßt er sich sogleich wieder.)*
als man mich noch bloß den Sohn
Des Herzogs Gothland hieß, da, dünkt mich, war
Ich glücklicher!

Gothland. Das dünkt dich nur! gewiß!
Verlaß dich drauf! Du *mußt* weit glücklicher
Jetzt sein, – wenn nicht einmal ein Königssohn
Oder ein König glücklich ist, ja dann
Gibt es kein Glück auf Erden!
(Erik kommt mit Gothlands Rüstung.)
– Wo hast du

So lang verweilt? *(Gothland nimmt ihm hastig die einzelnen Stücke ab und legt sie sich an.)*
Den Panzer her – *(ihn betastend)*
sein Stahl
Ist gut – *(auf seine Brust deutend)*
nicht eher wirds hier still, als bis
Er sie bedeckt. – Den Helm! – Gib mir den Schild!
(ihn mit großem Geschrei an den Boden werfend)
Verräterei! Verräterei! der Schild
Zerbricht!

Rossan. Wie?

Erik. Herr, seht doch, es ist
Eur alter, wohlgeprüfter Schild und er
Ist fest und unzerbrochen!

Gothland. Fürwahr,
Er ists, – ich weiß nicht, was
Mich anfiel! –
(Beiseit.) Und dennoch zittre ich
Noch jetzt vom blinden Schreck!

Erik. So wart Ihr sonst nicht!

Gothland. Sprich nicht vom Sonst! –
Wir wollen die Verwirrung,
(zu Arboga) Worin das königliche Heer
Durch Euren Übergang versetzt ist, nutzen, –
(aufbrechend)
Zur Schlacht! *(Er kehrt plötzlich wieder um.)*
Doch haltet! Erst will ich Wein trinken!
Holt ihn mir! heißen, feuerheißen Wein!
(Irnak geht ab.)

Rossan. Was fehlt Euch, König?

Gothland. Nichts!
(Für sich.) Mich
Ergreift ein unbekannt Gefühl, – die *Feigheit*
Ist es doch nicht?
(Irnak kommt mit einem Becher Wein.)

Irnak. Hier ist Wein.

Gothland *(nimmt den Becher in die Hand).* – O, es war
Doch damals eine selge Zeit, als ich
Zu meinem Mut des Weins noch nicht bedurfte! – –
(Er trinkt, setzt aber bald wieder ab.)
Der Wein hat ja kein Feur; schaff heißren!

Irnak. Auf Erden wächst kein heißerer.
Gothland. So hol
Mir Branntwein! sengenden Branntwein!
(Irnak ab.)
Gothland *(für sich).* – O,
Wie weit, wie weit ist es mit mir gekommen!
Von dem unedelsten Getränk des Pöbels,
Vom Branntewein muß ich mir Tapferkeit
Erbetteln! – O, mein Heldenruhm, mein mit
Dem eignen Blut erworbner Heldenruhm!
(Laut.)
Branntwein! Branntwein! *(Irnak kommt mit Branntwein.)*
Bringst du ihn? Her damit!
(Trinkt mit gierigen Zügen.)
– Der Branntwein ist gut; ich hoff, er wirkt!
Usbek. Beginnt der Kampf?
Gothland. Er mag beginnen!
Erik *(bedeutungsvoll).* Gegen wen?
Gothland *(ohne Eriks Frage gehört zu haben).*
Was glänzt mir da so störend in die Augen? –
Der Ring der Treue ists, den mir mein Weib
An dem Altare gab, – ich trag
Ihn nun schon sechzehn Jahre, – *heut*
Würd er mich hindern in der Schlacht!
(Er wirft den Ring auf den Boden und zertritt ihn.)
Erik. Herr, da
Zertratet Ihr ein edles Herz!
Gothland *(bezwingt seine Bewegung).*
Es fahre wohl! –
– Die Erde trägt hier gute Saat: da liegt
Ein Schwert, – ich nehm es auf!
Erik. Jetzt nehmet Ihr
Dasselbe Schwert auf, welches Ihr vorhin
Wegwarfet, um den Vatermord zu meiden.
Gothland.
Graukopf, du wagst sehr viel!
Erik. Erlaubt, man sagt,
Den Vatermördern wüchs die rechte Hand
Aus ihrem Grabe!
Gothland. Sklav! spricht nicht vom Gra – Hu! – Gebt
Mir langes Leben, langes Le –

(Es donnert; Gothland verstummt voller Entsetzen.)

Arboga. Wovor
Erblaßt Ihr? – Donnernd sinkt die letzte Wolke
Des vorgen Ungewitters in das Meer.

Gothland.
Ja ja, der bloße Donner ist es, – durch
Die Luftregionen heult er ohne Sinn!

Erik. Ohne Sinn?

Gothland. Ohne Sinn! – *(Zu Usbek.)* Ich seh dich auf
Den Wink zum Aufbruch harren, – wart nur noch
'Nen Augenblick. –
Arboga, könnt Ihr mir
Die Rechte nennen, die ein König hat?

Arboga. Ein König hat gar große Rechte, als
Das Recht der Willkür, die Befugnis zur
Gewalt, das Recht des Völkermordes –

Gothland. Hat er
Das letztere?

Arboga *(ohne Ironie).*
Zum wenigsten ists von
Den Kön'gen *ausgeübt*, so lange als
Es Kön'ge gibt.

Gothland. Nur eins sag an:
Ist Völkermord ein Königsrecht?

Arboga. *Ich* glaube es.

Gothland. Gottlob, Wir sind ein König!
– Jetzt frißt der Mensch die Fisch', da eigentlich
Die Fisch' ihn fressen sollten, – sorgen will ich,
Daß diesem Mißstand abgeholfen wird.
Den Ackerbau will ich befördern, dies Feld
Will ich mit Leichen düngen, damit
Das Gras wächst, – einer von den großen Ärzten
Der Menschheit, deren sie so sehr bedarf,
Die mit den einzigen Heilmitteln, die ihr fruchten,
Mit Feur und Schwert, mit Krieg und Pest sie heilen,
Einer von den gepriesnen Attilas,
Sullas und Cäsars will ich werden!
(Kommandierend.) Infantrie vor!
Die Reiterei
Hält hinter ihr und reit't sie über, wenn
Sie zagt! –

Rossan, du stürmst des Feindes linke
(zu Irnak) Und du die rechte Flanke,
(zu Arboga) Ihr das Zentrum!
(Schlachtmusik.) Mord ist frei! Keine Gnade! –
Er, der
Die Wölfe machte, ihnen Zähne gab,
Und einen heißen, niegelöschten Durst
Nach Menschenblut, er, der die Vipern schafft,
Und die Erdbeben aus den Tiefen ruft,
Wird uns entschuldigen!
Halloh, zur Schlacht!
(Er geht; allgemeiner Aufbruch; kurze Pause, während welcher die Szene leer bleibt.)

Berdoa *(tritt auf, die wildeste Leidenschaft in seinen Gesichtszügen und Bewegungen).*
Was? Bin ich noch der Neger?
Ist dies mein kampfgestählter Arm?
O gebt
Mir etwas zu vernichten, etwas zu
Vernichten – ja, vernichten! vernichten!
(Er hat einen Dolch ergriffen.)
Zerbrich! zerbrich! O wärens seine Knochen! –
Verdammte Träume! Seine Knochen sind
Es nicht! Es ist mein bester Dolch! Schmach! Fort
Gedanken! –
Sinne, öffnet eure Tore!
Sehn will ich der Sahara Meteore! *(Fast mit Vision.)*
Ha! wie die Lavaström vom Ätna, fluten
Hoch vom Zenit die Sonnengluten!
In Feuer ist der Tag getaucht,
Verbrannte Asche ist die Luft, die Erde raucht,
Der Samum weht,
Und Mauritanias Karawan vergeht!
Der rote Löw, umflogen
Von eines Feuerkammes Wogen,
Schnaubt Mord, peitscht mit dem Schweif den Sand,
Stürmt als *Komet der Wüste* durch das Land!
Und als ihr *Sternbild*, furchtbar leuchtend,
Gleich dem Orion der Äquatornacht,
Tod kündend dem, der es erblickt,
Umfunkelt von des Felles Arguspracht,

Die blutgewaschnen Zähne weisend,
Sie mächtig aneinander schärfend,
Wie Netze seine Blick' auswerfend,
Mit glühndem Aug' die Beut umkreisend,
Schweift dort, mit einem Blutstreif ihn befeuchtend,
Der Königstiger seinen Pfad!
Und lauernd sich zusammenringend,
Zu einem *Strudel* sich verschlingend,
Umschnürt mit ungeheuren Reifen
Die Boa jeden, der ihr naht!
– Ein *Samum* will ich Gothlands Mark aufzehren,
Will seinen Stamm, will alles, was ihn nur beglückt,
Mit meinem Hauch versengen und verheeren, –
Ein *Löwe*, will ich ihn ergreifen,
Ein' *Boa*, will ich ihn erdrücken,
Ein *Tiger*, reiß ich ihn zu Stücken –
– Nur Tiger? – der kann bloß den Leib versehren!
Das ist zu wenig, ich will mehr!
Denn auch das Seelenheil will ich zerstören
Für ihn sowie für seinen Samen! Amen!
(Gustav tritt auf.)

Berdoa.
Sein Sohn? Ein Dämon führt ihn zu mir her!
(Er zieht sich zurück, und umschleicht den Gustav während des Folgenden beobachtend und lauschend, beinah auf die Weise eines Raubtiers.)

Gustav.
Weh ihm, dem schon in seiner Jugend Tagen
Ein holdes Glück erschienen, – klagen,
Wenn es ihm untersank,
Muß er ein ganzes Leben lang!

Berdoa.
Er scheint betrübt zu sein, – was mag ihn quälen?
Viel Kluges ist es sicher nicht, – er hat
Noch keinen Bart!

Gustav. Dort steigt er auf,
Der stille Zeuge unsrer Liebe,
Der Hesperus,
Und mit ihm die Vergangenheit!

38 *Hesperus:* der Abendstern.

Wie leuchtet er mir heut so trübe,
Wie golden flammte er in vorger Zeit!
– Auch sie
Steht nun wohl in dem Dämmerlichte,
Der Wehmut Zug in dem Gesichte,
Auf dem Altan, und denkt an mich
Und unsre Blicke treffen sich
(O süßer Traum!)
Im schönsten Stern am Firmament,
Sind wir auch sonst durch Berg und Tal getrennt!

Berdoa. Ich habs, ich habs! er ist verliebt! Die Liebe
Ist Wollust; wer verliebt ist, der ist geil,
Ist Geck, ist schwach, ist Narr! – An dem hab ich
Schon im voraus das halbe Spiel gewonnen! –
(Er geht auf Gustav zu, um ihn anzureden.)

Gustav *(für sich)*. Was will der Mohr?

Berdoa. Ihr seid nicht in der Schlacht
Bei Eurem Vater, Prinz? Man wird
Euch das vorwerfen.

Gustav. Was ein Kind
Dem Vater schuldig ist, hab ich getan;
Ich bin auf sein Gebot ihm nachgefolgt
Und werd ihn nicht verlassen; doch nie kann
Er fodern, daß ich gegen meine Überzeugung,
Gegen mein Vaterland und gegen den,
Der Schwedens König ist, mein Schwert soll ziehn.

Berdoa. Ihr meint also, Eur Vater wär Rebell?

Gustav. Er ist mein Vater und ich bin sein Sohn.

Berdoa.
Du rührst mich, Jüngling; wohl, du hast ein Recht
Zu trauern!

Gustav. Wohl o wohl! ein größres, als du denkst!

Berdoa.
Ein größres? – Kaum zu glauben – Sollte etwa –

Gustav.
Still *Mohr*, denn *du* errätst es nimmer!

Berdoa. Un-
Glückliche Liebe ists doch nicht?
(Gustav wird heftig bewegt.) Ist sie's?
Und glauben konntest du, daß ich sie nicht
Erriete, weil ich Neger bin? – O schlecht

Kennst du der Liebe Zaubermacht! Sei weiß,
Sei schwarz, du führest ihre Farbe! Am
Äquator lieben wir wie hier, nur glühnder,
Wie dort denn alles glühnder ist.

Gustav. Ja, besser
Hätt ich der Liebe Allmacht kennen sollen,
Als einen Augenblick an ihr zu zweifeln.
– Ein Einsamer bin ich in diesem Heer,
Mein Vater höhnt mich, wenn er mich bewegt sieht,
Und seine rohen Krieger kennen kein Gefühl –
(Indem er Berdoas Hand faßt.)
Da muß ich einen Neger finden, der mir
Erzählt, daß auch die heiße Zone liebt,
Der mich versteht, der meinen Schmerz begreift.
Selma, des Schwedenkönigs hehre Tochter,
Die hehre Selma liebt ich mit der Seligkeit
Der ersten Liebe, und sie liebte mich!
Mein Vater aber, fliehend von
Des Bruders Leiche, riß auf ewig mich
Von dannen!

Berdoa. Du warst wohl recht selig?

Gustav. Fragst
Du noch? – Drei Jahre sind es nun, als ich
An einem Frühlingsmorgen schweifte durch
Upsalas neuverjüngte Flur; ich war
Wie Knaben sind, nicht glücklich und nicht un-
Glücklich; – Aurora streute Goldstaub auf
Die grünen Matten, – sehnsüchtig dämmerte
Des Horizontes duftgewobne Bläue,
Die Wälder knospeten, die Rosen schwellten, –
Ich sah es nicht –
Des Hains Gefieder sang,
Ich hört es nicht, –
Da schwebte eine Nie-
Geseh'ne grüßend mir vorüber, – es
War Selma – sie erging sich auf den Blumenwiesen –
Ich sah sie! – – und
Zum erstenmale hörte ich
Die Nachtigallen schlagen,
Sah ich die Rosenbüsche blühen,
Sah ich des Äthers Höhen schimmern,

Und eine andre Sonne stieg
Im Osten mir empor!
Nur wer geliebt hat, weiß es, was
Der Frühling ist!
Berdoa. Ja wohl! ja wohl! nur wer
Geliebt hat, weiß es, was ein Affe –
Was, was
Der Frühling ist!
Gustav. Von Liebe flüsterten
Die Ähren, Liebe rief des Donners Hall!
Ich glaubte an Unsterblichkeit, an Gott,
An Glück, an alles Große und
An alles Gute!
Die Sonnen *flogen* auf und nieder,
Die Stunden hatten *Morgenröten*,
Die Auen waren *Paradiese*, – und
Wenn ich auch weinte,
So weinte ich vor Freude!
Berdoa. Ist Selma schön?
Gustav. Das weißt du nicht? – O, ich beklage dich! –
Als Herrlichste von allen,
Als eine Kön'gin steht
Sie unter den Gespielinnen! fürs Diadem
Ist ihre Götterstirn gebildet! seidnes Haar
Umschmückt ihr lichtes Haupt
Mit goldner Fülle, Hoheit strahlt
Aus ihrem Auge, Anmut wohnt
Auf ihrem Mund, – mein Leben würf ich weg
Für einen Kuß auf ihre Lippen!
Berdoa. Wenn sie nun aber aus dem Halse stänke?
Gustav. Wie Neger?
Berdoa. O du Geck der Gecken, Narr
Der Narren! Deine Göttin ist ein Mensch
Wie du! Hat sie auf ihrem Kopf viel Haare,
Was du so rühmst, so hat sie sicher auch
Viel Ungeziefer drauf, und ihre Nas
Ist schleimig, wie die Nasen andrer Leute!
Sie trinkt und ißt so gut als du
Und so wie du gibt sie's auch wieder von sich!
Gustav.
Schäme dich!

B e r d o a. Lüg ich denn? – Schäm *du* dich, weil
Du ohn Erröten eingestandest, daß
Du liebest!
G u s t a v. Mich der Liebe schämen, die
Das Höchste auf der Erde ist?
B e r d o a. Das Höchste?
Aufs Kindermachen läufts hinaus! –
Was liebt
Ihr denn am Weib? Etwa den Geist?
An einer Gans? – Ich glaub es kaum; und wär
Es wahr, – weshalb liebt ihr denn nie 'nen Mann?
Ihr liebt das Fleisch! siehts Fleisch nur hübsch, so denkt
Ihr euch die Seele schon hinzu! – Doch das
Empört mich nicht; allein, wenn ihr den Trieb,
Den ihr mit Kröte, Katz und Hund gemein habt,
Zu einer Tugend macht und göttlich nennt,
Pfui, das ist unerträglich!
G u s t a v. Im Namen der Geliebten und der Liebe:
Zieh deinen Degen heuchlerischer Mohr!
B e r d o a *(tuts und schlägt ihm den seinen aus der Hand).*
Da liegt der deine! –
Lehrte Selma dich
Das schlechte Fechten? Besser solltet ihr
Die Männerwürde ehren, als
Zu Dienern eines Weibes euch erniedrigen!
G u s t a v. Dein Arm ist stärker als der meine, weil
Er dreißig Jahre älter ist; drum rühm
Dich nicht; der Liebe bleib ich treu! *(Geht ab.)*
B e r d o a. Ja, bleib
Ihr treu! bleib ihr nur treu! das wünsch ich eben!
Ein Schritt nur ists, der von der Liebe zu
Der Unzucht führt! – – Ich kenne unter
Den Christen gar nicht wen'ge Laffen, die
Im selben Sinn, in welchem sie
Von ihrem Mädchen sprechen, Gott
Die Liebe nennen! – Dieser Knabe schien
Zu ihnen zu gehören! – Ich
Bin lange Zeit als – als Sklav
In Griechenland und in Italien
Gewesen; nicht umsonst hab ich
Dort mancherlei erfahren und gelernt;

Ich kann's mitunter brauchen, wenn
Ich so ein europäsches Schneegesicht
Zu Grunde richten will! – Ich will
Ins Künftige mich fest
Und fester an den sehnsuchtgirrenden
Gelbschnabel drängen: erst verführ
Ich ihn mit Hülfe seiner Liebe
Zur Hurerei; dann wiegle ich
Ihn gegen seinen Vater auf; dann –
(Irnak kommt.)

Berdoa.
Wie steht es in der Schlacht, Freund Irnak?
Irnak. Der neue König siegt!
Berdoa. Gott quäl ihn!
Irnak. Rossan,
Der neugebackne Oberfeldherr, fragte
Nach Euch, und stampfte mit dem Fuß, als er
Vernahm, Ihr wärt nicht da!
Berdoa. Der Narr!
Irnak. Er drohte
Euch exemplarisch zu bestrafen
Und läßt Euch durch mich rufen.
Berdoa. Gut;
Schon gut, – zu etwas anderem; wie geht
Es deinem hübschen Nachtgeschirre?
Irnak. Nacht-
Geschirre?
Berdoa. Nu, ich mein' das wohlgebaute,
Breithüftge Christenmädchen, welches du
Vergangnes Jahr im Schwedenkrieg
Erbeutet hast.
Irnak. Ihr meint das blonde Milchen?
Berdoa. Ja ja! Emilie Scherwenz!
Irnak. Ho,
Da habt Ihr Recht! die ist ein Nachttopf!
Sie sitzt in meinem Zelte; wenn
Ihr pissen wollt, so steht sie Euch zu Diensten!
Berdoa. Was treibt sie denn?
Irnak. Sie melkt die Männer!
Berdoa. Sie war damals recht üppig-schön; ist sie
Es noch?

Irnak. Wo sie vorbeigeht, springen
Die Hosenknöpfe los!
Berdoa. Wenn sie nur *fett* ist!
Irnak. Ihr solltet ihren weißen, blühnden Nacken,
Auf dem sie doch so häufig liegen muß,
Und ihre vollen Arme sehn; auch ihr –
Berdoa. Hat sie 'ne tüchtige?
Irnak. Man kann darin
Die Stiefeln ausziehn!
Berdoa. So befiehl der Dirn,
Daß sie sich kostbar schmücke; ich bezahle alles;
Durchsichtger Flor umschatte ihre Brüste –
Ein seidenes Gewand vom feinsten Stoff
Umschließe ihren Leib so enge, daß
Man jeden Atemzug bemerken kann,
Und eine Silberspange, welche beim
Geringsten Druck des Fingers auffliegt
Und es verrätrisch öffnet, halte es
Fürerst zusammen. – – So erwartet sie
Die Nacht; dann wird der junge Gothland zu
Ihr kommen, und sie fragen, ob
Sie bei der schwedschen Königstochter Selma
In Dienst gestanden; sie bejaht es, spricht
Mit Überschwenglichkeit von der
Prinzessin, schwärmt empfindsam
Von *Frühlingsblum* und *Abendstern*,
Von *goldner Zeit* und *selgen Stunden*;
Die Liebe sei des Lebens *höchstes Gut*,
Ein Tor nur sage, daß
Die Liebe *irdisch* oder *sinnlich* sei;
Behüte Gott! die Liebe sei vielmehr
Unsterblich, *heilig*, *ewig*, *geistig!* – Hier
Wird sich der Bube nicht mehr halten können,
Entzückt, begeistert, weinend wird
Er in die Arm' ihr fallen, ihr beistimmen,
Mit *»himmlisch«* und mit *»göttlich«* um
Sich werfen, wie mit Straßendreck,
Venus *Urania* sie heißen

38 *Venus Urania:* Göttin der himmlischen Liebe im Gegensatz zur ›Venus Pandemos‹, der Göttin der sinnlichen Liebe.

Und – – ihr vor Wollust in die Brüste beißen!
Sie aber lehrt ihn dann,
Was in *natura* eigentlich die Liebe ist!
Irnak. Hoho, hat sie ihn erst in Armen,
So nimmt sie ihn auch zwischen ihre Beine!
Berdoa. – Ich kenne viele, die in Zweifel waren,
Ob ich auch Mensch; daß ich ein *Satan* sein kann –
An deinem Sohne, Gothland, sollst du das erfahren!
(Er geht mit Irnak ab.)

Zweite Szene

Ein anderer Teil der Ostseeküste

(Der König Olaf, der alte Gothland und der Graf Holm treten feldflüchtig auf.)

Holm. Wer unrecht hat, hat Glück! Wir sind
Geschlagen, und zerstoben ist das Heer!
König. Ich schiffe mich sofort nach Rußland ein
Und werbe dort ein neues an!
Der alte Gothland.
Ich wandere nach Norwegs Tälern
Und wenn sie dort die Väter ehren,
So müssen sich die Streiter um mich scharen!
Holm. Ich eile zum hochherzgen Volk der Deutschen,
Das für das Gute nur die Waffen schwingt,
Und fleh um Hülfe für die Unterdrückten!
König. Gib mir die Hand, verlaßner Vater!
Der alte Gothland.
Gib mir die Hand, vertriebner König!
Holm. Und nehmt auch mich in euren Bund!
(Sie halten sich umarmt. – Ferne Trompetenstöße.)
König.
Horcht, die Rebellen nahn; wir müssen scheiden!
– Am Kiölgebirg, wo sich die Heerstraßen
Von Dänmark, Schweden und Norwegen kreuzen,
Steht einsam eine unbewohnte Hütte,
Für den verirrten Wanderer erbaut –

32 *Kiölgebirg:* veraltete Bezeichnung für den mittleren Abschnitt der norwegischen Gebirgsrücken.

Dort sehn wir uns am ersten Mai, in der
Begleitung neugeworbner Heere wieder!

Holm und der alte Gothland.
Am ersten Mai sehn wir uns wieder!

König. Lebt wohl, verzweifelt nicht und harret aus!
Denn sicher wie der Frühling auf
Den Fluren wiederkehrt, so sicher muß
Das Gute in dem Leben wiederkehren!
Die Wolkenzüge kommen und vergehn,
Die Himmelswölbung blieb seit ewig stehn!
(Sie trennen sich und gehen ab.)

(Gothland, Gustav, Arboga, Rossan, Irnak, Berdoa, Erik, schwedische und finnische Krieger, treten auf. – Siegsmusik.)

Arboga *(zu Gothland).*
Feldflüchtig ward der Schwedenkönig Olaf –
Im Namen meiner Scharen biet ich Euch
An seiner Statt die schwedsche Krone dar.

Gothland.
Ich nehm sie an! *(Beiseit.)* So hab ichs denn erreicht:
König bin ich von Schweden und von Finnland!
(Laut.) Die Finnen und die Schweden sollen künftig
Den wechselseitgen Haß vergessen, und,
Vereinet unter meinem Herrscherstabe
In ewgem Frieden miteinander leben! –
(Zu Arboga.)
Graf, herrlich habt Ihr in der Schlacht gefochten;
Zum Zeichen meiner Dankbarkeit
Ernenn ich Euch noch auf dem Schlachtfelde,
Dem Boden Eurer Heldentaten,
Zum *Fürsten* von Arboga!
– Sieh da der Neger. *(Hämisch.)* Nu, wie geht es dir?

Berdoa. Recht gut.

Gothland. Das freut mich.
(Er zieht ihn beiseit.) Auf ein Wort; – Mohr, du
Bist weit gereist; du sahst Timbuktu und
Sahst Samarkand, den Niger und den Nil,
Mehr als ein anderer hast du erfahren –
– Weißt du ein Mittel gegen die Blitze
Und gegen den Donner?

Berdoa.
Den Frommen, hört ich, sollen sie verschonen!

Gothland *(wendet sich ärgerlich von ihm weg; zu Rossan).* Mich dünkt, es wär jetzt Zeit den Mohren aufs
Schafott zu schleppen!
Rossan. Herr, so gern ichs täte, –
Es geht noch nicht; wir müssen ihn
Noch ein paar Tage laufen lassen, –
Ich kenne ja das finnische Gesindel!
Gothland. Der
Elende Pöbel! – Doch, ich will mich zu
Gedulden suchen! –
(Roßgetrappel.) He! wer reitet dort vorbei?
Irnak. Es ist Usbek mit seinen Reiterscharen.
– Wohin, Usbek?
Usbek *(im Hintergrunde).*
Den Feind verfolgen!
Irnak. Es
Wird Abend und kaum scheint ein Stern heut nacht!
Du solltest warten bis zur Morgenröte!
Usbek. Pah! Feuerkugeln sind der Schlacht Gestirne,
Pechkränze ihre Sonnen!
Gothland. Brav, Usbek!
Laß dich nicht Nacht und Dämmrung schrecken!
Die meisten Flüchtgen wandten sich gen Norweg;
Verfolg sie rastlos bis ans Kiölgebirg!
Ich komme mit dem Heere nach! Glück auf!
Usbek. Hussah, so stürmt denn los, ihr Reiterscharen,
Wie tausendfüßge, erzbeschlagene
Orkane! *(Ab; Trompeten.)*
Gothland. Rüstet euch zum Nachtmarsche.
Irnak *(zu Berdoa).* Die Dirne ist bereit.
Berdoa. So will ich mit
Dem Buben sprechen! *(Redet heimlich mit Gustav.)*
Gothland *(in die Gegend blickend).*
Dort eilt ein müder Landmann nach
Vollbrachtem Tagewerk zu seiner Hütte.
Er hat das letzte Korn gesät und hofft
Zu Gott, daß es gedeihen wird
Im künftgen Lenz. – Ein liebes Weib empfängt
Ihn vor der Tür und trocknet ihm den Schweiß ab –
(– Wer trocknet mir das Blut ab? –)
Ein traulich Feur winkt ihm auf seinem Herde

Und Kinder spielen um die Kniee ihm;
Ein süßer Schlummer, ungestört
Von Träumen, stärkt ihn für den künftgen Tag,
Und Friedensengel schweben über seiner Wohnung!
– Ich seh nicht ein, wie er vor mir
Dies schöne Los verdient; wär er
Versucht wie ich, so wär er auch wie ich
Gefallen –
Fort! reißet seine Hütte
Ihm nieder und zerstampfet seine Fluren!
(Mehrere Soldaten ab.)

Gothland.
– Ihr göttlichen Gewalten, gebt mir, wenn
Ihr seid, ein langes Leben auf der Erde;
Es ist so wenig – ein unseliges
Bewußtsein seiner Nichtigkeit,
Ein Kriechen auf dem Schlamme, eine Kette
Von Qualen – und dennoch ists
Mein Alles! – Gönnt es mir!
Ich hab ja keine Ewigkeit, kein Glück
Und keine Hoffnung mehr, – *peinigt* mich, aber
Laßt mir das Einzge, was mir blieb, laßt mir
Das arme, nackte Leben! laßt es mir!

VIERTER AKT

Erste Szene

Die Grenzen von Norwegen. Lager der schwedisch-finnischen Armee

(Gothlands Zelt. – Nacht. Auf einem Tische brennende Wachskerzen. Gothland, halb gerüstet, liegt schlafend auf einem Ruhebette. Erik steht bei ihm Wache.)

Arboga *(tritt ein)*.
Was macht der König?
Erik. Schwer scheint er zu träumen.
Arboga. So weck ihn auf.
Erik. Wer weiß, ob er
Nicht lieber angstvoll träumt, als angstvoll wacht.

G o t h l a n d. Mohr! Mohr!
B e r d o a *(tritt ein).* Da ich vorm Zelt vorbeigeh, hör
Ich rufen; wer begehrt mich?
E r i k. Niemand;
Der König sprach im Traum.
B e r d o a. Der König? *(Gothland erblickend.)* Ha, seht,
Seht, wie der goldgekrönte Wurm sich windet!
Jetzt käut er nach der Art der Europäer, nachts
Das wieder, was er tags getan!
Er kann kein Bruderfleisch verdauen!
G o t h l a n d. Laß, laß mich! Toter, laß mich!
A r b o g a *(zu Berdoa).* Fort; er
Erwacht.
(Berdoa geht ab.)
G o t h l a n d *(vom Lager aufspringend).*
Gottlob, es war ein Traum! Wie feige,
Wie feige die Gespenster sind!
Sie überfallen nur den Schlafenden!
Laßt sie ankommen, wenn ich wach bin!
(Zu Arboga.) Habt
Ihr je geträumt?
A r b o g a. Ich träume nie.
G o t h l a n d. Du träumst nie?
So hör denn, wie du glücklich bist! –
Ich lag,
So träumte mir, auf einem Lavafelde, –
Aus schwarzen Wolken regnete es Nattern,
Und Friedrich, der Erschlagne, stieg empor.
Mit seinen Fersen stand er auf der Erde,
Mit seiner Scheitel stieß er an den Mond;
An seinen blutgen Haaren klebten Sterne,
Wie Fisch' in ihren Netzen;
Aus seinem Hals hing statt
Der Zunge eine Brillenschlange,
Sein Aug war stier und grünlich,
Und weißer Leichenduft umhüllte ihn.
So kam er auf mich zu, beinah
Den wandernden Gebirgen Islands ähnlich,
Und foderte sein Blut mir ab;

30 *Mit seiner Scheitel:* älterer femininer Gebrauch des heutigen Maskulinums.

Ich wehrte mich mit weggewandten Augen –
Er warf mich nieder, und als ich
Die Augen wieder zu ihm kehrte, – da
Umklammerte mit hunderttausend Füßen
Mich eine zorn'ge, ungeheure Spinne,
Sog wie 'ner Fliege mir die Brust aus – und
Ihr Antlitz war das Antlitz meines Bruders!
(Trompeten.)
– Was gibt es da?

Arboga. Die letzten Regimenter
Von Eurem sieggekrönten Heere ziehn
Ins Lager.

Gothland. Ja, – ich siegte! – Siegen – Morden –
– Was unterscheidet denn den Helden von dem Mörder?

Arboga. Die Anzahl der Erschlagenen.
Wer wen'ge totschlägt, ist ein Mörder,
Wer viele totschlägt, ist ein Held.

Gothland. Nu,
Das tröstet mich; ich werde wohl ein Held sein.
– Ich bin sehr müde; ich will wieder schlafen;
Fürst! wacht in meiner Näh!
(Er legt sich auf das Ruhebett, steht aber bald wieder auf.)
– Ich kann nicht schlafen! –
Weh, Weh,
Wie eine Feuerglocke heult mein Herz
Und läutet Sturm mit Donnerschlägen,
Und über meinem Kopf
Wirft meine Stirne Blasen auf,
Wie kochend Wasser überm Feuer! –
– Fürst! glaubt Ihr an Unsterblichkeit?

Arboga. Um so etwas bekümmre ich mich nicht.

Gothland *(aus voller Seele)*.
O du Beneidenswürdiger!
(Pause; dann winkt er, ihn allein zu lassen; Arboga und Erik entfernen sich.)

Gothland *(allein)*. – Bisweilen
Erscheinen selge Silberblicke in
Der Nacht des Lebens, – da zerschmilzt
Die eiserne, ungläubge Brust,
Und eine *Götterdämmerung* steigt in
Ihr auf: – der Erde Nebel,

Die düstren Graungestalten *schwinden*,
Und von dem jungen Morgenlicht beschienen,
Eröffnet eine weite Aussicht
Ihre goldnen Fernen, – aus
Dem Meere taucht die ewge Liebe, – am
Tiefblauen Himmel leuchtet Gottes Glorie, –
Die Gräber öffnen sich, wie Knospen in
Dem Mai, verjüngt entschweben ihnen die
Gestorbenen, vergessen ist der Schmerz,
Das ganze Weltall strahlt von seliger
Verklärung! –
Was red ich da? Nicht für mich
Sind diese Wonnen, wenn sie sind,
Und gibt es ein Elysium, so gibts
Auch eine Hölle!
(Zur Zelttür hinaus.) Ruft den Neger her!
(Pause; dann kommt Berdoa.)

Berdoa. Ihr ließt mich rufen.

Gothland. Neger,
Es geht auf Erden eine alte Sage
Von Mund zu Mund, von Land zu Land; woher
Sie kommt, weiß keiner, aber jeder glaubt sie,
Und sie scheint ewig, wie ihr Inhalt –
Sie redet von Unsterblichkeit – Was ist
Unsterblichkeit?

Berdoa. Ein Wort.

Gothland. Woher
Die Übereinstimmung der Völker
In ihrem Glauben an ein ewges Leben,
Woher der Glaube dran in unsrer Brust?

Berdoa.
Der Mensch glaubt, was er hofft, glaubt, was er fürchtet!

Gothland.
Wahr, Neger, wahr! Du sprichst, wie ichs von dir
Erwartete; daß *du* es leugnen würdest,
Wußt ich; das war es auch, weswegen ich
Grad dich, und keinen andren rufen ließ!

Berdoa. Der Mensch verdient ja kaum dies Erdenleben,
Und für ein ewiges sollt er gemacht sein?
Sein Dasein nicht einmal kann er beweisen,
Und seine Ewigkeit wär außer Zweifel?

Gothland. Vortrefflich! Neger, Freund! sprich weiter!
Berdoa *(beiseit).* Wart nur! *(laut)* Bloß
Um unsrer ungeheuren Eitelkeit
Zu schmeicheln und die Furcht vor der
Vernichtung unsres Daseins zu besänftgen,
Erfanden wir uns die Unsterblichkeit, –
Ein Einfaltspinsel, der sie glauben kann!
Gothland. Ein Einfaltspinsel, der sie glauben kann!
Arboga *(kommt).*
Herr, eben bringt Usbek fünftausend
Gefangne ein.
Gothland. Willkommen sind sie mir,
Wenn sie zu meinen Fahnen treten wollen.
Arboga. Sie weigern sich; was machen wir mit ihnen?
Gothland *(zu Berdoa).*
Ein ewges Leben gibt es nicht?
Berdoa. Nein.
Gothland *(zu Arboga).* Es
Ist keine Unsterblichkeit – So
Laßt die Gefangnen niederhaun!
(Arboga geht ab.)
Berdoa. Hihihi!
Und wenn nun dennoch –
Gothland. »Dennoch? dennoch?«
Zweizüngler, was bedeutet das?
Berdoa. – und wenn
Die Ewigkeit nun dennoch wäre!
Gothland *(entsetzt).* Schrecklich!
Arboga *(tritt ein).* Die Kriegsgefangenen sind tot.
(Er geht ab.)
Berdoa. Sie sind
Schon tot! Weh, König, Wehe! wenns
Nun 'ne Vergeltung geben sollte!
Ich zittere für Euch, wenn ich dran denke!
Gothland *(zu Berdoa, indem er zugleich sich selbst beruhigt).* Es gibt nur eine einzige Vergeltung,
Und die bestehet in der gänzlichen
Vernichtung unsres Daseins, welche man
Den *Tod* nennt; – dem Unglücklichen nimmt er
Die Qual, dem Glücklichen die Freude,
Und überflüssig macht er die

Vergeltung übern Sternen,
Von welcher du zu träumen scheinst!
Berdoa. Fast glaub
Ichs auch!
Gothland.
Siehst du! – – Die *Huren* mögen
Sich fürchten vor der Ewigkeit, –
Wir wissen besser, was daran ist;
Die Seele *schläft*, – was schläft, kann sterben, – sie
Wird *krank* (sehr krank!) – was krank wird, das vergeht auch!
Berdoa. Wie aber, König, kommts, daß noch
Kein einziger *(Ihr werdet einstens* an
Euch selbst erfahren, daß ich Wahrheit spreche)
Wie kommts, daß noch kein einziger
Gestorben ist, der nicht in seiner letzten Stunde
Die Nähe einer andren Welt geahnet, und
Vor ihr gezittert hätte?
Gothland. Mohr, du redest ganz
Einfältig! Ein gesunder Mann, der noch
Seine fünf Sinne hat, legt kein Gewicht
Auf das, was Sterbende, die auf
Dem Todesbett sich winden und die Kissen zupfen,
In ihrer Angst und Geistesschwäche faseln!
Berdoa. Gespenster also gibt es nicht?
Gothland. Gespenster!
Hahaha! Mohr, auslachen muß ich dich!
Gespenster! Wer glaubt Ammenmärchen, wer
Hat jemals einen Geist gesehn? Ein Kind
Weiß, daß es keine Geister gibt! Mohr, Mohr,
Wie abergläubisch bist du und wie dumm,
Wie äthiopisch dumm! Gespenster!
Berdoa. Ihr überzeugt mich; Geister und
Gespenster gibt es nicht; aber denkt Euch, daß
Es hier nach Leichen röche, und daß plötzlich
Dort in der dunklen Ecke, wo
Das weiße Laken hängt, im Totenhemd
Eur Bruder Friedrich stände, und
Euch ansäh –
Gothland. Hu!
Berdoa. Was schreit Ihr?

G o t h l a n d. Sieh, er
Steht ja schon da! Mein Blut wird Eis! Er droht mir!
Er kommt! Verwesung ist sein Odem!
Er will mich töten! – Fliehen wär vergebens! –
Was fürcht ich mich? Dreist ringe ich mit ihm –
Auch ich bin Geist!

B e r d o a. Ringt Ihr mit 'nem Gespenste
Und nennt Ihr Euch 'nen Geist? Ei ei, ich meinte
Es gäbe keine Geister!

G o t h l a n d *(wieder zu sich selbst kommend).*
'S gibt auch keine!
Angst neckte meine Augen und ließ mich
So sinnlos schwatzen!

B e r d o a. Ihr seid also auch
Ängstlich?

G o t h l a n d *(ohne auf Berdoa gehört zu haben).*
Zerstreuung hab ich nötig – Öffnet
Das Zelt!

(Die Zeltwand des Hintergrundes fällt nieder und man erblickt eine Wintergegend, die zum Teil von dem schwedisch-finnischen Lager bedeckt ist; am äußersten Horizonte wird sie von den Schneegipfeln des Kiölgebirges begrenzt; über ihr funkelt der sternbesäete Nachthimmel.)

G o t h l a n d.
– – Eine sternhelle Luft!

B e r d o a.
Ja, – weggezogen sind die Decken,
Und schwindelnd starr ich in den Abgrund
Der Schöpfung; – wie ein Triumphator fährt
Die Nacht mit Millionen Sonnenrädern
Durch die Schwibbögen des Weltbaus; –
Milchstraßen drängen an Milchstraßen sich,
Sternbilder lodern bei Sternbildern!

G o t h l a n d. Pah,
Auch diese Sternenherrlichkeit erbleicht,
Und schnell und spurlos wie
Das flüchtge Lächeln eines finsteren
Gesichts, vergehet dieser Glanz der Nacht!
– Es kommt die Zeit, wo sich die Todesengel
Mit schwarzen Sturmesfittigen erheben
Und auf den Ätherhöhn die Sonnen

Losreißen, wie die Lämmergeier auf
Den Alpenspitzen die Lauwinen
Loskratzen!
Dann rollen jene feurgen Welten
Mit ihren Erden und
Mit ihren Monden, andre Welten mit
Sich niederreißend, in die Schlünde der
Vernichtung, und die Himmelswölb'
Fällt ihnen nach, wie'n müdes Augenlid! –
Ewig ist nur der Staub. –
Weltkörper gehen unter und der Mensch
Wär unvergänglich? O des Wahnwitzes!

Berdoa. Ich zweifle sehr.

Gothland. Woran?

Berdoa. Daß die Weltkörper
So gänzlich untergehen. Ist es nicht
Wahrscheinlicher, daß diese mächtgen Globen
Zu einem höhren Zweck bestimmt sind? Sollten
Sie nicht so gut 'ne Seele haben, als
Wie wir? Die Läuse, die
Auf einem Menschenkopfe sitzen, meinen
Gewiß, daß dieser bloß erschaffen sei,
Um sie zu nähren, – und was auf
'Nem Menschenkopf die Läuse sind, das sind
Die Menschen auf der Erde.

Gothland. Ja, *wir*
Sind Läuse!

Berdoa. Und die Welten?

Gothland. Sind
Vielleicht nur *größre* Läuse als wie wir.

Berdoa. Die Dioskuren auch?

Gothland *(bewegt)*. Die Dioskuren! –
Wie kommst du auf die Dioskuren?

Berdoa. Ich seh sie eben in dem Osten aufgehn.

Gothland.
Ha! – schöne Sterne! Brüdersterne! seh ich
Euch wieder? Selge, selge Nächte, wo ihr mir
Noch strahltet als das Sinnbild meines Lebens!
Als ich das letzte Mal euch sah,
Da hatte ich noch Brüder, – jetzt – o jetzt! – –
– Mohr, glaubst du einen Gott?

Berdoa *(beiseit).* Er fragt mich, weil
Er meint, daß ich Nein sagen würde! *(Laut.)* Ja,
Ich glaube einen allgewaltgen Gott,
Der in die Nächte schaut und in die Herzen
Und furchtbar richtet über das
Verborgne und das Offenbare!

Gothland.
Ich aber glaube, Mohr! daß du
Ein ungeheurer Narr bist, ein
Weit größerer als ich gedacht, und daß
Dein Glaube an den allgewaltgen Gott
So närrisch ist wie dein Gehirn!

Berdoa. Recht so!
Gott ist nicht, aber du, *du* bist!

Gothland. Ich glaube
Die Allmacht und Allgegenwart der *Zeit*!
Die *Zeit* erschafft, vollendet und zerstört
Die Welt und alles, was darin ist;
Doch einen Gott, der höher als die Zeit
Steht, glaub ich nicht; ein solcher kann nicht, darf
Nicht, soll nicht sein und ist nicht!

Berdoa. Mit winzigem Gekreisch
Vermeinst du den zu leugnen, den
Des Donners Heroldsruf verkündet?
Die Morgensonne zündet
Ihm auf der Berge Hochaltären
Die Opferflamme an;
Das ganze sternbedeckte Firmament
Ist nur ein Sonnenstäubchen, das im Strahle
Seiner Größe brennt;
Die Geister schweben
Erstaunend auf den Stufen,
Die von dem Wurm, der in dem Tale
Der Erde lebt, bis zu den Sonnensphären
Sich erheben,
Und rufen
Seinen ewgen Namen!

Gothland.
Brav Mohr! man merkts, daß du
Der Finnen Oberpriester warst!
Du predigst allerliebst! Du sollst

Dorfpastor werden! einen schwarzen Rock
Hast du ja von Natur schon an!
Wenn du die Kinder unterrichtest, und
Die Bauern über Mißwachs tröstest,
Da mußt du dich so recht in deinem
Wirkungskreise fühlen!

Berdoa *(tückisch lächelnd)*. Nu,
Kinderunterricht erteilt ich gestern nacht!

Gothland *(nach einer Pause)*.
– Hast du auf deinen Reisen *Renegaten*,
Die Christi Religion verlassen und
Den Islam angenommen hatten, kennen-
Gelernt?

Berdoa *(beiseit)*. Ha, sucht er da 'ne Zuflucht?

Gothland.
Was denkt man über sie?

Berdoa. Der Christ *verfolgt*,
Und der Bekenner Mohammeds
Verachtet sie.

Gothland. Und was meinst du dazu?

Berdoa. Die Religion, mein' ich, kann man vertauschen,
Doch das Gewissen nicht. Auch sind
Im Grunde alle Religionen eins,
In Nebensachen nur sind sie verschieden;
So kenne ich zum Beispiel keine einzge,
Worin der Mord nicht schwer verboten wäre;
Ich selber mußt aus meinem Vaterlande,
Vom Strand des Nigers fliehen, weil
Ich meinen Freund erschlagen hatte!

Gothland. Jetzt halt!
Du bist der größte Bösewicht auf Erden
Und sprichst doch heute, als
Wenn du die Tugend selber wärst!
Denkst du, ich wüßte nicht, warum? *Um mich
Zu quälen, bist du fromm!* Doch das
Soll dir mißlingen; dir
Zum Trotze lache ich und bleibe ruhig –
Hoho! bin ich nicht ruhig?

Berdoa. Ruhig? Ja,
Sehr ruhig;
Nur flechtet Ihr die Zähne gräßlich durch-

Einander,
Auch ballt sich Eure Stirne so gewaltig,
Daß sie den festesten der Steine,
Den Diamant zerquetschen kann
In ihren Falten, und
Wie rote Sonnen, die von Höllenglut
Geschwängert sind, glühn Eure Augen!
Gothland. Ja ja, geballt hab ich die Fäuste, um
Die Runzeln meiner Stirn mit ihnen platt
Zu schlagen; ein Palast der Stürme ist
Mein Haupt; wie 'n tollgewordner Hund
Schlägt mein Gewissen seine Zähne in
Die Tiefen meiner Seele; meine
Gedanken würgen, meine Glieder
Bekriegen sich – *(mit dem höchsten Schmerzgefühl)*
– Ich bin ein Haufe von zusammen-
Gesperrten Tigern, die einander
Auffressen! – –
– O, wie glücklich ist ein Vieh!
Es weint nicht, es bereuet nicht, und ist
Es einmal tot, so lebt es auch nicht mehr!
O wäre ich ein Vieh! *(Geht ab.)*
Berdoa *(nachdem er ihm nachgesehn).*
Der gute Gothland! *(Er geht ab.)*
(Arboga und Erik treten ein.)
Erik. Ihr seid des Königs treuster Freund;
Ihr wißt, wie wenig er sich glücklich fühlt.
Ich kenne nur Ein Mittel,
Wodurch sein trüber Geist genesen kann:
Er muß sich mit der Edelsten der Frauen,
Mit seinem holden Weibe, welches er
So ungerecht verstoßen, wieder
Vereinen. Sie, die ihn so hoch beglückte
In seiner schöneren, vergangnen Zeit,
Ist ganz erschaffen, daß sie der
Schutzengel seines Lebens werde.
O hätte *sie* mir nicht geboten,
Mit Rat und Tat in seiner Näh zu bleiben,
Längst wär auch ich davongeflohen. – Eben
Ist sie mit ihrem Vater,
Dem alten Grafen von Skiold,

Hier in dem Lager angekommen.
Sie will als eine fremde Säng'rin vor
Dem Könige erscheinen, bis daß er
An ihres Liedes Klagetönen
Sein Weib erkennt und beide sich versöhnen! –
– Nun bitt ich Euch, hierin die Fürstin nicht
Zu stören, und ihr freien Durchgang durch
Die Leibwacht und den Eintritt zu
Dem Kön'ge zu gestatten.

Arboga. Zwar sollt ich sie verhaften lassen –
Doch, sie ist nur ein Weib, kann also nicht
Viel schaden, – höchstens kratzen; –
– Sie mag ihr Glück versuchen!

(Erik geht ab. Gothland tritt wieder auf.)

Gothland *(zu Arboga).* Fürst,
Warum sollt ich betrübt sein? bin ich nicht
Ein König? – –
Aber gräßlich still und einsam,
Entsetzlich dunkel, furchtbar dunkel ist
Es hier! Licht, Lärm, Gesellschaft muß ich haben!

Arboga. Soll ich das Lager aus dem Schlaf aufrufen?

Gothland. Dein Rat ist gut; ich selbst will ihn erfüllen!
(In das Lager rufend.)
Auf auf, Soldaten! jubelt, raset, schlagt
Die Waffen aneinander! kränzt
Des Himmels Scheitel mit Raketen!
Macht euren König fröhlich! – Sät
Trompetenklänge in die Lüfte,
Laßt widerhallen alle Klüfte,
Bis daß der Himmel auseinanderspringt
Und bis das *Nichts*
Herein durch seine offnen Fugen dringt!

(Geschrei und wilder Lärm hinter der Szene.)

Gothland *(zu Arboga).*
Horch, Hunderttausend wachen auf
Und leisten mir Gesellschaft,
Und dennoch bleib ich einsam und allein; –
O jeder Sterbliche, und säß er auf
Dem volkumdrängtesten von allen Thronen,
Er wandelt einsam unter Millionen;
Kein anderer

Kann seine Freude, seinen Schmerz verstehen
Und einsam muß er untergehen!
(Er versinkt in sich selbst; Arboga entfernt sich; Lärm und Geschrei verstummen.)

Erik *(tritt auf und deutet auf Gothland).*
Jetzt muß Musik ihn vorbereiten!
(Er geht ab; gleich darauf beginnt eine hinreißende gefühlvolle Symphonie.)

Gothland. Horch,
O horch! – Wer tut mir das? – O meine Brust!
Sie muß vergehen unter diesen Klängen
Vor Schmerz und Lust!
Wie bei des Frühlingswindes warmem Wehn
Die Blumen an das Sonnenlicht sich drängen,
So erschließen
In mir sich die Erinnrungen verschwundner Tage!
Hold und schön
Wie diese seelenvollen Melodien
Tönt auch die frohe Sage
Von meiner Kindheit Rosenzeit!
O laßt mich aus der düstren Gegenwart entfliehen,
Und nur noch einmal laßt mich sie begrüßen,
Die selige Vergangenheit! –
Dort taucht, umkränzt mit Regenbogen,
Der Kindheit Insel aus den blauen Wogen! –
Wie's sich in mir hinüber sehnt!
Ich seh die Flur, wo ich als Knabe spielte,
Wo ich mich kindlich glücklich fühlte,
Ich seh das väterliche Haus!
Allein vergebens
Streck ich die Arme zu dir aus,
Du Tempe meines Lebens!
So steht der Wandrer an dem Felsgestade,
An dem er Schiffbruch litt – blickt voll Verlangen
Zum fernen Eilande, wo goldne Gärten prangen;
Er blickt und blickt – die Pfade
Sind verschlossen,
Ein Meer ist zwischen ihm und jenseits ausgegossen!

32 *Tempe:* Tal in Thessalien, auf dessen Paßstraße Altäre des Apollo und des Poseidon standen. Von Grabbe wahrscheinlich sinnbildlich für ›Heiligtum‹ verwandt.

(Die Musik geht in eine sanfte und rührende Melodie über.)
Wohlbekannte Worte hör ich klingen,
Die gleich verwehten Abendglockentönen
Aus weiter Fern herüberschwimmen!
Gott! es sind der Mutter heilge Warnungsstimmen!
Mutter! Mutter!
Lebtest du, wie würdest du die Hände ringen
Über mich,
Den Unglückseligsten von allen Söhnen!
Als ich noch an *Deiner* Seite
Wallte durch des Lebens Weite,
Fiel ich nicht, und brach der Sturm auch los –
Ich flüchtete zum Mutterschoß!
– Nimmer, Mutter! sehe ich dich wieder!
Droben schwebst du in den Sternenregionen,
Wo die verklärten Geister wohnen,
Und strahlest in dem Kreis der Frommen;
Vergebens blickst du aus nach ihm, den du geboren;
Nimmer, nimmer wird er kommen,
Denn zur Hölle fährt er nieder
Und auf ewig ist er dir verloren! –
Hinweg, vorüber, zieh vorüber
Du Kindheitsland! mein Aug wird trüb und trüber!
Vorbei ist ja vorbei!
Kindheit und Lieb zu ihr ist Kinderei!
Wer schneidet wohl mehr Fratzen,
Wen seh ich mehr einander beißen und zerkratzen,
Zanken und greinen,
Wer kriegt mehr Prügel auf die Hinterbacken
Als diese Kinder, die uns selig scheinen!
Die frechste Lügnerin
Ist die Erinnerung! Kindheit, fahr hin
Samt deinen Kindern, welche sich bekacken!
(Pause. – Die Musik nimmt einen neuen Schwung.)
– Bin ich denn nie beglückt gewesen?
O einmal, einmal war ich es!
– – Drei Brüder seh ich durch die Fluren wallen,
Manfred und Friederich und – Theodor!
Arm in Arm,
Der schönste Kranz von allen,
Die je der Frühling flocht; das Herz wird warm

Am Herzen, von einander nie geschieden,
Herrscht unter ihnen steter Frieden!
– Wer hat dies Friedensglück gestört?
Ich! Friedrich fiel durch dieses Schwert! – –
Was fällt mir ein? Bin ich denn toll?
Manfred gehörte zu den schwärmerischen Toren;
Sein Herz war voll,
Im Kopfe hatt er Grütze;
Und an dem Kanzler war noch weniger verloren,
Denn der war nichts
Als eine menschenähnliche Schlafmütze!
(Pause. Die Musik schweigt.)

Erik *(tritt auf)*. Herr, eine fremde Sängerin
Ist in dem Lager angekommen,
Und wünscht mit ihrer Stimm Euch zu vergnügen.

Gothland.
Vergnügen? So laß sie herein! Ruf auch die Feldherrn!
Doch erst gib mir den Königsmantel,
Denn fortan zeige ich mich nur als König.
(Erik legt ihm den Mantel um und geht dann ab.)

Gothland *(tritt an die Zelttür)*.
Wie kalt der Nachtwind weht!
(Arboga, Rossan, Usbek, Irnak, Berdoa und andere treten ein. Gleich darauf kommt Erik mit der Cäcilia und dem Grafen Skiold.)

Cäcilia. Dort steht er – – mitten unter den Verworfnen!
O, der Beweinenswerte!

Erik. Redet ihn an.

Cäcilia. Ich kann es nicht; mein Busen ist beklommen,
Das Wort erstirbt mir auf der Zunge!

Gothland. Ein schönes Weib! nur düster, wie es scheint!
(Zu ihr tretend.) Ein schwarzes Band schlingt sich
Durch deine Locken, Sängerin; – du trauerst?

Cäcilia. Das Band soll Zeichen sein, daß ich
Mein Lebensglück verlor.

Gothland. So weine;
Doch weine nicht, daß du dein Lebensglück
Verlorest, wein, daß du es nie *besaßest*!

Cäcilia *(zu Skiold)*.
O Vater! hörst du? – wie unglücklich muß
Er sein!

Gothland.
Was meinst du?
Cäcilia. Ich sprach nichts.
Gothland.
Dir bebt die Stimme; fürcht dich nicht.
Cäcilia. Wenn *du*
Das sagst, so will ich auch nicht fürchten!
Gothland. So laß uns denn dein Lied vernehmen!
(Er setzt sich. – Erik bringt der Cäcilia eine Harfe.)
Cäcilia *(sehr bewegt, beginnt erst nach einigem Zögern zu singen).*
»Einsam wandert und vertrieben
Ein banges Weib durchs Herbstgefild;
Fern irrt sie von ihren Lieben,
Der Nachtwind sauset kalt und wild.«
»Es rauscht der Wald, es strömt der Regen,
Sie zittert wie ein welkes Blatt,
Kann ihr Haupt nicht niederlegen,
Und ach! es ist so müd, so matt.«
»Ihr Gemahl –«
(Gothland steht auf.)
»Ihr Gemahl,
Den sie mehr liebte als das Leben,
Für den sie Eltern und die Heimat ließ,
Dem sie ihr Alles hingegeben –
Er war es, der sie in die Wüste stieß.«
(Gothland wird immer unruhiger.)
»– Gras wird bald ihr Grab umzittern,
Vom Abendhauche leis bewegt;
Dann vielleicht wirds ihn erschüttern,
Daß nun der Busen nicht mehr schlägt,
Der ihn so sehr geliebt!«
Gothland.
Der ihn so sehr geliebt! Auch ich, auch ich
Kannt Eine Seele, die mich liebte,
Doch diese Eine wird nun tot sein,
Nun liebt mich niemand mehr!
(Zu Cäcilia.) Weib, Weib,
Was blickst du mich so traurig lächelnd an?
Was weinst du? was bewegt dich? Komm!
In meine Arme, schönes Wesen!

Daß sie erfreue, ist die Schönheit da,
Und daß es liebe, schlägt der Frauen Herz!
Der Himmel hat dich mir gesendet, du
Sollst die gestorbne Gattin mir ersetzen!
(Er umarmt sie.)

Skiold und Erik.
Sie hat gesiegt!

Cäcilia. O Theodor! mein Theodor!

Gothland.
Was soll der Jubel jener beiden Alten?
Wie wohlbekannt ertönt mir diese Stimme?

Cäcilia.
Die Tote, welche du betrauerst, lebt für dich!
Kennst du dein treues Weib nicht mehr?

Gothland.
Mein Weib! So laß mich los!
(Zurücktretend.) Feldherrn, umgebt mich!

Cäcilia. Nein, auseinander weicht vor mir!
Ist Gothland euer König, so bin ich,
Seine Gemahlin, eure Königin!
(Die Feldherrn weichen auseinander; sie geht mitten durch sie hin und ergreift Gothland bei der Hand.)
Gib mir die Hand,
Verlaß des Abgrunds schauervollen Rand,
Laß diese Larven, welche dich umgeben
Und folge mir zu einem neuen Leben!
Komm! auf den Pfad der Tugend,
Den du so herrlich gingst in deiner Jugend,
Zu deinem vorigen, verlornen Glück
Führt deine Gattin dich zurück!
Der Reue Träne ist noch nie umsonst geflossen,
Des Heilands Blut ist auch für dich vergossen,
Die düstere Vergangenheit wird schwinden,
Den Frieden sollst du wiederfinden,
Und auch zu deinen Sternenhöhen,
Zu deinen Dioskuren, sollst du wieder sehen!
Gib mir die Hand!
Als Abgeordnete von höhern Mächten,
Vom Edlen, Guten und dem Rechten,
Steh ich zum letzten Mal vor dir
Und rufe, flehe: folge mir!

O Gothland, teurer Gothland, kehre!
Dich ruft die Tugend, ruft die Ehre,
Dich rufen deine Freunde, deine Ahnen,
Vom Himmel rufen deine Brüder:
O Gothland, Gothland kehre wieder!
– Ha, er ist mein! in seinem Aug glänzt eine Träne!
(Sie reißt ihn mit sich fort.)

Gothland *(folgt ihr einige Schritte, doch dann ermannt er sich und tritt wieder zurück).*
Vergebens lockst du mich, Sirene!
Nicht mehr
Den Jüngling, der an deinem Busen weinend lag
Und Küsse haschte, siehst du hier;
Jetzt scheint mir jede Träne Schmach,
Ein Tränenloser steht vor dir!
Ja, wehe ihr, die ihres Glückes Blume
Auf mich gepflanzt im kindlichen Vertrauen,
Daß sie die Blüte würde schauen;
Die Blume steht in einem Land voll Grausen,
Wo ewge Stürme und Erdbeben hausen!
Mein Weib kannst du nicht bleiben; es ist klar;
Ich wandre eine andre Bahn als du
Betreten kannst –
Du liebtest mich, als ich noch schuldlos war,
Jetzt aber bin ich – – Doch genug! –
Gib dich darein; das kann der Mensch; und geh zur Ruh!
Beklag mich nicht; nicht groß
Ist dein Verlust; sehn dich
Nach deinem Sohne nicht; ihm ward ein andres Los;
Er ist für mich!

Cäcilia. O Gustav, Gustav! armes, armes Kind!

Gothland. Und nun ade!

Cäcilia. Nein, knieend sink ich vor dir nieder –
O Gothland, Gothland kehre wieder!

Gothland *(zu einem Soldaten).*
Unteroffizier! nimm zwölf Mann
Und transportier dies Weib
Samt ihrem Vater aus dem Lager!

Cäcilia. Ich bin bereit zu wandern, aber
Verschone meinen Vater, ehre sein
Gebleichtes Haar!

Gothland. Das weiße Haar *beneid*
Ich ihm; es zeigt ein hohes Alter an. – –
Cäcilia. O Gott! zerrissen ist mein Herz!
Gothland. *Für das*
Zerreißen ist das Menschenherz gemacht!
Skiold. Barbar! in dieser kalten Winternacht
Willst du mein unglückselges Kind
In die beschneite Wüste stoßen? Sie
Hat nicht geschlafen in drei Tagen, weil
Sie um dich weinte!
Cäcilia. Vater, Vater, schweig! Sag
Ihm nicht, was ich um ihn gelitten!
Er lohnt es mir doch nur mit Hohn und Spott!
Skiold *(zu Gothland).* Sieh, wie sie zittert!
Ein heißes Fieber brennt auf ihren Wangen –
Der schwächste Luftzug wird sie töten!
Ha, welche Heldentat, ein krankes Weib
Zu morden!
Gothland. Alter, reize mich nicht!
Cäcilia. Nur eine Bitte noch: laß mich von Gustav,
Von meinem Sohne Abschied nehmen.
Gothland. Nein, nein! Das geht nicht an!
Cäcilia. Ich *will* ihn sehn! Wer hält die Löwin ab,
Wenn sie zu ihren Jungen stürmt?
Gothland *(sie aufhaltend).*
Ich!
Berdoa.
Schwächlich Europäerpüppchen!
Vergleich dich nicht mit Löwinnen!
Cäcilia. Auch meines Sohnes Anblick raubt man mir!
– So sag mir wenigstens, wie geht es ihm?
Hängt noch sein Herz an mir? Schmückt noch
Gesundheit seine jugendlichen Wangen?
Ist er noch heiter wie er einst es war?
Gothland.
Es geht ihm wohl.
Cäcilia. Dank, Dank dir gütge Gottheit!
Sag ihm, (ich bitte dich) die Mutter hätte
Nach ihm gefragt mit Tränen – sage ihm,
Er möchte seiner Kindheit nicht vergessen, –
Wer seiner Kindheit denket, sündigt nicht, –

Sage ihm – – O, mein Sohn! mein Sohn!
O dürft' ich ihn nur einmal noch,
Zum letzten Male ihn noch sprechen,
Zum letzten Male ihn an meinen Busen drücken!
Gewiß, er freute sich! Erbarmen!
Erlaub es mir! Zu ihrem Kinde laß
Die Mutter!

Gothland. Nein, nein, nein!

Cäcilia. Erbarmen!

Gothland. Laß
Mich los!

Cäcilia. Erbarmen!

Gothland. Willst du denn nicht hören, so –

(Er zuckt einen Dolch.)

Cäcilia *(bemerkt es).*
Ich will! ich will! Erspar du dir den Mord!
Leb wohl! – – O Theodor, wer hätte das
Gedacht vor sechzehn Jahren,
Als du errötend vor mir lagst und der
Geliebten ewge Liebe stammeltest! – *(Sie geht.)*

Gothland.
Starrsinnig Weib! nimm deinen Vater mit!
Bei meiner Königskron, ich lasse ihn
Enthaupten, wenn er bleibt!

Cäcilia *(umkehrend).* Was hat
Der alte Mann dir denn getan?

Skiold *(zu Gothland).* Erbarm
Dich unserer!

Gothland. Jetzt hab ichs übersatt!
Soldaten!

Cäcilia. Rufe die Soldaten nicht!
Wir fliehen schon! *(Zu Skiold.)* Komm, teurer Greis;
Stütz dich auf deine Tochter!
(Zu Gothland.) Leb wohl! leb ewig wohl, Unglücklicher!
Sag meinem Sohn mein letztes Lebewohl! –
– Ich gehe fort,
Doch blutend reißt mein Herz sich los
Und bleibt bei dir zurück!

(Sie geht mit ihrem Vater ab.)

Gothland. Endlich hat das Geschrei ein Ende!
Was tuts denn auch, ob so ein Weib krepiert?

Es gibt ja ohnehin der Weiber viel
Zu viel! selbst mancher Mann ist eins!
(Er geht; alle folgen ihm, bis auf Berdoa, der mit Irnak zurückbleibt.)

Berdoa.
Sahst du den jungen Gothland?

Irnak. Ja, er liegt
In Milchens Arm.

Berdoa. Schon wieder?

Irnak. Nu,
Seit jenem Abend, wo Ihr ihn
Zum ersten Male zu der Dirne schicktet,
Läßt er ihr wenig Ruhe;
Fast stündlich ist er da; er hat sich sehr
Verändert!

Berdoa *(mit Hohngelächter).*
Ja, er hat sich sehr verändert!

Irnak. Kaum
Begreif ichs; erst war er so blöd,
Doch jetzt ist er fast unverschämt; Ihr
Müßt ihn verzaubert haben!

Berdoa. Narr!
Ich schmeichelt ihm so lange und so grob,
Bis daß er mich hochachtete. Er war
Noch unschuldig, also sehr leicht verführbar;
Er war verliebt, – ich macht ihn wollüstig;
Wer liebt, ist eitel, weil er der
Erkorenen doch gern gefallen will –
Leicht machte ich den Eitlen eitler;
Der Eitle putzt sich gern – ich leih ihm Geld
Dazu; – der Junge hat 'ne heiße Phantasie –
Mit gringer Müh ist sie entzündet;
Er ist nicht dumm und auch nicht klug – nichts leichter
Als sein Gehirnchen mit Gedanken zu
Zersprengen, welche es nicht fassen kann!
– So habe ich auf tausend Weisen ihn ergriffen;
Vermagst du es, so steh mir darin bei!

Irnak. Ja, wenn ichs nur *vermöchte*! Ich
Kann höchstens ein paar Zoten reißen!

Berdoa. Ach, mancher ist auch dazu noch zu dumm!
'Ne Zote ist so übel nicht; sie ist ein Ding,

Was man gern tut, allein nicht gerne sagt;
Die Hosenklappe sollt man eher vorm
Gesichte als vorm Bauche tragen,
Denn bei den meisten ist
Die ärgste Zote eben das Gesicht!
(Gustav tritt auf.)

Irnak. Still!
Da kommt der Prinz! – Schaut Ihrs, wie blaß
Er sieht? Glaubt mir, das blonde Milchen quetscht
Ihn aus wie einen Schwamm.

Berdoa. Laß mich mit ihm
Allein.

Irnak. Ich gehe. – Guten Abend, Prinz.

Gustav. Steht dort
Berdoa?

Irnak. Ja.
(Entfernt sich; Gustav geht zu Berdoa.)

Berdoa. Ei ei, sieh da,
Mein schöner Prinz!

Gustav. Wie sitzt
Mir dieser Rock?

Berdoa. Ganz himmlisch, himmlisch!
Ihr werdet alle Herzen drin erobern!

Gustav. Meinst du? Ich fürchtete, er wär etwas
Zu lang!

Berdoa.
Ihr fürchtetet? Ein Kronprinz fürchtet?
Nehmt Euch in Acht! die Weiber sind sehr sonderbar!
Weils sich nicht schickt, daß sie den Mann anfallen,
So sehn sie's gerne, wenn der Mann das Weib anfällt!
Der Freche wird geliebt!

Gustav. Was machen wir
Heut nacht?

Berdoa. In meinem Zelt ist großer Schmaus;
Ich lade Euch dazu; an Mädchen und an Wein
Soll es nicht fehlen.

Gustav. Milchen ist doch auch
Dabei?

Berdoa. Ei, das versteht sich. Auch
Adelaide ist geladen.

Gustav. Fy! das schmutzge Mensch?

Berdoa. Laß das nur sein; sie hat 'nen hübschen Arsch!
Wie prachtvoll wölbt er sich!
Gustav. Fürwahr, da hast
Du Recht! Ihr Steiß ist delikat, ist göttlich!
Berdoa. Sollt er nicht gar unsterblich sein?
Gustav. Wie?
Berdoa. Nichts. – Seit Milchen hast du wohl
Die schöne Selma ganz und gar vergessen?
Gustav. Du bist ein dummer Kerl! Wie kannst du nur
So sinnlos schwatzen? Selma, dich vergessen!
Bloß weil ich Selma liebe, bloß
Daß meine Qual um sie in etwas doch
Sich lindre, gehe ich zu deinem Milchen;
O selig, überselig wär ich, hörte ich
Nur rauschen ihres Kleides Saum!
Berdoa. Du!
Mit Selma unter einer Decke –
Im bloßen Hemde du und sie –
Und dann der süß Errötenden
Mit wollustvollem Zögern leise, leise
Das Hemde aufzuheben!
Gustav. *Ah, der Wonne!*
Berdoa *(beiseit).*
Ha, das versetzte ihm den Atem! – Jetzt
Will ich ihn *Sprünge* machen lassen! *(Laut.)*
Eur Vater ist doch hart; wißt Ihr daß Eure Mutter –
Gustav. O Gott! ich weiß! O meine gute Mutter!
Jetzt, grade jetzt vielleicht verjammert sie
Im Schnee!
Berdoa. *Adelaidens Steiß!*
Gustav. Ist wirklich einzig!
Er ist der Steiß der Steiße!
Berdoa. Eur Vater will für Euch um die
Norwegische Prinzessin werben, und
Der Selma sollt Ihr gänzlich Euch entschlagen.
Gustav.
Ich werd ihm nicht gehorchen!
Berdoa. Panther und Hyänen!
Da habt Ihr Recht! Ihr müßt ihm nicht gehorchen!
Seid nur nicht blöde! Machts mit ihm, wie ers
Mit *seinem* Vater macht! Denkt nur an das,

Was ich von ihm erzählte! Treibt er es
Zu weit, so laßt von seinem Brudermorde
Ein Wörtchen fallen, – da wird er schon schweigen!

Gustav.
Ich weiß, was ich ihm bieten kann!

Berdoa. Recht so,
Ich seh du hast Courage und Verstand!

Gustav. Aber, erlaubt die Tugend –?

Berdoa. Pah,
Sei doch nicht *abergläubisch*! Wer hat von
Der Tugend je etwas gespürt? Die Zeit
Ist aufgeklärt, sie glaubt an keine mehr.
Dummheit und Frömmigkeit sind synonym,
Nichts Sündges gibt es und nichts Böses,
Was für den einen bös ist, das ist für
Den andren gut; der Mensch kann ohnehin
Das Gute nicht *vertragen*: säe Wohltat auf
Ihn aus und Undank wird dir aufgehn;
Es gibt nichts Großes; achte niemand; wer
Sich selber kennt, verachtet sich; das Glück
Benennt man Weisheit und Genie;
Die großen Männer waren große Narren;
Lob nicht den Edlen, lob den *Zufall*, der
Ihn edel machte; Sokrates
Und Nero sind von gleichem Wert: versetz
Den einen in des andren Lage,
Und aus dem Nero wird ein Sokrates
Und aus dem Sokrates ein Nero;
Die Liebe ist versteckter Eigennutz,
Großmut ist spekulierende Heuchelei,
Mitleid ist schwächliche Empfindsamkeit,
Und wenn auch jemand wirklich Gutes tut,
So tut ers weil das Gute *leichter* als
Das Böse ist.

Gustav. Mit Schaudern höre ich
Die Religion der Hölle!

Berdoa. Ah, sie paßt
Für diese Erde! – Ja, als ich noch liebte,
Da dacht ich ebenfalls ganz anders!

Gustav. Wie?
Du hättest je geliebt?

B e r d o a. Hab ich es nicht
Schon hundertmal gesagt? *(Beiseit.)*
Ein Narr, ders glaubt!
(Laut.) Nie Ella! werd ich dich vergessen,
Du Holdeste der Afrikanerinnen,
Wie edel war ihr Herz! wie wollig war
Ihr Haar! zwei Schuhe lang ihr Busen!
Und ach! sie war Euch schwarz, schwarz wie
Die Unschuld!
G u s t a v *(lachend).*
Wie? ist denn Unschuld schwarz?
B e r d o a. Nun,
Wir Neger haben einen anderen
Geschmack als ihr: uns ist das Schöne schwarz,
Die *Teufel* aber sind uns weiß!
G u s t a v. Pfui, pfui,
Schwarz sind die Raben!
B e r d o a. Altes Weiberhaar
Ist freilich weiß!
G u s t a v. Sprichst du im Ernst?
B e r d o a. Im vollsten Ernste:
Ein ordentlicher Mohr muß aussehn wie
Ein gut gewichster Stiefel!
G u s t a v. Hahaha!
(Gothland tritt auf.)
B e r d o a.
Still, Prinz! da kommt Eur Vater! – Lebet wohl,
Bei meinem Schmause sehe ich Euch wieder.
(Er entfernt sich.)
G o t h l a n d.
Mein Sohn, der Mohr verließ dich eben.
Vermeide seine schändliche Gesellschaft.
G u s t a v.
Wo soll ich hier im Lager eine beßre finden?
G o t h l a n d. Ich bin entschlossen, dich
Mit Norwegs Königstochter zu vermählen
Und hoffe, Beifall gibst du meiner Wahl.
G u s t a v. Die Wahl ist schön, doch nimmer werd
Ich Norwegs Königstochter freien.
G o t h l a n d.
Warum nicht?

Gustav. Weil ich längst schon liebe!
Gothland. Liebst du?
So hüt dich, daß du nicht venerisch wirst! –
– Wie heißt denn die Erwählte?
Gustav. Selma.
Gothland. Was? Tollkopf?
Die Tochter des vertriebnen Olafs?
Gustav. Wenn
Du willst, daß ich die Völker, welche dir
Gehorchen, einstens groß und glücklich machen,
Ihr Völkerglück befördern soll, so gib
Mir Selma; ohne sie vermag ich nichts.
Gothland. Ihr Vater ist mein fürchterlichster Feind,
Sie kann durchaus dein Weib nicht werden.
Und fasle mir nicht mehr von Völkerwohl
Und Völkergröße, – das sind Ideale!
Noch niemand ging mit Idealen für
Der Menschheit Wohl ins Leben, der
Es nicht als Bösewicht,
Als ausgemachter Menschenfeind verlassen hätte!
Bekümmere dich nicht um andrer Glück,
Sonst werden sie's dich büßen lassen, daß
Du für sie sorgst und dich in ihre Sache mischest!
(Nach einer Pause.)
– – Mein Sohn, du bist mein einzges Kind,
Für dich erobr ich Throne, häuf ich Schätze,
Du bist der einzge auf der Erde, welchen ich
Noch liebe: darum rat ich dir:
Verstein dein zartes Herz und mach
Es zähe für die Hämmer des Geschicks;
Verbanne Mitleid und Gefühl aus deiner Brust
Und ungeheure Qual wirst du ersparen;
Wie es der Liebende
Mit der Geliebten macht, die
Er lieber selber tötet, ehe er es ansieht,
Daß die barbarsche Räuberschar
Sie schändet und erwürgt, so mache du's
Mit deinen Hoffnungen und Träumen, – schneide sie
Mit eigner Hand bei Zeiten ab, bevor
Die rauhe Wirklichkeit sie dir vernichtet!
Vor allem aber bitt ich dich,

Bereue nichts! Denn etwas Überflüßgers als
Die Reue, gibt es auf der Erde nicht!
– Sohn, willst du diese Warnungen
Befolgen?

G u s t a v. Ich will sie befolgen.

G o t h l a n d.
So schwör, daß du dein Herz verhärten willst!

G u s t a v.
Ich schwör, daß ich mein Herz verhärten will!

G o t h l a n d.
So schwör, daß du dein Hoffen töten willst!

G u s t a v.
Ich schwör, daß ich mein Hoffen töten will!

G o t h l a n d.
So schwör, daß du nicht Reue fühlen willst!

G u s t a v.
Ich schwör, daß ich nicht Reue fühlen will!

G o t h l a n d.
Du hast geschworen; willst du glücklich sein,
So halte deinen Schwur! –
Und nun, mein Sohn,
Versprich mir auch das eine noch: heirate die
Norwegische Prinzessin, und
Laß Selma fahren!

G u s t a v. Nein, das kann ich nicht.

G o t h l a n d.
Ich bitte dich, mein Sohn, laß Selma fahren;
Sehr glücklich machst du mich dadurch!

G u s t a v. Ei ei!
Ich sollte mich ja nicht um andrer Glück
Bekümmern!

G o t h l a n d. Bube, diesen Spott sollst du
Mit Tränen einst bereun!

G u s t a v. Pah! ich
Bereue nichts! Ich habe ja geschworen, daß
Ich keine Reue fühlen will!

G o t h l a n d. O Bube! Bube!
Was macht dich gegen deinen Vater so
Verwegen?

G u s t a v. Machst du es etwa
Mit deinem Vater besser?

Gothland. Junge! Junge!
Gustav. Ich bin kein Junge!
Gothland. Wer hat dich
So fürchterlich verderbt, milchbärtger Schurke?
Gustav. Ich
Ein Schurke? Einen Brudermord hab ich gottlob
Noch nicht begangen!
Gothland. Ha, dies hat der Mohr
Dir eingegeben!
Gustav. Man gibt mir
Nichts ein!
Gothland. Vergiß die Selma!
Gustav. Nein!
Gothland. Du *sollst* es!
Gustav. Panther und Hyänen!
Ich *will* es nicht!
Gothland. Brav Äffchen! bravo Papagei!
Du hast beim Mohren etwas profitiert!
Sein *»Panther und Hyänen«* ahmest du
Ganz allerliebst schon nach!
Gustav. Ich lasse mich
Von dir, der meine Mutter in die Wüste stieß,
Nicht schimpfen!
Gothland. Bengel! hüte, hüte dich!
Ich habe viel vergessen, und daß du mein Sohn
Bist, werde ich im Notfall auch vergessen können!
Nimm dich in Acht! laß dich nicht wieder bei
Dem Neger treffen!
Gustav. Darf ich gehen?
Ich habe die Lektionen satt bekommen! *(Er geht.)*
Gothland *(ruft ihm nach)*.
Und morgen noch bewirbst du dich
Um die norwegische Prinzessin!
Gustav *(sich an der Tür noch einmal umdrehend)*.
Um die norwegische Prinzessin
Bewerb ich mich nun nicht. *(Er geht trotzig ab.)*
Gothland. Weh! Weh!
Mein einzger Sohn! mein einzger Sohn!
Wie mich der Neger und die Freundschaft,
Verderbten ihn der Neger und die Liebe!
Drum Fluch der Freundschaft, Fluch der Liebe, Tod

Dem Neger! –
Heda! *(Ein Diener tritt ein.)*
Hol mir
'Ne tüchtge Eisenkette! *(Der Diener geht ab. Man hört Musik und Jubel hinter der Szene.)*
Fürst Arboga! *(Arboga tritt ein.)*
Woher schallt dieser Jubel?

Arboga. Aus
Berdoas Zelt; er hält heut nacht
Ein groß Bankett.

Gothland. Er triumphiert wohl, daß
Er mich an meinen Sohn verraten hat!
(Der Diener kommt zurück mit Ketten; Gothland nimmt sie ihm ab und wendet sich dann wieder zu Arboga.)
Nehmt funfzig Eurer bravsten Krieger und
Begleitet mich mit ihnen zu
Berdoas Zelt; wir wollen die Lautjauchzenden
Bei dem Bankette überraschen, und
Den Neger einmal ernstlich fragen,
Weswegen er so schwarz ist! –
(Er geht mit Arboga ab.)

Zweite Szene

Berdoas Zelt

(Musik. Großes wildes Gastgelag. Berdoa, Usbek, Irnak, Gustav, finnische Hauptleute, Dirnen, aufwartende Knechte usw.)

Berdoa. Toren meinen, Sünde wär es, froh zu sein!
Der Sonne roter Sohn soll leben,
Der edle, feuervolle Wein!

Irnak. Toren meinen, Sünde wär es, froh zu sein!
Es sollen alle Mädchen leben,
Die sich dem Dienst der Freude weihn!

Chor. Wein und Mädchen sollen leben!

Berdoa *(zieht den Usbek auf die Seite).*
Hast du das gestrige Gespräch erwogen?

Usbek. Ja; Gothland hat mich schnöd belogen!

Berdoa. Hab ich dir deinen Vater umgebracht?

Usbek.
Für stets verbann ich diesen schändlichen Verdacht!
(Beide geben sich die Hand.)
Eine Dirne *(die neben Gustav sitzt).*
Ach, Prinz! Ihr kitzelt mich auch gar zu sehr!
Gustav *(mit ihr schäkernd).*
Wart nur! bald kitzl ich dich noch mehr!
Finnische Hauptleute *(mit ihren Dirnen tanzend).*
Mädchen, macht die Busen bloß,
Wieget uns in eurem Schoß!
Andre *(zechend).* Säuft man im Himmel keinen Wein,
So muß es dort sehr traurig sein!
Berdoa. Recht! bravo, Freunde! tanzet! saufet! laßt
Die Gläser schäumen, als
Wenns tolle Hunde wären! An
Berdoas Gastmahl soll es fröhlich hergehn!
Finnische Hauptleute.
Es lebe unser edler Wirt!
Berdoa. Es leben meine edlen Gäste!
Eintretende Hauptleute.
Hu, draußen ist es grimmig kalt!
Berdoa *(auf den Tisch im Hintergrunde deutend).*
So wärmet euch! dort dampft ein Punschvulkan!
Usbek, Irnak und andere.
Musik! Musik! wir wollen singen!
(Musik. Die Anwesenden versammeln sich im Hintergrunde um den Tisch.)
Usbek *(singt).* Unterm lauten Becherklang
Stimmet an den Schlachtgesang! *(Schlachtlied.)*
Mehrere Stimmen.
Schon blutet am Himmel das Morgenrot!
Empor vom Schlafe, ihr Braven!
Erwachet Soldaten! nicht Schlafen tut not!
Gar mancher wird heut noch entschlafen!
Eine Stimme.
Dort steht der Feind im Sonnenglanze,
In blinkend Stahl gehüllt!
Alle. Halloh, halloh, zum Waffentanze
Auf dem erzitternden Gefild!

31 ff. *Schon blutet ...:* Parodie des Reiterliedes in »Wallensteins Lager«.

Eine Stimme. Bruder, willst du mich ermorden?
Ich bin dein Bruder – schone, schone mich!
Eine andre Stimme.
Stirb! mein Feind bist du geworden,
Denn du folgst jenen Fahnen, diesen ich!
Alle. In des Gefechtes Wut und Graus
Ist wahre Freiheit und Gleichheit zu Haus!
Dort darf man jede Pflicht verachten,
Dort darf man sich im Blute röten,
Dort darf der Knecht den König töten,
Dort hört man nicht aufs Gnadeflehn,
Denn Siegen ist das Los der Schlachten,
Oder glorreich untergehn!
Ja, Siegen ist das Los der Schlachten,
Oder glorreich untergehen!

(Während sie so singen und jubeln, tritt Gothland, in einen Mantel gehüllt, mit Arboga ein.)

Gothland. Ei! seht, hier ist es ja recht lustig!
Gustav.
Das Lied ist aus – wir wollen tanzen!
Irnak. Ne, tanzt nicht, *reitet* lieber! *(Zu einer Dirne.)*
Nicht wahr, mein Kind?
Gothland. Nun seh ichs, wie
Man meinen Sohn verführt! –
Berdoa. Das Gastmahl muß
'Nen König haben; wer am meisten säuft,
Der soll es sein!
Gustav. So laßt uns denn drum saufen!

(Sie fangen an wild zu zechen; Gothland tritt mit Arboga näher hinzu.)

Ein Finne *(die beiden bemerkend, mit Geschrei).*
Da ist der Herzog! *(Alle fahren auf.)*
Gothland. Wo ist hier
Ein *Herzog*?
Berdoa *(sich fassend).*
König, hochwillkommen seid
Ihr mir bei meinem Gastgelage!
(Gothland schweigt.)
Berdoa *(ihm einen Becher Wein anbietend).*
Beliebts Euch 'nen Pokal von meinem Wein
Zu trinken?

Gothland. Ich will nicht trinken.
Berdoa *(etwas verlegen).*
Befehlet Ihr vielleicht ein wenig Speise?
Gothland. Ich will nicht speisen.
Berdoa *(einen Sessel rückend).*
Tut mir die Ehre an und setzt Euch nieder.
Gothland. Ich setze mich nicht nieder.
Berdoa *(ärgerlich, halblaut).*
So laßt es bleiben! –
(Zu seinen Gästen.) Freunde, starrt nicht so!
Laßt euch durch Fremder Gegenwart nicht stören!
Auf, auf! laßt uns von neuem jauchzen!
(Er ergreift ein Glas.)
Gothland.
Weswegen willst du *jauchzen*, Neger?
Berdoa. Nu, weil ich fröhlich bin!
Gothland. Weswegen bist du *fröhlich*, Neger?
– Weswegen, frag ich, bist du *fröhlich*? –
Etwa, weil
Ich *traurig* bin? –
Ha, deine Haut
Ist glänzend schwarz – ein eisernes
Geschmeide müßte ihr nicht übel stehen –
Arboga! kommt, wir wolln ihn damit schmücken!
(Er zieht die Ketten unter dem Mantel hervor, ergreift den Neger und fesselt ihn mit Hülfe Arbogas.)
Berdoa *(sich heftig dagegen wehrend).*
Los! los! – Die Fäuste weg! – Los! Finnen steht
Mir bei! Eur König Gothland ist
Ein Brudermörder, ein Rebell –
Gehorcht ihm nicht! – O wären meine Blicke Pfeile! –
Mein Eingeweide speie ich dir ins
Gesicht! – Mord! Mord! Mord!
Die finnischen Hauptleute.
Laßt
Den Mohren los! los!
Gothland *(zu Arboga).*
Führe ihn hinweg!
Berdoa.
Was tue ich? Wen ruf ich an? Was denke ich?
O, Leoparden! Skorpione! – Nileidechsen! –

Hyänenrachen! – Giftbäum! – Wüstensand –
Harmattan – Aussatz – Afrika – – –
(Er wird von Arboga mit Gewalt abgeführt.)
Die Finnenhauptleute
(zu Gothland, fast drohend). Laß
Den Neger wieder frei!
Gustav. Ja, laß ihn frei,
Er ist mein Freund!
Gothland. Läßt *du* dich auch vernehmen?
Was machst du hier? Hab ich dir nicht
Den Umgang mit Berdoa streng verboten?
Gustav *(trotzig).* Erst laß ihn los! Nachher wird sich
Schon eine Stunde finden,
Wo ich dir Antwort gebe!
Gothland *(zu den schwedischen Soldaten, die sich an der Zelttür sehen lassen).* Habt ihr
Den Rossan rufen lassen?
Rossan *(eintretend).* Da bin ich!
Gothland. Du bist der bravste aller Finnen! –
– Ein Tor, der glauben kann, daß man
Bei Jungen unter achtundzwanzig Jahren
Mit Überredung und Vernunft etwas
Bewirken könne; solche Buben haben ihr
Gehirn in ihren *Rücken,* und *Prügel,* mit
Gewalt darauf geführt, begreifen sie
Am leichtesten. –
Rossan! nimm diesen Knaben in
Die Kur; er ist verliebt und ungehorsam; zähl
Ihm sechzig Rutenstreiche auf, – das wird
Ihn heilen!
Gustav. Rutenstreiche? mir? Das leid'
Ich nicht; nein, eher bringe ich mich um!
Gothland.
Fort! peitschet ihn, bis er geschmeidig wird!
Gustav. Geschmeidig? Hohoho! Versuchts! versuchts!
Peitscht mich! Ich will doch sehn, ob euer Arm
Nicht eher müde werden wird als ich!
Geschmeidig? eher beiß ich mir die Zunge ab!

2 *Harmattan:* Trockener Wind an der Küste von Oberguinea; führt Sand aus der Sahara mit sich.

Verflucht, daß ich der Sohn von solch
'Nem Brudermörder, solch 'nem Usurpator,
Von so 'nem Gotteslästrer sein muß, den
Ich lieber töten, als lieben möchte!
(Rossan führt ihn fort.)

Gothland *(zu den finnischen Hauptleuten).*
Nun, ihr
Begehrtet ja vorhin etwas von mir, –
Was war es?

Die finnischen Hauptleute.
Laß den Neger los!

Gothland. Ihr liebt ihn also?

Die finnischen Hauptleute.
Wir lieben ihn!

Gothland. Soldaten!
(Ein Haufe schwedischer Soldaten tritt ein; Gothland wendet sich wieder zu den Hauptleuten.) Mich
Liebt ihr doch auch? *(Stillschweigen.)*
Ha, Tod und Hölle! Mich
Liebt ihr doch auch?

Die finnischen Hauptleute *(erbebend).*
Wir lieben dich!

Gothland. Nun, so
Begebt euch wieder zu dem Trinktisch und beginnt
Das unterbrochne Gastgelag von neuem! *(Sie gehorchen.)*
Die Gläser angefüllt!
Und wer mich liebet oder fürchtet,
(Denn beides ist mir einerlei, weil Furcht
Und Liebe gleiche Wirkung haben)
Der stoße mit mir an und leere den Pokal
Darauf: *(einen vollen Becher ergreifend)*
Der König Gothland soll gedeihen!

Die finnischen Hauptleute *(mit sichtbarem Widerwillen).* Der König Gothland soll gedeihen!
(Sie leeren die Gläser.)

Gothland. Der Neger soll verderben und verrecken!
(Alle schweigen.) Ich sag euch, stoßet an und stimmet ein:
Der Neger soll verderben und verrecken!

Die finnischen Hauptleute *(zögernd).*
Der Neger soll verderben und verrecken!
(Sie leeren die Gläser.)

Gothland.
Krepieren sollen alle, die ihn lieben!
(Stille; Gothland wiederholt mit drohender Stimme.)
Krepieren sollen alle, die ihn lieben!
Die finnischen Hauptleute *(mit zauderndem Beben).* Krepieren – sollen alle – die ihn lie-ben!
(Sie leeren die Gläser.)
Gothland.
Der *Scharfrichter* soll leben und florieren!
(Alle schweigen.) Ich sage euch:
Der Scharfrichter soll leben!
Die finnischen Hauptleute *(mit ungewisser Stimme).*
Der Scharfrichter soll – leben!
Gothland. Leert
Die Gläser darauf aus! *(Sie leeren die Gläser.)*
Und nun genug!
Euch brauch ich nicht zu fürchten!
(Er wirft den Trinktisch um; die finnischen Hauptleute treten scheu zurück. – Tocke, schwer gefesselt, wird von einem schwedischen Unteroffizier hereingebracht.)
Unteroffizier *(zu Gothland).*
Herr, dieser feuerhaarge Kerl –
Tocke. Was gehn
Dich meine Haare an? Du Spitzbub!
Gothland. Still!
Tocke.
Ei was! ich lasse mich von so 'nem Schlingel nicht
Beleidgen!
Gothland. Frecher Hund, sei still!
(Zu dem Unteroffizier.) Sprich! Was
Hat dieser Kerl verbrochen?
Unteroffizier. Er
Hat seine Schwester, welche ihm
Sein vieles Stehlen vorwarf, eigenhändig
Erwürgt, und seinen Vater, der
Den Schwestermord verwehren wollte, auf
Das unbarmherzigste zu Tod
Geprügelt!
Tocke. Pah! mein Vater war
Ein Esel!

G o t h l a n d *(für sich; auf Tocke deutend).*
Dieser Schurke kommt mir vor
Wie eine Parodie auf mich!
Er tötete die Schwester,
Ich tötete den Bruder, –
Doch eben wegen dieser Ähnlichkeit
Will ich ihm nicht verzeihen!
(Laut.) Dieser Elende
Verdienet keine Schonung! Schleift
Ihn morgen mit der ersten Frühe zur
Richtstätte!
T o c k e. Gnade, großer König, Gnade!
Ich küsse deine Füße!
G o t h l a n d. Fort mit ihm!
T o c k e *(indem man ihn wegführt, zu Gothland).* Na,
Man sagt, Ihr wärt der Beste auch nicht!
E i n s c h w e d i s c h e r H a u p t m a n n *(tritt ein).*
Herr,
Im Kiölgebirge hat man fremde Truppen
Gesehn.
G o t h l a n d.
Führt meinen Schweißfuchs vor; ich will
Rekognoszieren.
D e r s c h w e d i s c h e H a u p t m a n n.
In der Nacht?
G o t h l a n d. Ich kann
Ja doch nicht schlafen!
D e r s c h w e d i s c h e H a u p t m a n n.
Vor dem Kerker
Des Negers ist ein großer Auflauf.
G o t h l a n d. In
Zwei Stunden komme ich zurück, – das Volk
Wird sich indes zerstreuen; – dann
Wollen wir ihn hinrichten! *(Zu den finnischen Hauptleuten.)* Euch aber,
Ihr Herren! rat ich als ein guter Freund:
Es ist jetzt kaltes Wetter – Hütet euch
Vor Halsweh! *(Er geht ab.)*

Dritte Szene

Wilde Gegend des Kiölgebirges

(Cäcilia und Graf Skiold, von ihr geführt, treten auf.)

Skiold. Das Kiölgebirg wird immer grausger – ich
Verzweifle!
Cäcilia. Nordstern! Sirius! wo seid ihr?
Tauch aus den Wolken, Mond, du Silberschwan
Der Nacht!
Skiold. Vergebens rufst du ihm!
Er schwebt vielleicht
Jetzt über *Gräcias* Blumenhügeln, sieht
Die Liebenden im Myrtenhaine wallen, und
Vergißt uns Wanderer der Eisflur! – Was
Bewegt dich so?
Cäcilia. Ich weiß nicht, wie's
Mir grade hier, im kalten Kiöl-
Gebirge einfällt; ich denke an
Die schönen Sommerabende auf deiner Burg
Zu Lund!
Skiold. Wo du als hochbeglückte Braut
Mit Gothland auf der Berghöh standest?
Cäcilia. Damals
Bedurfte unsre Seligkeit
Des Mondes nicht; doch ungerufen stieg
Er aus der Meerflut auf und schmückte Wald
Und Au mit zauberischem Schimmer!
Skiold. Damals
War Gothland noch der Herrliche;
Mit Freuden segnete ich euren Bund!
Und heute möcht ich ihn ver –
Cäcilia. O, verfluche ihn
Auch *heute* nicht! Ich war die glücklichste
Der Frauen!
Skiold. Ja, du *warest* es!
Cäcilia. Ich bin
Es noch! Die Wirklichkeit, und wäre sie
Die glücklichste, ist *rauh*! Erst das *vergangne* ist
Das *wahre* Glück!
– – Hu, es beginnt

Zu schneien! Hüll dich fest in deinen Mantel.
Bald, hoff ich, sind wir in bewohnten Hütten
Und sitzen froh am wärmenden Kamine!
Skiold. Du kannst noch hoffen?
Cäcilia. Wehe dem,
Der nicht mehr hoffen könnte! Hoffnung
Ist ja die einzge Seligkeit des Lebens! Denn
Von allem Großen und Erhabenen,
Von Gott, Unsterblichkeit und Tugend, *weiß*
Der Mensch nicht, daß es ist, – er hat
Es nie gesehn, er hat es nie erlebt –
Er kann nur *hoffen*, daß es da ist;
Drum laß uns hoffen in
Des Lebens Finsternissen, laß
Uns hoffen in den Wüsteneien!
Skiold. Du
Bejammernswürdige! – du willst mich täuschen!
In deinem dünnen, seidenen Gewande rauscht
Die Nachtluft rauh und schneidend kalt –
Ist dir auch wirklich wohl?
Cäcilia *(mit unterdrücktem Seufzer).*
Gewiß – ja – mir
Ist wohl! – – Komm! laß uns weiter eilen!
Skiold. Ja,
Wir wollen eilen! *(Sie gehen, aber er steht plötzlich still.)*
Gott!
Cäcilia. Was ist dir, Vater?
Skiold *(bitterlich weinend).* Ach,
Mich hungert sehr! *(Sinkt auf die Erde.)*
Cäcilia *(stürzt in die Kniee und beugt sich jammernd über ihn).* Es ist
Doch grausam, daß ich hier nicht helfen kann!
– Hätt ich nur Milch in dieser Brust,
Doch statt der Milch brennt Fieberglut
In ihren innern, qualdurchzuckten Räumen! –
Steh auf, mein Vater! stehe auf! du mußt
Hier ja erfrieren! Vater! ich
Beschwöre dich! steh auf!
– Umsonst! er hört
Mich nicht!
Und immer dichter fällt der Schnee,

Und immer kälter wird die Nacht, und niemand
Hört unsren Hülferuf!
(Betend.) Zwei müde Wanderer,
Ein alter Vater und sein krankes Kind,
Flehn aus der Wildnis und dem Schneegestöber zu
Euch auf, ihr schützenden Gewalten in
Den Himmelshöhen! – Menschen und Natur
Verfolgen uns mit allen ihren Schrecken, –
Ihr laßt den Nordstern durch
Die Wolken brechen, wenn der Schiffer auf
Der sturmdurchtobten See verzagen will, –
Wir sind zu schwach, um uns zu schirmen, –
Wir haben nie an euch
Gezweifelt – Rettet! rettet uns!
(Sie blickt spähend umher; auf einmal entzückt in die Ferne deutend.) Ha!
Ich seh ein Licht! ich höre Hunde bellen!

Skiold *(sich aufrichtend)*.
Ein Licht?

Cäcilia. Ja, hell und
freundlich, wie
Ein Genius des Trostes, strahlt
Es aus dem Fenster einer Hütte!

Skiold. Gott
Hat sich erbarmet!

Cäcilia. Sagte ich nicht, daß
Du *hoffen* solltest?
(Sie gehen ab. Pause.)

Gothland *(tritt verstört auf)*.
Hab mich verirrt! – mein Pferd hat unter mir
Den Hals gebrochen! – Schneebedeckt
Und pfadlos, wie ein Abbild meines Lebens, starrt
Mich das Gebirge an! Wildkrächzend, als
Wenn ich schon eine Leiche wäre,
Umflattern mich die Raben,
Wolfsherden jammern aus der Ferne,
Dumpfschallend kracht das Eis
Der stehenden Gewässer,
Des Kiölen Täler widerhallen – laut
Sind alle Stimmen der Natur!
Huhu!

Da rieselt Blut! – Nein, nein! es ist
Des *Waldstroms* Brausen! tobend stäubt
Er durch den Bergforst! *(Er geht einige Schritte; dann steht er still und blickt um sich her.)* Sieh,
Der Südwind hat die Wolken fort-
Getrieben, und der nächtge Himmel schaut
Mit seinen tausend Augen wieder auf
Die Erde; – Einen anderen
Als ich bin, könnte das erfreuen;
Mir aber frommt es nichts,
In meinem Innern bleibt es trübe wie
Zuvor! *(Pause. Sternschnuppen fallen; Gothland bemerkt es.)* Ha, was erblicke ich?
Wo berge ich mein banges Haupt? Weh, Weh,
Dort oben unter den Gestirnen ist
Es *Herbst* geworden!
Des Firmamentes leuchtendes
Gewölbe schüttelt sich wie eine sturm-
Durchsauste Eiche und die Sonnen fallen ab
Wie gelbe Blätter! Ei, Arktur!
Orion! Abendstern! ihr welket also auch?
Ho, das hat mir geahnet! immer, wenn
Ich euren falben Glanz sah, dachte ich
An welkes Laub!
Nun, Sirius? Herunter!
Was zauderst du? *(Nach einer kurzen Pause.)*
Wie? er fällt nicht? – Hätten
Sternschnuppen mich getäuscht? –
(Er will weiter; ein Nordlicht steigt flammend empor; er springt zurück.) Doch – was ist das?
Ist schon die Stunde kommen? Ist
Es schon so weit gediehn? Die Zinnen
Der Himmelsveste lodern! Weltbrand! Weltbrand!
Der Jüngste Tag ist da! schon heulen die
Posaunen! Gott, der Rächende,
Setzt sich auf seinen Thron, sein Antlitz rot
Vor Grimm! O wär ich nur ein Wurm, daß ich
Mich in der Erde Schoß verkriechen könnte! –
(Pause.) Narr, der
Ich bin! Des Nordlichts freundliche
Erscheinung für die Schrecknisse

Des Jüngsten Tags zu halten! –
Ich will sehn,
Ob ich hier in der Nähe nicht
'Ne Hütte finden kann, – Erholung tut
Mir not! *(Geht ab.)*

Vierte Szene

Das Innere einer Hütte. – Auf dem Herde glüht ein Kohlenfeuer; eine brennende Lampe steht auf dem Tische

(Cäcilia und Skiold treten ein.)

Cäcilia. Die Hütte scheint ganz unbewohnt;
Ein Wandrer muß das Feuer und
Die Lampe angezündet haben.
Skiold. Wenn mich
Nicht alles trügt, so sind wir in
Der Hütte, welche da, wo die drei Heerstraßen
Von Dänmark, Schweden und von Norweg sich
Begegnen, für verlaßne Reisende
Errichtet ist.
Cäcilia *(tritt an den Tisch).*
Hier find ich Brot und Wein!
Komm Vater! setz dich nieder und
Erquicke dich!
Skiold. Weswegen geht dein Atem so
Entsetzlich schnell?
Cäcilia. Vor Freude, daß ich uns
Gerettet sehe! *(Beiseit.)* Weh mir!
Skiold. Als wir aus
Dem Lager gingen, rötete
Ein heißes Fieber deine Wangen!
Cäcilia. Besorge nichts! Das Fieber hat
Sich unterwegs gelegt! Sieh, meine Wangen
Sind wieder weiß!
Skiold. Ja! – weiß wie Leichen!
Cäcilia.
Pah! Leichen! wer wird denn auch stets
Von Leichen sprechen! Heute nacht beginnt
Der erste Mai! bald ist es Frühling! bald

Verjüngt sich die Natur! bald wirst du
Die Blumen wieder sehn!
Skiold. Wohl werde ich
Bald Blumen sehn, – auf deinem Grabe!
Cäcilia *(scherzend).* Grabe! Hier
Ist goldner Wein! Erinnerst du dich noch
An deinen alten Trinkspruch?
»Pflücket die Rose, eh sie verblüht,
Genießet das Leben, bevor es entflieht!«
(Wein einschenkend.)
Ich trinke dir Gesundheit!
Skiold. Du edle Trösterin! Weh, wehe, wenn
Ich dich verlöre!
Cäcilia. Da verlörst du auch
Was Rechtes! ein gebrechlich Weib, das dir
Und sich nicht nützet! Der Verlust
Wär zu verschmerzen!
Skiold. Nimmer, nimmer würd
Ich ihn verschmerzen, teures Kind!
Cäcilia *(beiseit).* Dann wehe dir!
(Laut.) Du weinest? Weine nicht! Ich fühl mich stark,
Und lange hoff ich noch zu leben! –
– Du trinkst ja nichts! Genieß
Doch etwas! Speis und Trank stärkt wunderbar!
Skiold. Ich will versuchen, ob ich vor Ermüdung
Und Tränen etwas essen kann! *(Er setzt sich zu essen.)*
Cäcilia *(tritt beiseit).* O! kaum
Vermag ich mich noch länger zu
Verstellen! – diese nächtge Wandrung ist
Mein Tod! – Beklemmung liegt
Gleich einem Leichenstein auf meiner Brust!
Die nächste Stunde sehe ich nicht mehr!
Wohl mir, daß ich beruhigt sterben kann:
Der Vater ist gerettet! – Zwar wird ihn
Mein Tod betrüben –
(Skiold ist vor Ermüdung eingeschlafen; sie bemerkt es.)
Sieh,
Er schlummert! – Gütges Schicksal, da ich doch
Den Morgen nicht erleben werde, so
Erspar dem Greis die Qual des Scheidens
Und laß mich jetzt, bevor

Er aufwacht, sterben!
(Zu Skiold gewendet.) Schlummre süß, und ahn
Die namenlose Pein, die ich
Durchkämpfen muß, in deinen Träumen nicht!
(An die Erde sinkend.)
Ha, meine Kniee brechen! – brechet leise,
Ganz leise! – – Atem, rausche nicht! –
Leis, leis, so daß mein Vater es
Nicht merket, will ich sterben! – Hu, wie es
Mir da durchs Herz zuckt! jammernd möcht ich
aufschrein!
Doch stille! stille! – nur ganz leise will
Ich mit den Lippen beben, nur
Ganz heimlich will ich weinen, – nur
Ganz heimlich – heim –
O Gott! ich halte es
Nicht aus! die Pein wird allzu arg!
(Laut jammernd.) O, meine Brust! o, meine Brust!

Skiold *(vom Schlafe aufspringend).* Was ist
Geschehn? Wer ruft so laut? – Wo bist
Du, Tochter? *(Sie erblickend.)*
Was bedeutet das? Sie liegt
Am Boden! Ihr Gesicht ist kalt!
Weh, wehe mir, sie stirbt! sie stirbt!
(Cäcilia stirbt. Pause.)

Skiold. O,
Du falsches, falsches Kind! Wie hast
Du mich getäuscht! Als schon der Tod
Dein Mark durchwühlte, schienst du noch
Gesund und froh zu sein! –
– Nun blühe, Frühling, blüh nur! Eine Blume, schön
Und hold wie diese, treibst du nimmermehr
Hervor! –
O Tochter! Tochter! –
Gothland, du
Hast sie gemordet! hast des einzgen Kindes mich
Beraubt! Straf ihn, du allgewaltger Gott!
Gieß deines Zornes Schale auf sein Haupt!
Send deinen Racheengel –

Der alte Herzog von Gothland *(vollständig geharnischt, tritt herein).* Wer ruft hier?

S k i o l d. Ha!
Wer bist du, grausige Erscheinung? Hast
Du mich um Rache beten hören,
Und bist du nun deswegen aus
Dem Boden aufgestiegen?
D e r a l t e G o t h l a n d. Wenigstens
Bin ich zur Rache hier! *(Nähertretend.)*
Doch deine Stimme
Klingt mir bekannt – Was? bist du nicht der Graf
Skiold?
S k i o l d *(noch immer schaudernd).*
Ein Geist wie du wird das von selbst
Schon wissen!
D e r a l t e G o t h l a n d. Narr! ich bin kein Geist! ich bin
Der alte Herzog Gothland!
S k i o l d. Wie? du bist
Der alte Herzog Gothland? – Ein
Bedeutungsvolles Schicksal führet dich
An diesen Ort! – Sieh diese Tote an!
Dein Sohn hat sie gemordet!
D e r a l t e G o t h l a n d. Ist es nicht
Cäcilia?
S k i o l d. Sie ists!
D e r a l t e G o t h l a n d. Du Unglücksvater! Fast
So unglücklich als ich! – Doch wenn dir die
Vergeltung Trost gewährt, so sei zufrieden;
Nicht bloßer Zufall führte mich
In diese Hütte; ich erwarte hier
Den König Olaf und den Grafen Holm
Samt ihren neugeworbnen Heeren;
Ich selber komme jetzt von Norweg, und
Mir folgt 'ne Schar von sechzehntausend Mann –
In einer Viertelstunde muß sie hier sein;
Mein Eifer jagte mich voraus.
Wahrscheinlich liefern wir
Schon morgen meinem Sohne eine Schlacht.
G o t h l a n d *(hereintretend).*
Endlich! – erreicht die Hütte! – wie zum Tod
Bin ich ermattet!
– Ihr Bewohner dieser Hütte,
Ich bitte euch um Speis und Obdach!

Der alte Gothland *(zu Skiold).* Kennst
Du ihn?
Skiold. Wohl kenn ich ihn!
Der alte Gothland. Es ist mein Sohn!
Es ist der Mörder deiner Tochter!
Du bist mein Rachgenoß!
Wirf schnell die Tür ins Schloß!
Gothland *(für sich).*
Ein grobes Volk scheint hier sich aufzuhalten –
Mich überläuft ein widriges Erkalten!
Skiold *(hat die Türe zugeworfen und kommt zu dem alten Gothland zurück).*
Wir wollen meine Tochter jetzt begraben,
Doch erst muß sie ein Menschenopfer haben!
Gothland *(für sich).*
Von Menschenopfern hör ich sprechen!
Der alte Gothland *(zu Skiold).*
Und ich hab eines Sohnes Tod zu rächen!
Gothland *(für sich).*
Hei! dieser Graukopf redet fürchterlich
Und Flammen schießt sein Aug auf mich! –
– Wenn er nun losspränge und legte Hand
An mein Genick, – ich wär zu schwach zum Widerstand!
Drum fort! noch ist es Zeit, daß ich entwische!
(Indem er zur Tür gehen will und sich aller Anstrengung ohngeachtet nicht fortbewegen kann.)
Herr Gott! das ist 'ne Angst der Hölle!
Ich will entfliehn und kann nicht von der Stelle,
Denn meine Füße werden mir zu schwer!
Der alte Gothland *(zu Skiold).*
Dort liegt ein Messer auf dem Tische,
Geh hin und hole es mir her!
Skiold *(hat das Messer geholt).*
Was sollen wir nun tun?
Der alte Gothland.
Nun wollen wir ihn schlachten wie ein Huhn!
Gothland *(hat alle seine Kraft zusammengenommen und ist bis an die Türe gesprungen).*
Ha, jetzt bin ich gerettet!
(Er will die Tür aufreißen und findet sie verschlossen.)
Was? bin ich denn hier angekettet?

(Nachdem er es versucht hat, sie mit Gewalt aufzustoßen.)
Umsonst!
– Schon fühle ich wie mich die
beiden packen
Und wie ein Messer fährts mir durch den Nacken!
(Skiold ist auf ihn zugegangen und ergreift ihn hinterrücks an der Schulter.)

Gothland. Hu!
Skiold *(auf Cäcilias Leichnam deutend).*
Mörder! kennst du diese da?
Gothland.
Was? – Höllengraus! Es ist mein Weib Cäcilia!
Skiold.
Und kennst du mich?
Gothland. Du bist – Weh mir!
Skiold. Ja ja!
Ich bin Skiold!
Der alte Gothland.
Und wer bin ich?
Gothland. Entsetzen! das ist meines Vaters Stimme!
Der alte Gothland.
Er steht vor dir mit seinem Grimme!
Gothland *(erstarrt zusammenstürzend).*
Zermalmet mich, ihr Donner!
Skiold *(zu dem alten Gothland).*
Nun töte ihn mit deinem Messer!
Der alte Gothland.
Erst muß ich mir die Rockärmel aufstreifen!
Skiold. Ich will dir dabei helfen! –
Gothland *(sich wieder etwas emporrichtend).*
– Mir schauderts!
Sie wollen mir ans Leben! – Könnt
Ich nur um Hülfe schreien, – doch die Kehle
Ist mir wie zugeschnürt! –
Ich denke, daß
Dies alles nur ein Traum ist –
(Sich vor den Kopf schlagend.)
Aufwachen will ich! – Ach! der Schlaf will
Nicht weichen!
– Meine Glieder sind ganz steif
Geworden – – kaum reg ich einen Finger! –

– Mir fröstelt! meine Haut schrumpft ein
Und meine Zähne klappern –
– Dort in der dunklen Ecke will ich mich
Verkriechen! – *(Er kriecht in eine Stubenecke.)*

Der alte Gothland *(dem unterdessen Skiold die Armschienen abgenommen und die Rockärmel aufgestreift hat).* Jetzt ans Werk! Doch – wo
Ist er auf einmal denn geblieben?

Gothland. Uh!

Skiold. Horch, ächzte er da nicht?

Der alte Gothland. Ich hörte nichts!

Skiold.
Sieh, sieh! dort blickt was Bleiches aus dem Winkel!
Es ist ein Menschenantlitz!

Der alte Gothland. Narr, es
Ist ja der Wandkalk!

Skiold. Nein, der Wandkalk nicht!
Es ist dein Sohn!

Der alte Gothland *(näher hinzutretend).*
Fürwahr, er scheints
Zu sein!

Skiold. Er rührt sich nicht!

Der alte Gothland. Der Schrecken hat
In einen Klumpen ihn gerollt!

Skiold.
Sieh, er will sprechen und vermag es nicht!

Der alte Gothland.
Ei! desto besser! er wird also auch
Nicht kreischen können, wenn ich ihm
Das Eisen in die Gurgel stoße!

Skiold. Sieh, wie
Er das Gesicht verzieht!
Schon wieder will er sprechen!

Der alte Gothland.
Fast scheu ich mich, ihn anzutasten!
– Allein, es muß geschehn! –
Ich weihe
Sein Blut den untren Mächten!

(Er will ihn ergreifen, aber Gothland fährt, sowie er sich von der Hand seines Vaters berührt fühlt, schreiend in die Höhe.)

Gothland. Heidi! das
Wird doch zu arg!
(Er wirft mit der Riesenstärke des Schreckens die beiden Alten auf die Seite, reißt die Tür auf und stürzt ins Freie.)
Der alte Gothland *(eilt bis an die Tür hinter ihm her und ruft ihm nach).* Steh still in deinem Lauf
Und hör erst meinen Fluch! Die Wölfe und
Die Bären sollen meilenweit dich wittren,
Ein Ungewitter hänge sich an deine Fersen
Und eine Windsbraut nestle sich
In deine Haare!
Skiold. Er vernimmt dich nicht! Schau,
Er hat mit ungeheurer Schnelligkeit
Den höchsten Rücken des Gebirgs erklettert,
Und wild von seinem Haar umflogen,
Eilt er im Mondeslicht dahin,
Verwegener wie eine Gems von Felsen
Zu Felsen springend!
Der alte Gothland. Heut ist er uns noch
Entronnen, aber morgen soll
Er sicher nicht entwischen!
Skiold *(wirft sich weinend über seine Tochter).*
O du Frühverwelkte! –
Der alte Gothland *(an der Türe).*
Wo meine Norwegskrieger bleiben?
(Eine norwegische Marschmusik erschallt hinter der Szene.)
Ha!
Das ist ihr Marsch! da kommen sie!
(Mehrere norwegische Hauptleute treten ein.)
Der alte Gothland *(sie begrüßend).* Wir sind
Die Ersten an der Stätte!
(Wieder aus der Tür blickend.) Gleich
'Nem dunklen Wolkenzuge rückts heran
Aus Osten, – Pferdewiehern und Geklirr
Der Waffen hallet dumpf herüber – Heil!
Das ist der König Olaf mit den Russen! –
– Horch! Auch
Aus Süden tönt ein lauter Marsch! Glück auf!
Es ist die Schlachtmusik der Deutschen!
Es naht das Heer des Grafen Holm!
(Der König Olaf tritt herein, begleitet von russischen Haupt-

leuten; dann kommt der Graf Holm; ihm folgen deutsche Heerführer; man hört hinter der Szene halt rufen und zum Absitzen blasen.)

Der alte Gothland. Willkommen, König!

Der König. Du hast streng
Dein Wort gehalten!

Holm. Seid gegrüßet nach
So langer Trennung! *(Alle drei umarmen sich.)*

König. Mutlos und
Verlassen schieden wir –
Mit Heeresmacht sehn wir uns wieder!

Der alte Gothland. Gott
Der Rächende hat uns geholfen!

König. Wer
Liegt dort lautjammernd an dem Boden?

Der alte Gothland.
Es ist der Graf Skiold; wehklagend liegt
Er über seiner toten Tochter!

König. Wie?
Cäcilia ist tot?

Der alte Gothland.
Sie starb durch meinen Sohn!

König. Als meine Mutter starb, da weint ich nicht,
Jetzt wird mein Auge feucht von Tränen!

Der alte Gothland.
Ja, diese Tote war ein göttlich Weib,
Doch jetzo haben wir zum Klagen keine Muße!
– Befiehl den Aufbruch und laß uns
Nicht länger zaudern!

König. Wahrlich, ich
Gedenke nicht zu zaudern!

Der alte Gothland. Nun, so rührt die Trommeln!

(Allgemeiner Aufbruch; das Orchester fällt mit einem kriegerischen Marsche ein.)

FÜNFTER AKT

Erste Szene

Das Lager von Gothlands schwedisch-finnischer Armee
Gothlands Zelt

(Es ist tiefe Mitternacht. Erik sitzt an einem Tische, auf welchem ein Wachslicht brennt. Arboga tritt ein.)

Arboga. Was schlug die Glocke?
Erik *(steht auf)*. Mitternacht
Ist bald vorüber.
Arboga. Ist der König wieder
Zurück?
Erik. Kaum ein'ge Stunden ist er aus
Gewesen.
Arboga. Wo find ich ihn?
Erik. Still!
Er sitzt dort hinterm Vorhange!
Arboga. Wie?
Erik. Glaubt mir, etwas Außerordentliches
Muß ihm begegnet sein! Ich schrak zusammen,
Als er so unvermutet wiederkam!
Mit schnellem Schritt, ein Tuch ums Haupt gehüllt,
Ging er an mir vorüber und verbarg
Sich dort im Dunkeln! Noch kein Wort
Hat er gesprochen!
Arboga. Er bewegt sich!
Erik. Wahrscheinlich nimmt er sich das Tuch
Vom Haupte. – Ha, er tritt hervor!
Gothland tritt hinter dem Vorhange weg, mit entblößtem Kopfe; sein Äußeres ist furchtbar verändert: das dunkelbraune Haar ist weiß geworden und das Antlitz ist völlig gealtert. – Arboga und Erik weichen befremdet auf die Seite.)
Arboga. Das ist ja
Der König nicht; das ist ein fremder Greis.
Erik. Wer bist du, unbekannter Greis?
Wie kamest du hieher?
Gothland. Ja ja,
Ich glaube dirs recht gerne, daß du mich

Nicht gleich erkennst; – wir haben uns
Seit langen Jahren nicht gesehen!
Erik. Gott! welche wohlbekannte Stimme!
Das ist – *(indem er ihn erkennt, aufschreiend)*
Weh! Weh! das ist
Kein fremder Greis, das ist der König selbst!
O wie entsetzlich hat er in
Zwei Stunden sich verwandelt!
Gothland. Lebt
Der Fürst Arboga noch?
Erik. Dort steht er!
Gothland *(zu Arboga).* Ei,
Sehr wenig hat das Alter dich
Verändert!
Arboga. Das Alter?
Gothland. Was macht der Neger, welchen wir
Vor sechsundsiebzig Jahren in
Den Kerker warfen? – Doch, er ist
Wohl schon seit längst vermodert in
Des Kerkers Nacht! –
Arboga. Ein sonderbarer Irrtum
Befängt Euch; nicht vor sechsundsiebzig Jahren,
Erst vor drei Stunden warfen wir
Den Neger in den Kerker.
Gothland. Nur drei Stunden?
Mir schienens sechsundsiebzig Jahre! – –
– Wie lange bin ich denn hier aus
Dem Lager fort gewesen?
Erik. Kaum
Zwei Stunden lang; das Wachslicht, welches Euch
Bei Eurem Weggehn leuchtete, ist noch
Nicht abgebrannt!
Gothland. Mich faßt ein Grauen –
Ich bin zum Greis geworden – – und das Wachslicht
Ist noch nicht abgebrannt!
Erik. Nun *hat* er
Das weiße Haar, um welches er vor kurzem
Den Grafen von Skiold so zu
Beneiden schien!
Gothland. Was sprichst du da?
Erik. Ich meinte,

Euch müsse unterwegs etwas
Begegnet sein.
Gothland. Ruf mir den Rossan!
(Erik geht ab; Gothland tritt zu Arboga.)
Fürst! denket Euch! ich war in einer Hütte,
Wo man mich schlachten –
Ja, da wurde
Mein Haar so bleich wie meine Wangen,
Da wurden die Minuten Jahre, und
Die Stunden wuchsen
Zu ganzen Menschenleben an!
Rossan *(kommt; wie er Gothland erblickt, tritt er verwundert zurück).* Ich staune!
Gothland. Das Staunen laß beiseit. –
Was ist
Dein liebster Wunsch?
Rossan. Den Neger möcht ich töten!
Gothland.
So geh und hole mir sein Haupt!
Rossan. Ich laufe!
Dank, Dank für diesen Auftrag! Hähähä!
Wie soll es ihm vom Rumpfe fliegen!
Hähä! hähä! *(Eilt ab.)*
Gothland *(zu Arboga).* Ich hatte Euch
Befohlen, mit dem Schwedenheere stets
Ein abgesondert Lager zu
Beziehen und es von der finnischen
Armee getrennt zu halten. Nicht umsonst
Ward das so angeordnet –
Ich weiß, daß mich die Finnen hassen,
Ich fürchte stündlich Rebellion, und fast
An funfzigtausend Mann stark stehn sie dort
In ihren Zelten; – es ist jetzt
Noch finstre Nacht, – sie schlafen
Und denken an nichts Arges, –
Ein leichtes müßte es Euch sein, sie mit
Der Hülfe Eurer tapfren Scharen
Niederzumachen! – Wollt Ihrs tun?
Arboga. Warum nicht?
Gothland. Nun denn, so wecket Eure Schweden auf
Und überfallt die Finnen wie

Ein Wetterstrom, und haut sie Mann vor Mann
Zusammen!

A r b o g a. Morgen sind sie tot.

G o t h l a n d. Um den Tumult zu mehren,
Laßt Feur in ihre Zelte werfen! – Wenn
Es geht, so schonet Rossans, geht es nicht,
So wirds mich auch nicht weiter grämen!
– Wär ich nicht so erschöpft, so würde ich
Persönlich dabei gegenwärtig sein,
Doch so muß ich mich schon begnügen,
Von ferne es mit anzuschaun!

A r b o g a. Ich hoffe, daß ich Euch
Befriedgen werde. *(Er geht ab.)*

G o t h l a n d. Wie gleichgültig eilt
Dieser Arboga an das scheußliche
Geschäft des Mords! Er scheint mir das zu *sein*,
Was ich noch *werden* muß!
– Wer kommt da?
(Gustav tritt auf.) Ha!
Es ist mein Junge; – wie er trotzig tut! –
Ich hab ihn peitschen lassen, – er will mich
Doch nicht zur Rede stellen?
Was begehrst du?

G u s t a v.
Ich gratuliere dir zum weißen Haare!

G o t h l a n d *(für sich).*
Verdammt, daß ich heut nacht so schwach mich fühle!
Der Knabe ist mir übern Kopf
Gewachsen!
(Laut.) Erik! Erik!

E r i k *(tritt ein).* Was
Verlangt Ihr?

G o t h l a n d. Bleib hier in
Dem Zimmer.

E r i k *(beiseit).* Ah, er fürchtet sich
Vor seinem eignen Sohn, und scheut mit ihm
Allein zu sein!

G u s t a v *(zu Gothland).*
Du hast mich peitschen lassen –
(Heftiger, indem er drohend auf ihn zugeht.)
Weshalb hast du mich peitschen lassen?

Gothland *(etwas zurücktretend).*
Du willst dich doch an deinem Vater nicht
Vergreifen?
Gustav. Wer soll mich daran verhindern?
Etwa die Kindespflicht? Du selber hast
Sie frech gebrochen! Der Respekt vor dir?
Wie kann ich einen Mörder respektieren!
Dein Widerstand? Du hast ja deine Kraft
Verloren! Oder
(auf Erik deutend) dieser Alte? Den
Erdroßle ich, so wie er sich zu rühren wagt!
Gothland *(für sich).*
Vergeltung! ja, so heißt das finstre Wort!
Erik.
– Ist das derselbe Gustav, welcher einst
So hold und sanft war? –
Gustav *(zu Gothland).* Dennoch will
Ich dir verzeihen, wenn du mich
Um Selma werben läßt!
Gothland. So nimm sie dir
Zum Weibe, wenn du sie bekommen kannst.
Gustav. Bekommen? *(Sich in die Brust werfend.)*
Das laß meine Sorge sein!
(Er will fortgehen.)
Gothland. Halt!
Wo gehst du hin?
Gustav. Ins Finnenlager,
Zu Irnak.
Gothland. Schrecklich hast du mich
Beleidigt, – aber dennoch bleibst du stets
Mein Sohn, – geh nicht ins Finnenlager!
Gustav. Warum nicht?
Gothland. Weil es – – Weil
Es eine ungesunde Lage hat!
Gustav *(für sich).* Ha,
Ich merke was! – Wart, wart, Herr Vater, nun
Will ich mich für die Rutenstreiche rächen!
Gothland.
Was schweigst du? Gehst du doch ins Finnenlager?
Gustav *(mit zweideutigem Lächeln).*
Ja! ich gehe in das Finnenlager!

G o t h l a n d *(für sich).* Nun, so geh
In deinen Tod, du Naseweis!
(Gustav entfernt sich.)
G o t h l a n d. Vergeltung! Vergeltung!
(Er geht ab. Erik folgt ihm.)

Zweite Szene

Ein offner Platz zwischen dem finnischen und schwedischen Lager. – Nacht

(Irnak tritt auf; gleich darauf kommt Usbek.)

I r n a k. Wer geht da? – Wie? Bist du es Usbek?
Es ist mir lieb, daß ich dich treffe!
U s b e k. Mein Diener hat mich aufgeweckt; er sagte,
Man säh am Himmel blutge Meteore
Und gräßliche Erscheinungen!
I r n a k. Ja,
Die Nacht ist unheilschwanger –
– Wisse! die Schweden haben etwas vor; sie
Sind alle wach; – schon seit 'ner Viertelstunde
Umschleiche ich ihr Lager –
Sie legen sich die Panzer an!
U s b e k. Die Panzer?
Irnak! mir ahnt nichts Gutes!
I r n a k. Und
Mir auch nicht! Dieser Gothland, den
Wir uns in unsrem Wahnsinne
Zum König wählten, haßt uns, und
Ich traue ihm das Schlimmste zu –
Doch still!
Ich höre Schritte! *(Gustav tritt auf.)*
Es ist Gothlands Sohn!
U s b e k. Den senden uns die Götter! Ich
Will ihn verhaften!
I r n a k. Laß das erst!
Er kommt vielleicht um seinen Vater zu
Verraten.
U s b e k. Wie? So unnatürlich schurkisch wird
Er doch nicht sein?

Irnak. Wer weiß, Berdoa hat
Ihn in der Schul gehabt!
Gustav *(die beiden gewahrend).*
Ha, seid *ihr* es?
Ich hab euch Wichtiges zu sagen!
Irnak. Was denn?
Gustav. Ihr wißt auf welche schnöde Art mein Vater
Durch Rossan mich beschimpfen ließ!
Irnak. Wir wissen es nur allzu gut!
Gustav.
Jetzt räch ich mich an ihm und zwar durch euch!
Irnak. Durch uns?
Gustav. Ja, Irnak! Höre nur!
Mein guter Vater hat den Plan gefaßt,
Das ganze Finnenheer noch heute nacht
Dem Schwerte seiner Schweden auszuliefern!
Usbek. Entsetzlich! greulich! greulich!
Irnak. Was?
Das ganze – (O die Zunge wird mir lahm!)
Das ganze Heer der Finnen?
Gustav. Rossan ist
Der Einzge, welchen man *vielleicht*
Verschont!
Usbek. O wenn der Mohr nur noch
An unsrer Spitze stände!
Gustav. Rossan hat
Befehl, ihn hinzurichten.
Usbek. Wohl,
So gilt es, daß wir uns auch ohne ihn
Verteidgen! *(Er will abgehn.)*
Irnak *(hält ihn zurück).* Geh nicht!
Dort in dem nächsten schwedschen Zelte
Spricht jemand! Horch!
Rossan *(im Zelte).* Mohr, wache auf!
Berdoa. Wer weckt mich?
Rossan. Dein Feind, du afrikan'scher Affe! Er
Will dir den übermütgen Kopf abschneiden!
Usbek, Irnak und Gustav.
Ho, Hund! das wollen wir dir wehren!
(Sie stürzen mit gezogenen Schwertern in das Zelt; kurzes Gefecht; Rossan fällt und stößt einen Todesschrei aus; Us-

bek, Irnak und Gustav kommen mit Berdoa, welcher noch gefesselt ist, zurück.)

Berdoa. Reißt mir die Ketten ab!
(Es geschieht.) Ich bin befreit!
Ich werd euch ewig dankbar sein!

Usbek. Wir haben dich gerettet,
Jetzt rette uns!

Berdoa. Wovon?

Usbek. Vom Untergange!
Der König Gothland will heut nacht
Die finnische Armee ermorden lassen!

Berdoa. Von wem erfuhrt ihr das?

Usbek *(auf Gustav deutend).* Sein Sohn verriet ihn

Berdoa. Sein *Sohn*? Das ist ja *herrlich*!
(Zu Gustav.) Laß
Dich küssen, Goldjunge!
(Beiseit.) Das muß ich sagen!
Dem Rangen hat meine Lehr gefruchtet!
Er ist ein wahrer Bösewicht
Gewor – *(laut, indem er ihn umarmt)*
An meine Brust! an meine Brust!
Du bist mein Herzblatt!
(Beiseit.) Sicher höre ich
Ihn einstens in der Hölle jammern!
(Laut.) An dir erlebe ich noch meine rechte Freude!
(Beiseit.) Der kleine sechzehnjährge Teufel!
(Laut.) Ei, du Engel!
Du Zuckerpüppchen!

(Er streichelt und liebkoset ihn. – Geräusch hinter der Szene.)

Usbek. Horch! welch seltsames
Geräusch! Es klingt beinah, als wenn
Zehntausend Schnitter ihre Sensen schliffen!

Irnak. Es sind Arbogas Scharen!
Sie wetzen sich zu unsrem Mord die Degen!

Berdoa *(horcht auf).*
Fürwahr, so ists! – Es gilt Entschlossenheit:
Harnische angezogen, – Äxte in
Die Fäuste! Dolche an die Hüfte!
Erweckt die Finnen aus dem Schlafe!
Stellt sie in Schlachtordnung zusammen!

Und während
(zu Usbek) du mit ihnen dem
Arboga widerstehst, will ich
Mit Irnak und sechs andren Hauptleuten
Mich durch das Schwedenlager schleichen,
Den König Gothland, eh er sichs versieht,
In seinem eignen Zelt umzingeln, und
Gefangen ihn von dannen führen!

Gustav. Hihihi! dann wird der Herr Vater einsehn, daß
Man mich nicht ungestraft verletzt!

Berdoa. Ja!
Dann wird ers einsehn! – – O du Zuckerpüppchen!
Du Engel! Wie du mich entzückst! Ich könnte
Dich jahrelang umarmen! – –
Kommt!
(Gehen ab.)

Dritte Szene

Gothlands Zelt

(Gothland und Erik.)

Gothland *(steht an der Zelttüre und sieht hinaus).*
Die Finnen schnarchen, – stumm und bleich, wie ein
Memento mori glänzt der Vollmond
Über ihrem Lager! Winselnd,
Mit tiefen Wunden an dem Halse,
Werden sie erwachen! – – – Ob es mich
Dann reuen wird, daß ich den Jammer an-
Gerichtet habe?

Erik. Ganz gewiß!

Gothland *(kehrt sich rasch um und stößt ihn mit dem Dolche nieder).* Halts Maul!

Erik. Das hab ich nicht um Euch verdient!

Gothland. Das ist
Mir einerlei!
(Erik stirbt. – Gothland blickt wieder aus der Zelttür.)
Noch immer bleibt es still –
Arboga zögert lange! *(Tumult hinter der Szene.)*
Ha, da geht es los!

A r b o g a *(hinter der Szene).*
Werft Feuer in das finn'sche Lager
Und schlaget alles tot, was euch begegnet!
U s b e k *(hinter der Szene).*
Mord und Verrat! da sind die Schweden!
Jetzt Brüder! wehret euch bis auf das Blut!
A r b o g a. Schlagt tot!
U s b e k. Verteidigt euch!
(Der Tumult wird immer lauter.)
G o t h l a n d *(hinausblickend).*
Hei! wie die Feuerbrände zündend in
Die Zelte fliegen! – Nordwind! Südwind! stürmt
Hervor aus euren Höhlen
Und blast die Flammen brausend an!
A r b o g a. Schlagt tot!
U s b e k. Verteidigt euch!
G o t h l a n d. Ho, wie
Das Mordgeschrei erschallt! wie die
Gefallnen kreischen! wie
Die Trommeln wirbeln! – O,
Daß ich davon entfernt sein muß!
A r b o g a. Schlagt tot!
U s b e k. Verteidigt euch!
E i n s c h w e d i s c h e r S o l d a t *(tritt herein).*
Herr, schlimme Nachrichten! Arboga hat
Die Finnen, die er schlafend wähnte,
In ihrer vollen Schlachtordnung
Getroffen, und der Neger, welchen Rossan
Enthaupten sollte –
G o t h l a n d. Was? Berdoa?
D e r S o l d a t. Er
Ist von den Finnen mit Gewalt befreit!
G o t h l a n d.
O daß ich doch erkrankt bin!
S o l d a t. Horcht!
Da rasseln Tritte von Bewaffneten!
G o t h l a n d. Sieh zu, wers ist!
S o l d a t *(an der Türe).* Wer kommt da?
B e r d o a *(ihm den Kopf spaltend).* Feinde!
G o t h l a n d. Höll
Und Teufel! Man erschlägt ihn! Da

Will ich doch selbst anfragen!
– Wer da?

Berdoa *(mit Irnak und finnischen Hauptleuten hereinstürzend).* Ein
Entsprungner Panther!

Gothland *(mit dem Schwert auf ihn eindringend).*
Solch 'ne Bestie
Durchbohre ich!

Berdoa *(ihn auf die Seite schleudernd).*
Was will der tolle Alte?

Irnak. Erkennt Ihr ihn denn nicht? Es ist ja Gothland!
Das Haar ist ihm seit gestern abend weiß
Geworden!

Berdoa *(den Gothland, welcher kraftlos in einen Sessel gesunken, betrachtend).*
Weiß von Haupt zu Fuß?
Nun hass ich ihn erst über und über!
(Indem er auf ihn zugeht.) Gothland,
Du bist verloren!

Gothland. Hülfe! Wache! Wache!

Berdoa. Du rufst vergebens!
Die Schweden können dich nicht hören!
Sie kämpfen fern von hier beim Finnenlager
Und ahnen nicht, daß du von uns
Umringt bist!

Irnak. Bluthund! dachtest du, es wär
So leicht, die Finnen auszurotten?

Gothland. Wie?
Die Finnen auszurotten?
Abscheulich! – Davon weiß ich nichts! – Hat etwa der
Schwarzgallichte Arboga seine Laune
Gehabt? – Er hat oft mörderische Träume –
Dann steht er auf, nachtwandelt – und
Erschlägt die Völker! – Spießet ihn! Ich
Will ihn euch ausliefern, – will euch
Die Mittel sagen, ihn in eure Macht
Zu locken, – er ist schuld
An allem!

Berdoa. Niederträchtiger, verrätrischer
Verleumder deines treusten Helfershelfers!
Mit solchen Lügen hoffst du zu entkommen?

Verzweifle! denn dein eigner Sohn
Hat dich an uns verraten!

G o t h l a n d. Wer? – Mein Sohn? – Ja,
Dann werd ich wohl verzweiflen müssen!

B e r d o a *(indem er ihm die Zeichen der Königswürde abreißt).*
Herunter mit dem Königsmantel!
Herunter mit dem Schmuck!

D i e f i n n i s c h e n H a u p t l e u t e *(ebenso).* –
Herunter mit
Dem Schmuck, herunter mit
Dem Königsmantel!

G o t h l a n d. Sonne! Sterne! löscht aus!
(Sich die Haare ins Gesicht streichend.) Haare,
Verschleiert mein Gesicht!

B e r d o a. Nehmt Stricke! Bindet ihn!

G o t h l a n d. Mich binden? binden? Mich, vor dem
Die Heere sanken wie gemähtes Gras?
Mich wollt ihr binden? Lieber reißt mir
Die Arme aus!

B e r d o a. Wenn sie gebunden sind,
Dann wollen wir sie dir ausreißen!

G o t h l a n d. Laß mich
Nicht binden, Mohr! Laß mich nicht binden!
Bedenke, wer ich war – das Herz muß sich dir
Umkehren! Gothland, der Gewaltige, ist krank
Und machtlos deiner Willkür preis-
Gegeben! Laß dir das genug
Sein! – Töt mich, aber laß mich
Nicht binden!

B e r d o a. Bindet ihn!

G o t h l a n d. Mohr, Mohr! ich bitte –
(Beiseit.) O hätt
Ich nur den zehnten Teil
Von meiner alten Schlachtkraft noch! –
(Laut.) Mohr!
(Beiseit.) O,
Daß ich den Schandbuben anflehn muß!
(Laut.) Mohr,
Ich bitte dich, laß mich nicht binden!
Verschone meinen Ruhm!

Berdoa. Ho, stolzer Schwede, hab
Ich dich soweit? Du bittest? – Ich
Verwerfe deine Bitte! – Bindet ihn!
(Sie binden Gothlands Hände.)
Gothland. O meine Ahnen! O mein Name! Sink
Zu Trümmern, Väterburg!
Einer der finnischen Hauptleute *(zu Berdoa).* Herr, dies
Wird mir zu arg! – erlaubt mir, daß
Ich mich entferne, – ich
Sah diesen Gothland gestern noch
So hoch und herrlich auf dem Throne sitzen,
Daß ich es nicht ertrage, wenn er nun
So tief erniedrigt wird! *(Er geht ab.)*
Irnak und die übrigen finnischen Hauptleute. Was? Ist der Kerl
Verrückt?
Berdoa. Er ist empfindsam! Laßt
Ihn laufen!
Gothland. – Nun? was wartest du und siehst
Mich an? Bring mich doch endlich um!
Berdoa. Das hat
Noch Zeit! Erst will ich dir die Hölle
Warm machen! *(Ihn bei der Schulter ergreifend.)*
Weißgelockter! Blutbefleckter!
In wenigen Minuten stehst du vor
Dem Richter, welcher schrecklich in
Den Sternenhöhen waltet – – graut dir nicht
Vor deinem Lose? –
Hu! einsam,
Das Herz vom Dolch durchstochen, und
Den Ring der Ewigkeit wie eine tausendfach
Verschlungne Hyder um die Brust
Geklammert, in des Abgrunds Nacht schlaflos
Zu liegen, – durstge Schwefelflammen, die
Nach Tränen suchen, in die Augen eingewachsen, – schmetterndes Geheul ausstoßend
Und nur das eigne Ohr damit
Zerreißend, – nimmer, nimmer, nimmer die
Verscherzten Paradiese, die
Verscherzten Hoffnungen vergessend –

Zur Selbstvernichtung seine Hände ballend
Und ewig sich erschlagend ewig lebend!

G o t h l a n d *(nimmt seine ganze Fassung zusammen und richtet sich heftig empor).* Nein!
Ich lasse mich von Gott nicht verdammen!
Ich leid es nicht! Ich wehre mich! Gott darf
Mich nicht verdammen! Wenn er mich verdammt,
Verdammt er sich selbst! Ha! weswegen ließ
Er es geschehn, daß ich den Kanzler totschlug?
Was konnte ich davor? Unwiderstehlich ward
Ich dazu hingetrieben! *Ich*
War nur das Beil, das *Schicksal* war der Mörder!

B e r d o a.
Tor! eure Dummheit ist eur Schicksal! eure
Erbärmlichkeit ist eur Verhängnis!
Wer hieß dich, als ich dich zum Brudermord
Verführte, meinen Worten glauben? Wußtest du
Denn nicht, daß ich dein Todfeind war?
Der blödste Tölpel hätte da Verdacht
Geschöpft, allein der Herzog Gothland
Schöpfte keinen, weil
Er keinen schöpfen wollte!

G o t h l a n d. Weil ich keinen
Schöpfen *wollte*? – Wenn das wäre, wenn ich den
Geringsten Argwohn hätte fassen können,
Ich aber hätt ihn absichtlich
Nicht fassen wollen,
Ja, dann durchwühle unermeßliches
Verderben meine Seele!

B e r d o a. Höre denn,
Und unermeßliches Verderben wühle dir
Durch deine Seele!
Manfred war
Jählings am Schlagflusse verreckt –
Wahrscheinlich hatte er beim Abendschmaus
Zu viel gefressen und es nicht
Verdauen können, – ungeheuer war
Dein Schmerz um ihn; – so traf ich dich; mit großer
Bestürzung, aber mit noch größrer Freude
Vernahmest du, daß er erschlagen sei:
Die *Rache* für den toten Bruder

War dir ein schmeichelnder, verlockender
Gedanke!

Gothland.
Satan! deute meine
Gedanken nicht ins Schlimme!

Berdoa. Zwar war Friedrich,
An welchem du die Rache nehmen mußtest,
Dein Bruder auch; doch das hielt dich nicht ab,
Denn er war ja der *weniger* geliebte!
Du gingst vielmehr sorgfältig allem, was
Dir Aufschluß geben konnte, aus
Dem Wege, warfest Rolfen, weil er den
Betrug gestehen wollte, in das Grab-
Gewölbe, tauftest deine Rachbegier
Gerechtigkeit, verachtetest –

Gothland. Wenn –
Wenn unter diesen Lügen Wahres wäre – wenn –
Wenn – wenn –

Berdoa. – verachtetest des Königs Warnungen,
Bliebst taub bei Friedrichs lautem Flehn,
Erwidertest mit Spotte seine Tränen,
Sprachst von dem trauervollen Amt,
Das dir geworden wär, und schlugst
Ihn mit Vergnügen tot!

Gothland. Vermaladeit
Die Zunge, welche das mir sagt!

Berdoa. Und als
Dir endlich nun die Schuppen fielen, als
Der rechte Name deiner Untat dir
Nun in die Ohren scholl, – da, statt
In Reue zu zerfließen –

Gothland. Reue? Reue!
Was konnte sie mir helfen? Sie
Ist fruchtlos!

Berdoa *(mit dem Fuße stampfend).*
Elender! sie ist allmächtig! Sie
Vermag was keiner, was Gott selbst nicht kann, – das
Geschehne macht sie ungeschehen!
Du aber, weil Verzweifeln leichter als Bereuen
Und Fluchen nicht so schwer als Beten ist,
Verzweifeltest und fluchtest, metzeltest

Die Heere nieder, welche dich
Verfolgten, zogst den Degen gegen deinen Vater,
Entthrontest deinen König, rissest deinen Sohn
Mit dir ins zeitliche und ewige
Verderben, stießest deine Gattin in
Die eisbedeckte Wüste, opfertest
Dem Henkerbeil die schwedschen Großen, würgtest
Den Eltern ihre Kinder, und
Den Kindern ihre Eltern, mordetest –
Gothland. Es wird
Mir dunkel vor den Augen!
Berdoa. Wird es das?
Gothland. Aschfarbne, halbverblichene Gestalten
Umdrängen mich im grausigen Gewimmel, und
Ich atme Grabesdunst!
Berdoa. Erzittere!
Die Scharen der Erwürgten stellen sich
Zu deiner Todesstunde ein!
Gothland. Ha!
Die himmellange Frau, die dort
Mit hagerem, erdfahlen Antlitz von
Dem Kirchhof steigt, – wer mag
Sie sein?
Berdoa. Es ist Cäcilia;
Verwandelt in ein furchtbares Gespenst
Entsteigt sie ihrer Gruft, und tritt
Vor dein Gesicht!
Gothland. Wie? will der Schlepp, den sie
An ihrem Trauerkleide trägt, denn gar
Nicht endigen? – sie schreitet schon
Im fernsten Horizonte, und
Noch immer rauscht der schwarze Flor
An mir vorüber!
Berdoa. Ewig wird er dir
Vorüberrauschen!
Gothland. Ich will nicht mehr hinsehn –
(Indem er auf eine andre Seite blickt, prallt er entsetzt zurück.)
Doch Wehe! was ist das?

28 *der Schlepp:* Nebenform zu ›die Schleppe‹.

Berdoa. Hoho, was siehst du?
Weshalb prallst du zurück?
Gothland. Sieh – sieh doch selbst!
Ein riesger Schuldbrief liegt am Ostseestrande, und
Mit roten Schlachtfeldern ist er versiegelt!
Berdoa.
Ja ja! schwerlastend liegt er dort
Mit seinen Siegeln auf der Heide,
Und mir fällt dabei ein, daß es für dich
Nun wohl die höchste Zeit zum Beten ist!
Gothland.
Zum Beten? Beten hieße eingestehen, daß
Ich strafbar bin! Ich bete nicht!
Berdoa. Mach mich
Nicht grimmig! – bete!
Gothland. Nein!
Berdoa. Ich sage dir,
Beug dich vor Gott, und bete!
Gothland. Nein!
Berdoa. Beug
Dich betend nieder oder ich zerbreche
Dir das Genick!
Gothland. Ich beuge mich
Nicht nieder!
Berdoa. Finnen, zückt
Die Schwerter über seiner Scheitel!
– Deine Scheitel
Liegt unter sechs gezückten Klingen –
Ein Wink von mir, und sie ist durch und durch
Zerspalten –
Willst du beten?
Gothland. Nein!
Berdoa. Nein?
Ho! deine *Haare* beten ja schon ganz
Inbrünstig!
Gothland. Meine Haare?
Berdoa.
Ja, schreckbeseelet richten sie
Vom Haupte sich empor, und starren, als
Wenn sie für dich um Gnade
Schreien wollten, angstvoll zitternd himmelan!

G o t h l a n d.
Hoho, du täuschest dich: nicht gnadeschreiend,
Nein, *fluchen* wollend, sträuben sie sich in
Die Höhe!

B e r d o a. Jetzt wird es mir unerträglich!
Ich bin der Mann, solch einen Übermut
Demütiger zu machen! –
– Du willst dich
Vor Gott nicht *beugen*, – wohl,
(indem er ihn vom Stuhle wirft) so sollst du vor
Ihm *liegen*, und da du nicht *beten* willst,
(indem er ihn mit dem Fuße stößt)
So sollst du dafür *wimmern*!
(Gothland zuckt mit den Händen.)

D i e f i n n i s c h e n H a u p t l e u t e.
Sollen wir
Ihn nun zusammenhauen?

B e r d o a. Nein! so lang
Ich ihn noch quälen kann, soll er noch leben!
Ergreift ihn und schleppt ihn mir nach!

G o t h l a n d. Kommt
Denn niemand, niemand, welcher mich befreit?
(Alle ab.)

V i e r t e S z e n e

Ein schwedisches Gefängniszelt

(Tocke liegt schwergefesselt auf einem Strohlager. Berdoa, Irnak und die finnischen Hauptleute treten mit Gothland ein.)

B e r d o a *(zu Gothland)*.
Dort liegt der Schwestermörder Tocke,
In welchem du dich selbst verurteilt hast;
Der Königsmantel, der dich von ihm unterschied,
Ist abgefallen, und du bist
Jetzt weiter nichts, als das was Er ist: ein Schurke!
Damit du diese Gleichheit recht
Empfindest, sollst du eine Viertelstunde lang
Auf Einer Streue mit ihm liegen

Und dann mit ihm auf Einem Karrn
Zum Richtplatze gezogen werden!
(Zu Tocke.) He! schläfst du?

Tocke. Was? ist es schon Morgen? Ruft
Der Scharfrichter? Hol ihn der Teufel!

Berdoa. Ich bringe dir 'nen Kameraden!

Tocke. So?
Wer ists?

Berdoa. Der König Gothland, welcher dich
Verurteilt hat!

Tocke. Hä, und nun selbst
Verurteilt ist? – Führt ihn doch näher, ich will ihm
'Nen Nasenstüber geben!

Berdoa. Er
Soll mit dir auf der Streue liegen!

Tocke. Nur zu! Es ist noch Platz!

Berdoa. Ich fürchte, daß
Er sich nicht gut mit dir vertragen wird!

Tocke. Ho,
Er sollt's sich unterstehen –
Ich habe ein paar tüchtge Fäuste!

Berdoa *(zu Gothland).* Leg
Dich auf das Stroh!

Gothland *(zu Berdoa, mit einem tiefbedeutenden, bittenden Blicke).* Berdoa?!

Berdoa. Nein!

Gothland.
So laß mich niederschmeißen, denn von selbst
Erniedre ich mich nicht!

Berdoa *(zu den Hauptleuten).*
Tut wie er sagt
Und kettet ihn zugleich am Boden fest!

(Gothland wird neben Tocke auf die Streue geworfen und an den Boden gekettet.)

Tocke. Na, Bruder Gothland, wie gefällt dirs
Bei mir?

Gothland.
Laß mich zufrieden!

Ein Finne *(tritt eilig ein und wendet sich zu Berdoa).*
Herr,
Mich sendet Usbek, – er weiß nicht mehr Rat!

Arbogas Truppen fechten wie
Beseßne, unser Lager steht in vollen Flammen –
Die ganze Gegend ist davon erhellt;
Die Hälfte unsrer Leute liegt –

Berdoa.
Still! deine Botschaft könnte
(auf Gothland zeigend) ihm den Tod
Versüßen! Komm hinaus! Ich will
Von jenem nahgelegnen Hügel
Das Schlachtfeld überschaun und dich
Mit Aufträgen zurück zum Usbek schicken!
Nachher, wenn das geschehn ist,
So richte ich die zwei Gefangnen da
Mir zur Erholung hin!
Wie einen Leckerbissen, welchen man
Bis nach vollbrachter Arbeit aufhegt, will
Ich sie aufsparen!
(Zu den Hauptleuten.) Ihr werdet sie
Derweile scharf bewachen, – stellt
Euch rings ums Zelt
Und lasset auch nicht eine Maus entschlüpfen!
Ihr bürgt dafür mit eurem Leben!

Irnak. Seid ohne Sorgen!

Berdoa. In wenig Augenblicken bin
Ich wieder da!
(Zu Gothland.) Dich überlasse ich
Bis dahin deinen philosophischen
Betrachtungen; es sind die letzten und
Die traurigsten, die du auf Erden machst!
(Mit dem Finnen ab.)

Irnak *(zu den Hauptleuten).*
Postiert euch um das Zelt!
(Sie gehen alle hinaus.)

Tocke *(zu Gothland).* Wir wollen
So lange als die Kerle draußen sind,
Ein wenig miteinander diskurieren!
– Wie geht es deiner Frau? Sie
Sah gar nicht schlecht aus!

Gothland. Frecher Bube! ist sie deine
Gevatterin gewesen, daß du so
Vertraulich von ihr sprichst?

T o c k e. Ho, Freund, tu nicht
Hochmütig, sonst! –
Antworte mir:
Wie geht es deiner Frau?
Du schweigst? Wart',
Das soll dir leid tun! – ich liege nicht ganz weich, –
Gib mir von deinem Strohe!
(Er reißt ihm das Stroh unter dem Kopfe weg.)
G o t h l a n d. O mein Kopf!
– Nimm mir das Stroh nicht weg!
(Tocke reißt ihm noch mehr Stroh unter dem Kopfe weg.)
Mein Kopf! Mein Kopf!
Lieber Tocke! sei menschenfreundlich!
Die Finnen haben mir das Haupt
Zerschlagen, – sei nicht grausam! reiß
Nicht alles Stroh darunter weg!
T o c k e *(indem er ihm das letzte Stroh wegreißt).*
Was kümmert mich dein Haupt!
(Sich auf die Streu hinstreckend.)
Und nun will ich die kurze Zeit benutzen
Und noch ein Weilchen schlafen! Hüte dich
Mich durch dein Lamentieren aufzuwecken!
(Er schläft ein. Pause.)
G o t h l a n d *(richtet sich, soweit es seine Ketten verstatten, empor).* Du hasts erreicht, Berdoa! Tief wie ich
Ist keiner noch gesunken! – Hülflos,
Verhöhnt, gefesselt, neben einem elenden
Verbrecher auf der Streue, und von ihm
Gemißhandelt –
Erde, schling mich ein! –
– Und
Des Negers tückisches Gelächter zu
Vernehmen, sein dicklippiges
Vor Stolz und Spott verzerrtes Maul
Zu sehen, seine Fußtritte
Zu fühlen –
O ich zittere vor Scham und Ingrimm!
– Die Meere, dacht ich, hätten zornentbrannt
Aufkochen, Schwedens Felsen hätten sich
Entwurzeln müssen, wenn
Der große Gothland fiele, aber auch

Nicht eine Ameise bewegte sich –
So unbedeutend ist der Mensch! – –
Und niemand, der
Mir beisteht, der mich rächt, der sich um mich
Bekümmert – Niemand! Niemand! – Alle, die
Mich liebten sind dahin, – sind – sind von mir
Ermordet! – Brüder – Gattin – Freunde –
alles tot!
Ich bin verlassen und verloren! Wenn der Lump hier
Jetzt aufwacht und mich schlägt, – ich muß es
dulden, muß
Es ruhig dul –
Ha! was
Ergreift mich? Meine Wimpern zucken
Und meine Wangen schmerzen, –
Vergebens suche ich zu widerstreben – Heiß
Und unaufhaltsam wie geschmolznes Blei
Rinnts über meine Wangen, – ich
Muß weinen wie ein Kind!
– Jede Missetat,
Die ich vollbracht, und jeder Schmerz, den ich erlitten,
Mein ganzes unglückseliges Geschick
Drängt sich vor mein Gedächtnis, – o,
Ich weine mich nicht satt! –
Jetzt, Neger, stell
Dich vor mich hin, sieh mir hohnlachend in
Die nassen Augen
Und triumphiere, daß es bis
Zur Himmelswölbung schallt!
Ja, jetzt
Ists Zeit mich auf den Armensünderkarrn
Zu werfen, mir die Armensünderjacke an-
Zuziehen, der Gewalt der Schinderknechte mich
Zu überge –
Nein! nein! nein! *So*
Kann ich nicht untergehen! Dazu bin ich doch
Zu herrlich und zu königlich gewesen!
So schändlich lasse ich nicht mit
Mir spielen!
Und meine Hände sind

Gefesselt!
Könnt
Ich mich nur noch ein einzigmal erheben
Und wärs auch nur um, meine Tränen rächend, aus
Der Welt zu scheiden!
O daß meine Hände
Gefesselt sind! *(Mit tiefem Seufzer.)*
Gefesselt Gothlands Hände! –
Doch
Sind Fesseln nicht *zerreißbar*?
Und was zerrisse nicht die Wut?
Ha!
Schon fühl ich meine Stärke, von
Verzweiflung aufgeschüttelt, sich erneuen, und
Unbändig klopfen meine Pulse!
Zerriss – zerriss –
(indem er die Ketten mit der gewaltigsten Anstrengung zerreißt und hoch emporspringt)
Zerrissen sind die Ketten
Und nichts, Berdoa, kann dich retten!

Tocke *(erwachend)*.
He, welch Geschrei? Was soll das Lärmen?

Gothland *(erwürgt ihn)*. Weh dir, daß
Du fragst! Der Löwe hat
Von seinen Banden sich befreit und brüllt
Nach Rache lechzend durch die Wälder!

Irnak und die andren finnischen Hauptleute *(stürzen herein)*.
Holla! was gibt es hier?

Gothland. 'Ne Lanze her,
Den Mohren damit zu verfolgen!
(Er reißt dem einen die Lanze aus der Hand, stößt ihn nieder, und jagt die übrigen in die Flucht.)
Sie fliehn! Nun hält mich niemand mehr zurück
Den Neger selber anzugreifen!
Tod und Verderben allen, die
Mich hemmen wollen! –
Auf! durchkreuzt
Die bangen Lüfte und erhellt die Nacht,
Ihr Feuermeteore! Brennt und leuchtet mir
Als Fackeln, Städte! Sonne, steig empor!

Der ganze Erdkreis sehe, was
Für Rache ich mir nehme! –
Tief-
Gesunken, flehend, Hände ringend, lag
Ich vor Berdoa auf den Knieen;
Da stieß er ohne Schonung mich mit Füßen –
Ho! dafür muß sein Herzblut fließen!
(Mit geschwungener Lanze ab.)

Fünfte Szene

Gegend in der Nähe des Finnenlagers. Morgendämmerung

(Wildes Gefecht schwedischer und finnischer Heerhaufen. Ferne und nahe Schlachtmusik. – Auf einmal wird es todesstill und die kämpfenden Scharen treten voller Eile weit auseinander. Zwei finnische Hauptleute begegnen sich.)

Erster Hauptmann.
Was gibts? Weswegen stehn die Heere still
Und hören auf zu fechten?
Zweiter Hauptmann. Weißt
Du's nicht? – Der König Gothland, von
Beserkerwut ergriffen, hat
Die Ketten, die ihn fesselten,
Zerrissen, und die Wachen, die sein Zelt
Umstanden, in die Flucht gejagt!
Berdoa, welcher einen Augenblick
Hinausgegangen war und an
So Unerhörtes gar nicht dachte, stürzt
Beim ersten Lärm dem Losgesprungenen
Gezückten Schwerts entgegen; aber als
Er diesen wie 'nen Rasenden, besprützt
Vom Blut Erschlagner, und das weiße Haar
Gleich einem Leichentuch das Haupt umflatternd,
Auf sich zukommen sieht, – da packt
Ihn jählings gänzliches Verzagen,
Die Waffe fällt ihm aus der Hand – So steht
Er da, bis daß ein Speerwurf Gothlands, der die Stirn
Ihm streift, ihn aus dem Taumel aufscheucht;
Im schnellen Lauf sucht er da zu entrinnen,

Angstschreiend eilt er unsren Scharen zu,
Um unter ihnen sich zu bergen;
Doch diese, wie von überirdischer Gewalt
Getroffen, stehn erstarrt und weigern ihm
Den Zutritt; fluchend rennt er weiter, den
Verfolger immer dicht auf seinen Fersen;
Die beiden Heere aber lassen von
Einander ab und schauen regungslos
Das ungeheure Schauspiel an!

Erster Hauptmann. Ja, wenn
Berdoa, er, den nichts entsetzen konnte,
Verzagt und hülfeschreiend durchs
Gefilde fliehet, das muß freilich wohl
Ein ungeheures Schauspiel sein!
(Geschrei hinter der Szene.) Horch! horch!
Welch ein Geschrei!

Zweiter Hauptmann. Fürwahr! da sind sie schon!
Das ist Berdoas Angstgeschrei! – Sieh, sieh!
Dort stürzt er her, am Haupte blutend wie
Ein angeschoßnes Wild, und Gothland stürmt
Mit lautem Jagdruf hinterdrein!
Komm!
Laß sie vorübereilen!
Wer einem von den beiden in
Den Weg zu treten wagte,
Dem möcht das Beten nicht mehr helfen!
(Sie ziehen sich in den Hintergrund.)

Berdoa *(mit bebenden Knieen, schwerverwundeter Stirn und blutigem Haupthaar, stürzt von der Rechten zur Linken über die Szene).* Weh! Weh! der Atem geht mir aus!
Ich kann nicht mehr! Schon strickt
Das Netz des Todes sich um meine Füße!
– O wäre ich doch nie aus Afrika
Hieher gekommen! Hätte ich den Furchtbaren,
Der mich verfolgt, doch nie gereizt!
Um Gattin, Brüder, Vater hab ich ihn
Betrogen – Wehe, Wehe, Weh mir, wenn
Ich ihm zur Rede stehn muß!
(Indem Gothland rechterhand auftritt.)
Hu! da ist er!
(Er flieht davon.)

Gothland *(mit der Lanze in der Hand ihn verfolgend).*
Hohussa! Negerjagd! Schwarzwildbretjagd!
Schwarzwildbret-Neger-Neger-Jagd! *(Ab.)*
(Die beiden finnischen Hauptleute treten wieder vor.)
Erster Hauptmann. Welch gräßliches Ereignis!
Eiskalte Schauder fahren durch
Mein zitterndes Gebein!
Zweiter Hauptmann.
Weh! Sieh! Die Bergwand hemmt
Berdoas Flucht! Er muß umkehren und
Von selber seinem Feinde in
Die Hände laufen – Da! jetzt wird er
Ergriffen – Nein! ein mächtger Seitensprung
Errettet ihn!
Fort, fort von hier! Sie kommen
Zurück! *(Weichen schnell auf die Seite.)*
Berdoa *(in entgegengesetzter Richtung als vorher über den Schauplatz stürzend).*
O unermeßne, unermeßne Angst!
Die ganze Welt läßt mich im Stiche, und
Der mordbegierge Schwede stürmt
Mir unermüdlich nach! – O fände ich
Doch etwas auf, womit ich seinen Schritt
Verzögern könnte!
Gustav *(auftretend und zu Berdoa eilend).*
Du! Berdoa!
Was läufst du so? – Ich war
Bei Milchen und vernahm verworrnen Lärm –
Ich bitte dich, was fällt hier vor?
Berdoa. Heidi!
Da finde ich ja, was ich eben suche!
Gustav. Bist du verrückt? Laß meinen Rock los!
Berdoa. Ha!
So wie Medea, übern Pontus fliehend,
In riesenhafter Angst den Bruder würgte
Und ihn, um dadurch den
Ergrimmten Vater aufzuhalten,
Zerstückt auf ihrer Spur
Aussäte,
So würg ich diesen da und werf ihn frisch-
Ermordet seinem Vater in den Weg!

G u s t a v. Berdoa! bist du toll? Berdoa! ich
Bin ja dein Freund! dein Freund!
B e r d o a. Das tut nichts! Du
Bist Gothlands Sohn!
G u s t a v. Zu Hülfe! Hülfe! Vater, Vater,
Der Neger bringt mich um! Zu Hülfe! Hül –
B e r d o a. Stirb!
(Er erwürgt ihn, wirft ihn auf die Erde und eilt weiter.)
G o t h l a n d *(kommt im wildesten Nachsetzen).*
Hohussah! Negerjagd! Schwarzwildbretjagd!
Schwarzwildbret-, Neger-, Neger- –
(Er stößt auf die Leiche seines Sohns; von Entsetzen überwältigt, fängt er an zu schwanken und kann sich kaum aufrecht erhalten.) Hu! mein – Sohn! –
– Erwürgt! – Der arme, arme Junge! – Böse
Gesellschaft hatte ihn mißleitet,
Doch solchen schweren, qualenreichen Tod
Verdiente er deswegen nicht! –
– Der arme Knabe!
Wie ihm die Brust zerschmettert ist! Wie ihm
Die Finger bluten! *(Sich wütend zusammenraffend.)*
Mord und Pein!
Der Neger ists, der ihn, um mich
In meinem Rachelauf zu unterbrechen,
Erschlagen und mir in
Den Weg geworfen hat! – Ha, schrecklich
Verrechnete der schwarze Satan sich dabei!
Er dachte, daß ich jammernd auf
Der Leiche liegen bleiben und
Den Grimm vor Schmerz vergessen würde! – Just
Als ob ich noch des Schmerzes fähig wäre! –
Und so verdoppelt meines Sohns Ermordung
Statt meines Schmerzes meine Rachsucht, und anstatt
Mich festzubannen und zu lähmen, treibt
Sie mich empor, noch rasender
Und hurtger als bisher den Mörder zu
Verfolgen! *(Ab.)*
(Stille von einigen Augenblicken. Dann hört man den Berdoa weheschreien und eine kurze Weile nachher schleppt ihn Gothland bei den Haaren des Hinterhaupts auf die Szene.)

Berdoa *(wimmert; das Blut aus seiner Stirnwunde strömt ihm über das Gesicht).* Gnade! Gnade! Gnade!

Gothland. Laß das Geheul! Es hilft dir nichts!
Ich habe dich und lasse dich nicht los!
– Komm! Hier! – Hier, an der Leiche meines Sohns
Sollst du mir Rechenschaft ablegen!

Berdoa. O!

Gothland. Geraubt hast du mir alles, was ich liebte;
Zum Brudermörder hast du mich gemacht;
Mein Kind, das einst so hold war und so gut,
Hast du an Leib und Seel verderbt;
Den goldnen Frieden meines Inneren,
Die Ehre und den Ruhm, die zeitliche
Und ewge Wohlfahrt hast du mir
Vernichtet, – niemals, niemals werde ich
Mich glücklich fühlen können –
Gib
Mir meinen Bruder, gib
Mir meine Unschuld wieder!
Gib meinen Sohn und gib mit ihm zugleich
Mein teures Weib mir wieder! Meinen Ruhm
Und meine Ehre, meine Freuden, meine Himmel, mein
Bewußtsein gib
Mir wieder! wieder! wieder!

Berdoa. Hätten mich doch
Die durstgen Panther der Sahara
Zerfleischt! Es wäre besser
Gewesen, als wie Diesem in die Hand
Zu fallen!

Gothland.
Zwar ists läppisch und
Vergeblich, wenn man das Verlorene
Betrauert und ich bin der Narr nicht, der
Es tut; vielmehr ist es – – ist es mir ziemlich
Gleichgültig, daß ich Bruder, Weib und Kind
Verloren habe, aber weil ich
Sie an dir rächen will, so soll mir ihr
Verlust höchst wichtig, über alles wichtig sein,
Drum fodr ich dich noch einmal auf,
(ihn wild schüttelnd)
Gib sie mir wieder! wieder! wieder! wieder!

Berdoa. Ich
Vermags nicht! ich vermags nicht!
Gothland. Vermagst
Du's nicht? Nun, so bereite dich,
Die fürchterlichste Strafe zu
Empfangen!
Berdoa. Gnade! Gnade!
Gothland. Meine Gnade ist
Der Mord! – Komm! ich weiß hier in
Der Nähe eine düstre, grausenvolle Höhle;
Versteckt und einsam liegt sie in den Irr-
Gewinden jenes Tals; von keinem Fuß
Wird sie betreten, und ununterbrochen ists
In ihren Räumen stille wie im Grab! Dort
Sind wir allein!
(Berdoa schaudert.) Dort will ich dich morden!
Berdoa.
Ich fleh um nichts, als um 'nen kurzen Tod!
'Nen kurzen Tod!
Gothland. Den schlage ich dir ab!
(Ihn mit starren unerbittlichen Blicken betrachtend.)
An deinem ganzen Körper sehe ich
Kein einzges Glied, das mich nicht schwer
Beleidigt hätte; schmeichle dir nicht, daß
Du eher stirbst als bis ein jegliches
Die Schuld gebüßt hat, welche es an mir verbrochen!
Berdoa.
Herr Gott! Ihr wollt mich doch nicht Glied vor Glied –
Gothland.
Was du *verdient* hast, das will ich dir tun!
Mit deinen Augen hast du mich verlacht,
Mit deiner Zunge hast du meinen Sohn
Verführt, mit deinen Füßen hast
Du mich gestoßen, – darum klag nicht, wenn
Ich dir die Augen, welche mich verlachten,
Ausreiße, wenn ich dir die Zunge, welche –
Berdoa. Unmenschlich!
Unmenschlich! Gothland will mir die Augen
Ausreißen! Gothland will
Mir meine Augen ausreißen!
O meine Augen! meine Augen! meine Augen!

Gothland. Fort,
Daß ich dich Buße lehre!
(Er schleppt ihn mit sich hinweg.)

Arboga *(mit Soldaten auftretend).*
Der König hat
Den Neger glücklich überwältigt, – unsre Schlacht
Kann sich erneun!

Usbek *(mit Soldaten auftretend).* Arboga, haltet! Ich
Verlange eine Unterredung!

Arboga. Machs kurz!

Usbek. Seht,
Das weite Kiölgebirge blitzt von Waffen!
Der vorge Schwedenkönig Olaf steigt
Mit großer Heeresmacht an ihm herunter! Statt
Daß wir uns hier bekämpfen und uns schwächen,
Wärs rätlicher, daß wir uns gegen ihn
Als den gemeinschaftlichen Feind
Vereinten, und hernach erst, wenn wir ihn
Bezwungen, an die eigne Streitigkeit
Gedächten!

Arboga. Darauf laß ich mich nicht ein!
Der König Gothland trug mir auf
Die Finnen auszurotten, und so lange dies
Noch nicht getan ist, hab
Ich mich um alles andre nicht zu kümmern.

Usbek. Was?
Seid Ihr ein Narr? So pünktlich
Befolgt Ihr die Befehle dessen,
Der Euch verraten hat?

Arboga. Wer
Hat mich verraten?

Usbek. Euer König Gothland.

Arboga. Wie?

Usbek. Hier
Steht einer von den Hauptleuten, mit denen
Berdoa ihn in seinem Zelt umzingelt hielt –
(Zu dem Hauptmann.) Sprich,
Was sagte Gothland, als er sich von euch
Gefangen sah?

Der Hauptmann.
Als wir ihn Bluthund schalten

Und ihm vorwarfen, daß er
Die Finnen habe ausrotten wollen,
Da stellte er sich überrascht
Und rief: »Abscheulich,
Hat etwa der schwarzgallige Arboga
Die böse Laune gehabt?
Er hat oft mörderische Träume;
Dann steht er auf, und schlägt, indem
Er nachtwandelt, die Völker tot! Ich will
Ihn euch ausliefern! Spießt ihn! Ich
Will euch die Mittel angeben, womit
Ihr ihn in eure Hände lockt!«

Arboga. Das
Ist nicht sein Ernst gewesen!

Der Hauptmann. Nicht
Sein Ernst? – Ich glaube, daß er Euch,
Wenns unser Wunsch gewesen wäre,
In heißem Öle hätte sieden lassen!

Arboga. »Ich will ihn euch ausliefern!« »Spießt ihn!« »Ich
Will euch die Mittel angeben, womit
Ihr ihn in eure Hände lockt!« – Ha, ist
Das alles wahr, so möge ihn – Doch still!
(Das Schwert auf dem Boden hin und her wetzend.)
Nur
Sehr selten bringt mich etwas aus
Der Fassung, – aber wenn ein Kerl, für den
Ich zwanzigtausend beßre Kerle tot-
Geschlagen habe – – Doch still!
(Zu dem Finnenhauptmann.) Ich weiß
Ihr Finnen laßt euch lieber niedermetzeln
Als einen falschen Eid zu schwören – Kannst
Du deine Aussage mit einem Schwur
Erhärten?

Der Hauptmann.
Ja, das kann ich.

Arboga. Nun so komm
Und schwör! Und dann –

Usbek. Und dann?

Arboga. Dann schwöre ich, daß Gothland die
Verräterei, die er an mir beging,
Verfluchen soll!

(Alle ab. Der König Olaf und der Graf Holm, an der Spitze ihrer Heere, treten auf.)

König.
Die Finnen und die schwedischen Rebellen
Ersparen uns den halben Kampf, –
Im mörderischen Handgemeng begriffen,
Vertilgen sie sich selbst! Ein Gott
Hält sie geblendet!

Holm. Nur noch wen'ge Stunden, und
Der väterliche Thron ist wieder Euer!

König. Dann
Ist also alles, alles überstanden! –
– Ich fühl mich tief und wunderbar bewegt:
Die Brust klopft mir vor Freude und vor Schmerz!

Holm.
Auch ich fühl mich aufs innigste gerührt! –

(Pause. Die ersten Strahlen der aufgehenden Sonne brechen durch die Morgennebel.)

König. Wie herrlich und wie friedlich dort
Die Sonne aufgeht! Goldner Morgenglanz
Verklärt die taubesäeten Gefilde! –
– Ist heute nicht der erste Mai?

Holm. Ja, wie
Ein heitres Lächeln schimmert er um Erd
Und Himmel!

König. Ich konnte diesem Lande
An keinem schöneren, bedeutungsvollern Tage
Wiederkehren!
Sieh! der Schnee
Am fernen Hochgebirge ist zerronnen, und
Des Jahres erste Schwäne wiegen
Sich voller Wonne in der Frühlingsluft, –
Allüberall, in dunklen Schluchten und
Auf frischbegrünten Hügeln, sprudeln eis-
Befreite Quellen, schallen Stimmen der
Erwachten Flur, – der Buchenwald
Hat schon sein junges dichtgedrängtes Laub
Entfaltet, – Vogelschlag und Waldbachsrauschen
Enttönen seinem Innern, – tausendsäulig,
Mit seiner Blätterpracht sich selbst
Umschattend, steht er da, ein Frühlingsschloß,

Und über ihm und all
Den Hügeln, Fluren und Gebirgen ringsumher,
Ruht wie 'ne duftge blaue Blumenglocke
Das unermeßliche Gewölb des Himmels! –

Der alte Gothland *(tritt auf).* He,
Was steht ihr da und schwatzt? Schnell, vorwärts! vorwärts!
(Laut rufend.) Und dem, der meines Sohnes Haupt
Mir vorzeigt, oder mir zuerst
Die Nachricht bringt, daß er erschlagen ist,
Dem will ich alle meine Habe schenken
Und ihn an Kindesstatt annehmen!

Holm. Graukopf,
Sag nicht zuviel! Ich fürchte, daß du es
Bereuen wirst!

Der alte Gothland. Ich werd es nimmermehr
Bereuen! – Vorwärts!

König *(kommandierend).* Rücket vor!
(Alle ab.)

Letzte Szene

Eine andere Gegend in der Nähe des Schlachtfeldes

Gothland *(tritt auf).*
Der Neger wird mich nicht mehr auslachen! Eben
Hat er verröchelt! –
Ja, und nun? Was soll
Ich nun tun? – Eigentlich sollt ich nun gegen
Den König Olaf, der mit großer Heeresmacht
Mir nach dem Leben trachtet, mich verteidgen,
(er gähnt) aber
Das ist mir einerlei. – –
Ja ja,
Die Rache an dem Neger war
Das letzte, was mich auf der Welt
Noch interessierte;
Jetzt, da ich sie befriedigt habe, wüßt
Ich nichts mehr,
Was mich noch reizen könnte.

– Sogar des jetzgen Daseins bin
Ich überdrüssig; doch daß ich deshalb
Mich selbst entleiben sollte, dazu ist
Der Tod mir ebenfalls zu gleichgültig. –
(Er steht eine Zeitlang nachlässig da; dann lehnt er sich auf den Stamm einer abgehauenen Eiche und blickt in die Gegend.) Sieh,
Die gelbe Morgensonne ist emporgestiegen
Und saugt die Dünste der
Morastgen Wiesen und der Sümpfe in
Die Höhe. – Auch beginnt der Frühling
Sich überall zu zeigen: Regenwürmer,
Die seiner lauen Witterung
Sich freuen wollen, kriechen aus der Erde,
Und südlich an dem Horizonte kommen
Die Schwäne und die wilden Gänse lärmend
Ins Nordland heimgeflogen. Es scheint
Daß wir 'nen schönen Sommer – *(Er gähnt.)* Ich bin doch
Recht müd und schläfrig. – Einstens, als
Ich noch ein Jüngling war, da – da – *(Er schläft ein.)*

Arboga *(tritt auf).* Wo werd
Ich ihn denn finden? Ha, da liegt er schlafend!
(Indem er ihn schüttelt.)
He! Gothland! Gothland!

Gothland *(aufwachend).* Was begehrst du?

Arboga. Hast
Du diese Nacht, als dich Berdoa
In deinem Zelt umzingelt hatte,
Mich an die Finnen überliefern,
Mich spießen lassen wollen?

Gothland *(sich den Schlaf aus den Augen reibend).* Ich
Entsinne mich, daß ich dergleichen sprach.

Arboga. Ei!
Du sprachst dergleichen! – Und wenn es
Die Finnen angenommen hätten,
So hättest du es wahrscheinlich nicht bloß
Gesprochen, sondern auch vollführt?

Gothland *(gähnend).* Vielleicht auch das.

Arboga *(in Wut).*
Vielleicht auch das! Du frecher Hund, das sagst

Du mir ins Angesicht? Nun, so krepier
Ins Teufels Namen!
(Er jagt ihm den Degen durch den Leib.)

Gothland *(an den Boden stürzend, dem Arboga zuschreiend).* Narr! du meinst
Doch nicht, daß du mit diesem Degenstich
Mich ärgerst? Hohoho!
Da irrst du sehr! Ich frage nichts
Nach Leben oder Tod!
(Laut hohnlachend.) Nichts, nichts
Frag ich nach Leben oder Tod!
(Mit brechender, ersterbender Stimme.)
Und – und
Die Hölle? O, die ist zum – wenigsten
Was *Neues,* – und ich – wette:
Auch an die Hölle kann man sich gewöhnen!

(Er zuckt mit seinem ganzen Körper noch einigemal krampfhaft zusammen und stirbt.)

Arboga *(sich über ihn bückend und seine Stirne betastend, wieder völlig ruhig geworden).*
Die Stirne ist ihm kalt, – er ist verschieden. *(Geht ab.)*

(Kurze Pause. Dann großes Getöse; gleich darauf stäuben die Finnen und die Überreste von Arbogas Regimentern in der zügellosesten, unaufhaltsamsten Flucht über die Bühne. Die Trompeten der Verfolger schallen immer näher und lauter zwischen den Tumult hindurch. Usbek, viele Feldherrn und Hauptleute, ebenso flüchtig wie die übrigen, stürzen herein.)

Die Flüchtigen. Fort, fort! Der Ostseeküste zu!
Der Ostseeküste zu!

Usbek. Weh, Wehe! Der
Ruin des Finnenheeres und der Fall
Der finnischen Nation ist da!
Ein Feigling, der das überlebt!

(Er stürzt sich in sein Schwert; mehrere folgen seinem Beispiele.)

Flüchtige. Die Feldherrn
Stürzen sich in ihre Schwerter, und
Verlassen uns in unsrer Not!

Viele Stimmen.
Flieht, flieht! der Ostseeküste zu!
Der Ostseeküste zu!

(Alle ab. Pause. Unter Triumphmusik und wehenden Fahnen kommen der König Olaf und der Graf Holm, von ihren norwegischen, russischen und deutschen Heeren begleitet.)

König.
Der Sieg ist unser und vernichtet sind
Die Feinde! Preis und Dank
Dem Lenker der Geschicke!

Holm *(auf Gothland deutend).*
Seht Ihr dort
Den weißgelockten Toten liegen?

König *(hinblickend und erschüttert sich wegwendend).*
Still von ihm!
Wir können ihn nicht lieben –
So wollen wir ihn zu vergessen suchen!

(Ein Hauptmann und mehrere Soldaten, die den gefangnen Arboga in der Mitte führen, treten auf.)

Der Hauptmann.
Hier bringen wir den Grafen von Arboga;
Er schien sich wenig draus zu machen, daß
Wir ihn gefangennahmen.

König. Graf,
Ihr wart der pflichtvergessenste
Verräter Eures Königs – Wisset Ihr, womit
Ein solcher Hochverrat gebüßt wird?

Arboga. Mit
Dem Rade.

König. Niemals soll man von mir sagen,
Ich sei grausam gewesen –
Euer Leben kann
Ich Euch nicht schenken, aber Eure Strafe
Kann ich zur Hälfte Euch erlassen –
(Zu einigen Soldaten.) Geht
Und schlagt den Kopf ihm ab!

Arboga. Meintwegen!
(Er wird abgeführt.)

Der alte Gothland *(tritt auf).* Nun? Habt
Ihr den verruchten Buben, den ich mir
Zur Schmach erzeugte, endlich ein-
Gefangen und erschlagen? Oder
Ist er schon wiederum entwischt?

König *(führt ihn zu der Leiche).* Er ist
Erschlagen!

Der alte Gothland. Dank dir für
Die Nachricht!
(Während er den Leichnam betrachtet wird er immer bewegter; er will das »Dank dir für die Nachricht!« noch einmal wiederholen, aber seine Stimme fängt an zu zittern und zu stammeln; endlich mit unwiderstehlich hervorbrechendem grenzenlosen Schmerze.)
Dank dir? Dank!
Nein! Fluch, zehntausendfacher Fluch
Auf dich, daß du mir sagtest, daß mein Sohn
Erschlagen sei, und Fluch auf mich, daß ichs
Dir dankte!

Holm. Weh!
Jetzt kommt es, wie ich es gefürchtet!

Der alte Gothland *(über der Leiche liegend).*
O
Ich grauer Tor! ich grauer Tor! Zu wähnen,
Der Tod des Sohnes sei mein Glück! Zu glauben,
Daß sich die menschliche Natur, daß sich
Die Liebe, die ein Vater für sein Kind hegt,
Auf ewge Zeit vertilgen ließen! O, um
So länger du die reinen, menschlichen
Gefühle niederringst,
Um so gewaltger richten sie hernach,
Wenn ihre Stunde schlägt, sich wieder auf!

König. Herzog, ich bitte Euch – bedenkt, vergesset – –
Gott,
Er hört mich nicht!

Der alte Gothland. Ha,
Wo ist mein Schild und meine Lanze? –
– Das Haus der Gothlands stürzt zusammen und
Hört auf zu sein –
zerbrochen sei sein Schild, zu Stücken
Sei seine Lanze, *(sich den Helm abreißend)*
Federbusch
Und Wappen sei'n auf immerdar
Von seinem Helm gerissen, – in
Vergessenheit soll es versinken, – und
Ich selber habe es vernichtet!

König. Tröste dich;
Das Haus der Gothlands ist unsterblich,
Und als das glorreichste im ganzen Norden
Wird es der Zeit zum Trotz in ewgen Liedern
Ewig leben!
Der alte Gothland. Nun,
Wenn das dein Ernst und nicht
Bloß dein Geschwätz ist, so gebiet,
Daß man den Nachkommen aus diesem Hause,
Der leblos hier am Boden liegt,
Würdig und feierlich bestatte! – Legt
Zum Zeichen seines Heldentums
Das Feldherrnschwert auf seinen Sarg,
Senkt eure Fahnen, und zum Trauerzug
Geordnet, mit umflorten Waffen,
Begleite ihn das Heer!
König. Ein stilles Grab
An heiliger, geweihter Stätte – das
Ist alles, was ich dir für ihn
Gewähren kann!
Der alte Gothland. Hoho,
Ich sehe wohl, wo das hinaus will, –
Beiseit, dicht an der Kirchhofsmauer, wollt
Ihr ihn bei Nacht und Nebel
Wie einen Ehrlosen verscharren –
Doch *so* – und kostet es mir auch das Leben!
So laß ich ihn nicht schänden! – Zieht
Die Degen und nehmt euch in Acht!
Ich stehe in dem Blute meines Kindes
Und es durchglühet mich mit Riesenstärke!
Ihr, ihr habt es gemordet, ihr habt mich
Gereizt, es mit euch in Gemeinschaft zu
Verfolgen, ihr verweigert ihm
Sein Grab – *(mit dem Schwerte auf den König und die übrigen einhauend)* ihr
Sollt merken, was ein Vater ist, dem man
Den Sohn erschlug!
König. Halt! Weg mit
Dem Schwerte! Zwing mich nicht, daß ich
Dich mit Gewalt –
Nein,

Hier hilft nichts andres!
Ergreifet und entwaffnet ihn!
Der alte Gothland *(nach einem kurzen, aber heftigen Widerstande überwältigt).* O,
Ich habe keine Söhne mehr,
Sonst dürftet ihr mir das nicht bieten!
Sonst dürftet ihr mich nicht so frech auslachen!
König. Wir lachen dich nicht aus –
Wir stehen tieferschüttert da,
Und trauern über dein unseliges
Geschick!
Der alte Gothland.
Ihr lachet, da das alte, fürstliche
Geschlecht der Herzoge von Gothland,
Der Glanz des Nordens und sein Ruhm,
Zu Grunde geht? – Ihr lacht? Ihr lacht? –
Ho, weinet! weinet! sag ich euch! Noch oft
Du König! wirst du in den Schlachten
Dich nach den Gothlands sehnen
(mit unsäglichem Schmerze auf die Leiche stürzend)
und
Die Gothlands sind nicht mehr! –
(Alle blicken in stummer Rührung auf ihn hin. Der Vorhang fällt.)

ANHANG[1]

1. Aus einem Brief an die Eltern. Leipzig 26. Februar 1822

»... Mein Stück kommt fast täglich seiner Beendigung näher; ehe ich es aber verlege, werde ich es mehreren Theater-Directionen anbieten; es wird mich gewiß sehr berühmt machen. Doch! wir wollen warten bis es fertig ist.«

2. Brief an die Eltern. Berlin 3. August 1822

Theure Eltern!

Euern Brief und die 10 Pistolen habe ich richtig erhalten. Ich bin noch gesund; möchtet Ihr es auch seyn. –
Wenn ich sage, daß es in meinem Hause von Grafen wimmelt, so heißt das, daß sich im ersten Stock viele eingemiethet haben. – Ich habe sehr gute Betten und bekomme jede Woche neue Überzüge darüber. – Heute ist der Geburtstag des Königs. – Vor Allem aber melde ich Euch, daß mein Ruhm sich zu verbreiten anfängt. Ich hatte vor vierzehn Tagen oder drei Wochen einem Schriftsteller mein Werk mitgetheilt und werde nun schon von vielen hiesigen Schriftstellern aufgesucht. Erst gestern holte mich einer ab und führte mich in seine Wohnung, wo sich eine Masse von jungen Dichtern und Philosophen versammelt hatten, um mit mir bekannt zu werden. Der eine von ihnen versprach mir auf der Stelle einen Verleger zu dem Stücke zu schaffen, und meinte, daß ich außerordentlich viel damit verdienen würde. Ich schlug es aber aus, weil ich wenigstens erst versuchen will, ob ich es nicht auf das Theater bringen kann. – Mein Werk fällt den Leuten, die es lesen, so sehr auf, daß sie beinahe wirblicht vor Überraschung werden. – Ein Journalredacteur hat mir auch schon Freibillets zum Theater angeboten; ich werde sie aber erst in einigen Wochen annehmen, weil man nicht gleich beim Anfang so gierig und bedürftig

1. Briefzitate nach: *Sämtliche Werke*. Hrsg. mit textkrit. Anhängen u. der Biographie des Dichters von Eduard Grisebach, Bd. 4. Berlin 1902.

thun muß. Da sich Begemann[2] dafür interessirt, so bitte ich Euch daß Ihr ihm diese Stelle des Briefes zu lesen gebt. –
Ich will nun das Stück noch einmal abschreiben lassen und es nach Dresden senden. Ich hoffe fest und zuversichtlich, daß Alles sehr gut gehen wird. – Stets werde ich es Euch danken, liebe Eltern, daß Ihr mich immer zur Geduld ermahntet. Ich glaube, daß Ihr Euch werdet freuen können. –
Die Mutter bitte ich, daß sie noch oft tanzt und dabei Kaffee trinkt. Ich trinke jetzt bisweilen Thee. – Ich habe diesen Brief deswegen auf zwei Blättchen geschrieben, weil er weniger Porto kosten soll. – Lebet wohl! Schreibt bald, bald, bald wieder! Bittet Begemann um eine Antwort an mich!
Stets Euer

treuer Sohn
Ch. D. Grabbe.

Den 3. Aug.
(Berlin.)
1822.

Ihr könnt ja dem Begemann das ganze erste Blatt dieses Briefes zeigen; es steht nichts Gefährliches darin.
Verzeihet mir die Spuren der Flüchtigkeit. Ich hatte in Gedanken so schnell und nachlässig geschrieben.

3. Brief an die Eltern. Berlin 2. September 1822

Theure Eltern!

Mein Werk schafft mir allmählig immer mehr Freunde, Bekannte und Bewunderer, besonders lerne ich dadurch viele Adlige kennen; Einer ist darunter, mit dem ich fast alle Donnerstag Abend esse. Das Stück ist aber so ausgezeichnet und groß, daß sie mir alle rathen, ich müßte es nur außerordentlich geistreichen Männern zeigen, weil das gewöhnliche Volk es nicht verstände. Ein Doctor Gustav sagte mir, daß mir meine Sachen, wenn erst eins gedruckt worden wäre, sehr hoch bezahlt werden würden. In 14 Tagen bin noch dazu mit einem Lustspiel fertig, von dem die Meisten noch

2. Landsmann Grabbes.

mehr erwarten, als von meinem Trauerspiel. – Sagt Begemann, er möchte mir schreiben. – Ich habe einen Balbier angenommen, dem ich jeden Monat 8 ggr. bezahle, wofür er mich 2 mal in der Woche rasirt. Auch habe ich mir die Haare schneiden lassen; das abgeschnittene Haar nahm der Perückenmacher mit, um es zu Locken zu gebrauchen. Ich bedaure den, der meine Borsten tragen muß. Daß die Mutter noch viele Eier erhält, ist mir lieb. Bald ist hier große Herbst-Revue, wozu 7 Cavallerie-Regimenter aus der Provinz hierher kommen müssen. Der König ist, wie ich glaube, nicht hier, sondern in Töplitz. Vielleicht kommt der russische Kaiser durch Berlin. Hier geschehen viele Selbstmorde. Abends um 6 oder 5 gehe ich regelrecht in den Thiergarten, welches der einzige Wald bei Berlin ist. Die Mutter muß lustig seyn und fleißig Caffee und Zucker trinken, denn ich müßte mich sehr irren, oder die Sachen stehen nicht übel.

Euer, euer Sohn
Ch. D. Grabbe.

Den 2. Septemb. 22.

4. Brief an Ludwig Tieck. Berlin 21. September 1822

Ew. Wohlgeboren

übersende ich halb mit Vertrauen und halb mit Zagen beiliegendes Trauerspiel. Ein paar beurtheilende Zeilen von Ihrer Hand sind Alles, worauf ich zu hoffen wage. Wäre das Stück doch so glücklich das nähere Interesse Ew. Wohlgeboren zu erregen, so würde mein schriftstellerisches Loos entschieden seyn. Ohne die Worte eines Meisters, wie Sie, möchten die Kühnheiten meiner Composition, von denen ich wahrlich keine Einzige ohne näheren Bedacht hingesetzt habe, schwerlich jemals ein gerechtes Urtheil erfahren. – Das Manuscript können Ew. Wohlgeboren längere Zeit behalten; sähe ich aber statt desselben ohngefähr über drei Wochen einen Brief mit dem Postzeichen Dresden, – ich wüßte nicht, was ich vor Freude machen sollte, und enthielte er auch nur zwei Worte von Ihnen! Doch mein Werk mag bestimmen ob ich solcher Gunst würdig bin.

Aus Furcht, Ew. Wohlgeboren unnütz zu belästigen schließe ich diesen Brief, in den ich so Vieles noch gerne hineingeschrieben hätte. Stets verbleibe ich
Ew. Wohlgeboren gehorsamster und tiefster Verehrer

Ch. D. Grabbe.

Berlin, den 21. September 1822.

Nachschrift. 1., meine Adresse ist große Friedrichsstraße Nr. 83, beim Riemermeister Kramer.
2., im Bewußtsein, daß ich wenigstens etwas Ausgezeichnetes, wenn auch nichts Gutes geleistet habe, fordre ich Sie auf, mich öffentlich für einen frechen erbärmlichen Dichterling zu erklären, wenn Sie mein Trauerspiel den Producten der gewöhnlichen heutigen Dichter ähnlich finden.

5. Brief an Ludwig Tieck. Berlin 16. Dezember 1822

Hochverehrter Herr!

Ihr Brief, welcher mich gerade an meinem Geburtstage überraschte, ist mir das schönste und wertheste Geburtstagsgeschenk, welches ich jemals erhalten habe. Das Wohlwollen und die Milde, welche daraus unverkennbar hervorleuchten, haben meinen Geist, der durch traurige innere und äußere Verhältnisse in die tiefste Apathie versetzt war, auf's neue beseelt. Freudig gestehe ich, daß Ihre Kritik mich und mein Werk meistentheils bis in das Innerste trifft, und statt eine jämmerliche Autorenempfindlichkeit zu fühlen, bin ich vielmehr entzückt, Ihres Tadels werth gewesen zu seyn. – Die Vermuthung, daß ich noch jung bin, ist gegründet; ich zähle erst 21 Jahre, habe aber leider schon seit dem siebzehnten fast alle Höhen und Tiefen des Lebens durchgemacht und stehe seitdem still. Wenn in meinem dramatischen Versuche hin und wieder der Ton einer tiefen Verzweiflung hervorklingt, so thut mir das besonders deswegen leid, weil es aussehen möchte, als wenn ich auf Lord Byrons Manier mit meinem Schmerze renommiren wollte, und daran habe ich doch nicht gedacht; ich will mich von jetzt an bemühen, bloß heitere Sachen zu dichten, welche mir wahrscheinlich auch besser gelingen werden, weil sie mir ferner stehen. Die Behaglichkeit, in der Sie selbst das herrlichste Muster sind, vermissen Sie in meinem Versuche mit großem Rechte; jedoch dichte ich auch nicht in leidenschaftlicher Bewegung, sondern besitze, was vielleicht sonderbar scheint, während des Schreibens die starrste Kälte, welche denn freilich ein schlechter Ersatz für jene freundliche, mild wärmende Ruhe ist. Dürfte ich Ihre liebreichen Worte: »lassen Sie uns bekannter mit einander werden«, im weiteren Sinne nehmen, so würde ich hier vor Ihnen, dem Einzigen, vor dem ich es thun möchte, mich frei und zutrauungsvoll über manchen Zwiespalt, der sich in meiner Brust zwischen Kunst und Leben, Verstand und Gefühl erhoben hat, näher auslassen, und ich weiß, daß es die wohlthätigsten Folgen für mich haben würde; aber es ist keine bloße Briefschreiberphrase, wenn ich sage, daß ich bei jedem Federzug in Furcht bin, Ihren Unwillen zu erregen. – – Sollte das Lustspiel, welches beian liegt, die nachsichtige Meinung, welche Ewr Wohlgeboren von mir gefaßt haben, nicht verringern, so ist mir das fünfzigtausend mal lieber als die günstigsten Urtheile sämmtlicher deutschen Recensenten. Daß die Persönlichkeiten, welche in demselben vorkommen, harmlos gemeint sind, und daß der ganze Gang der Handlung absichtlich so lose und wunderlich aneinander gestellt ist, hoffe ich im Stücke selbst mehrmals ausgedrückt zu haben. Wenn ich Ewr Wohlgeboren versichere, daß in meiner jetzigen Lage, welche vielleicht manchen andern völlig niederdrücken würde, Ihre Briefe die einzigen Lichtpunkte sind, welche mich erheitern und beruhigen können, so werden Sie mir meine Bitte um baldige Antwort, wenn auch nicht gewähren, doch gewiß verzeihen. Mit der tiefsten und innigsten Verehrung verbleibe ich

Ewr Wohlgeboren gehorsamster Diener

Berlin, den 16. Dec. 1822. Ch. D. Grabbe.

(Adresse: Große Friedrichsstraße, nro. 83, beim Riemermeister Kramer.)

6. Aus einem Brief an G. F. Kettembeil[3]. Detmold 1. September 1827

Unsere Dramen übrigens müssen wirken. Ich habe mich sehr bedacht, ehe ich jetzt deren Publication beförderte. Das klare Resultat ist: tüchtige Wirkung erfolgt. In so etwas täusche ich mich selten. Mehrere Stücke, vorzüglich Gothland, geht in Extremen aller Art bis in den Vers (den Vers hätte ich leicht verbessern können, aber theils ist er berechnet, theils gehört er zum Gothland wie das Fell zur Hyäne); aber ganz unläugbar ist ein Haufen Poesie darin, wie man sie jetzt nirgends findet. –

7. Aus einem Brief an G. F. Kettembeil. Detmold 28. Dezember 1827

Alter Freund,

die Iris-Recension[4] gefällt mir, sie nützt uns, wir sind doch außerordentlich oder ungeheuer, auch geht sie nur bis pag. 25 und doch zwei Blätter. Den 2ten Band hat aber der Rec. offenbar nicht gelesen, er hätte den Poeten sonst im Allgemeinen anders beurtheilt. Man sieht aber, daß es passable mit uns gehen wird, wenn auch nicht mit geistiger, so doch mit geldlicher Anerkennung. Ich eine Recension in die Halle'sche Litteraturzeitung[5]? Wohlan! Kurz und schlecht:

»Dramatische Dichtungen pp.

Der Verfasser (wie es scheint, ein juristischer Geschäftsmann in der Stadt Detmold im Fürstenthum Lippe) eröffnet die Vorrede zu diesem Buche mit der Erklärung, daß ihm seine jetzt gedruckten dramatischen Werke längst fremd geworden seyen. Die Vorrede ist in einem so kalten, sich selbst belächelnden Style geschrieben, daß man diesem Geständniß fast Glauben schenken könnte. Die hier gedruckten Stücke

3. Studienfreund und erster Verleger Grabbes.
4. »Frankfurter Iris. Blätter für Unterhaltung, Kunst und Wissenschaft«.
5. Grabbe ließ mehrere Selbstrezensionen anonym durch seinen Verleger an Zeitschriften versenden. In dieser Zeitschrift ist jedoch keine Selbstrezension erschienen.

bestehen im Herzog pp. Trauerspiel pp. N. u. M., e. t. Sp. pp. S. S. J. u. t. B. L. pp. M. u. Sulla, e. Tr. und in einer Abhandlung über die Shakspearomanie. Dem Herzog Gothland ist ein Schreiben L. Tiecks vom 6. Dec. 1822 beigedruckt, nach welchem ihm zwar ›ein wahres Urtheil grade bei diesem Stück schwer fällt‹, aber das Resultat darin besteht, daß das Werk ihn ›angezogen, pp. – gewonnen.‹

Rec. hat lange Jahre den Gang der poetischen Litteratur beobachtet, aber eine im Ganzen so niederschlagende und dennoch hie und da erhebende Erscheinung, wie diese dramatischen Dichtungen bilden, ist ihm noch nie vorgekommen. Offenbar ist der Verf. in mehr als einer Rücksicht untergegangen, mit Ernst und mit Spott scheint er alles Sittliche und Ideale zertrümmert zu haben, er selbst ist mit sich uneins, er ist sich nichts, deshalb ihm auch die Welt. Die Tragödie Gothland enthält den Kampf eines *Negers (Berdoa)* mit dem Herzoge *Gothland*, dem *Repräsentanten der Europäer.* Der Neger ist mit Farben gezeichnet, schwarz wie er selbst, und Gothland, ein kühner, aber schwacher Mensch, erstarrt endlich zu einem Bösewicht, der den Neger noch überbietet. Beide Personen bekämpfen unter vielen Wechselfällen sich fortdauernd und gehen endlich beide unter. Das Merkwürdige bleibt dabei, wie bei den trefflichsten poetischen Stellen, fast auf jeder Seite, wirklich mit dem Neger ein wahrer Samum verheerend durch das Stück weht, der alles Gemüthliche und rein Menschliche darin zerstört. Wenn Berdoa ›fast mit Vision‹ sagt:

›Sinne, öffnet eure Thore
– Amen.‹

so bezeichnet er damit nur den Geist des Stückes. Rec. scheut sich, hier ein Mehreres auszuziehen, nur den neugierigen Kenner könnte er dabei interessiren, – dem Verf. indeß ist zu rathen, nicht im *Zerstören*, sondern im *Aufbauen* des Edlen seinen Ruhm zu suchen.«

LITERATURHINWEISE

Paul Adams: *Das Weltbild Grabbes in »Herzog Theodor von Gothland«*. In: Literaturwissenschaftliches Jahrbuch der Goerres-Gesellschaft II, 1927, S. 103–135.

Fritz Böttger: *Grabbe. Glanz und Elend eines Dichters.* [Berlin 1963.]

Walter Höllerer: *Zwischen Klassik und Moderne.* Stuttgart 1958.

A. W. Hornsey: *Idea and Reality in the Dramas of Christian Dietrich Grabbe.* Oxford, London u. a. 1966.

Friedrich Wilhelm Kaufmann: *Die realistische Tendenz in Grabbes Dramen.* In: Smith College Studies in Modern Language. Vol. XII, July 1931, No. 4. P. 1–47

Arthur Koetz: *Das Grabbeproblem in seiner zeitgeschichtlichen Bindung.* Diss. Greifswald 1923.

Roger A. Nicholls: *The Dramas of Christian Dietrich Grabbe.* Den Haag u. Paris 1969.

Paul Prüßmann: *Christian Dietrich Grabbes »Herzog Theodor von Gothland«*. Diss. Marburg 1922.

Ferdinand Joseph Schneider: *Christian Dietrich Grabbe.* München 1934.

Fritz Siefert: *Christian Dietrich Grabbes Geschichtsdramen.* Stuttgart 1957.

Wilhelm Steffens: *Christian Dietrich Grabbe.* Velber 1966 (= Friedrichs Dramatiker des Welttheaters Bd. 21).

Benno von Wiese: *Die Deutung der Geschichte durch den Dramatiker Grabbe.* Detmold 1966.

Benno von Wiese: *Die deutsche Tragödie von Lessing bis Hebbel.* Hamburg 1952. S. 462–522.

Karl Ziegler: *Grabbe's Leben und Charakter.* Hamburg 1855.

NACHWORT

Grabbe vollendet sein Frühwerk *Herzog Theodor von Gothland* im Sommer 1822, einundzwanzig Jahre alt, und übertrifft mit diesem Schauerstück alle gewalttätigen Jugendwerke von Lohensteins *Ibrahim Bassa* bis zu Kleists *Familie Schroffenstein* an Maßlosigkeit und Grausamkeit. Vermutlich sind frühere Versuche, von denen er einen, betitelt *Theodora*, bereits 1817, ohne Erfolg, dem Verleger Göschen angeboten hat, in das Drama eingeflossen. Trotz der hierdurch bedingten dramaturgischen Brüche, von den zu Recht von Tieck bemängelten Unwahrscheinlichkeiten ganz abgesehen, handelt es sich um ein Schauspiel, das sich »sehr vom Troß« der damaligen »Theaterstücke unterscheidet« (Tieck). Zwar macht es sich Kolorit und Requisiten des Schicksalsdramas – nordische Landschaft, Kometen, Gewitter, Brudermord – zu eigen, ist aber nichtsdestoweniger der entschiedenste Protest gegen die süßliche und banale Epigonenliteratur der Zeit sowie die radikale Kritik *der* Weltanschauung, die dem Schicksalsdrama zugrunde liegt. Und nicht nur das: in mystifizierender Hülle, dem unumgänglichen Tribut an den Zeitgeschmack, nimmt es den Prozeß der bürgerlichen Ideologie vom herabgekommenen Idealismus bis zum Nihilismus vorweg und zeigt – wenngleich ohne Einsicht in die ökonomischen Ursachen – die zunehmende Brutalisierung eines seine Ideale verratenden und allein der Akkumulation äußerer Güter lebenden Bürgertums.

Welche Erfahrungen machten es Grabbe möglich, eine Entwicklung zu antizipieren, deren erster manifester Ausdruck die Politik der Bourgeoisie während und nach der Revolution von 1848 war? – Aus dem Traum von deutscher Einheit und Freiheit am Ende der Befreiungskriege waren die Patrioten in einer Wirklichkeit erwacht, die im krassen Gegensatz zu den Zielen, für die sie gekämpft hatten, stand. In den meisten deutschen Staaten waren die Napoleonischen Reformen liquidiert, die Duodezfürsten herrschten willkürlicher denn je. Jahn, Arndt, Wilhelm von Humboldt und Stein waren durch Verhaftung oder Amtsenthebung ausgeschaltet. Die Karlsbader Beschlüsse und die Demagogenverfolgungen machten jede Hoffnung auf Fortschritt und

Freiheit zunichte. An einen Weltgeist, der im Sinne Hegels Geschichte als »Fortschritt im Bewußtsein der Freiheit« konstituiert, vermochte nur der Gutwilligste zu glauben. Die Geschichte konnte – mit Goethes Worten – nichts anderes sein als »ein verworrener Quark«, ein »Konglomerat aus Irrtum und Gewalt«.

Nur zu bereitwillig fand sich die Bourgeoisie mit den Zuständen ab. Wirtschaftliche Stagnation und politische Friedhofsruhe waren ihr kein zu hoher Preis für Sicherheit und Ordnung. Und der Künstler? War er nicht bereit, den Bedürfnissen des Bürgers zu genügen, d. h. den Weltzustand zu verklären, so setzte er der Gesellschaft in anarchischer Isolation das übersteigerte Ich gegenüber und reproduzierte auf diese Weise – dies war die Paradoxie des neuen, des Byronschen Heldentyps – den Egoismus der Gesellschaft, gegen die er rebellierte. Die Napoleon-Verehrung der Stendhal und Manzoni, der Byron und Grabbe trug in sich die Ambivalenz dieser Rebellion. Grabbe war ein rebellierender Künstler; wie Büchner und Heine stand er der gesellschaftlichen Wirklichkeit Deutschlands feindlich gegenüber. Doch ohne revolutionäre Klasse gab es keine Perspektive für eine gesellschaftliche Veränderung. Die Kritik konnte nur die Aufgabe der Desillusionierung auf sich nehmen: »Die Forderung, die Illusionen über seinen Zustand aufzugeben, ist die Forderung, einen Zustand aufzugeben, der der Illusion bedarf.«[1]

Herzog Theodor von Gothland ist Grabbes Abrechnung mit dem Idealismus; diese macht den Weg frei für seine realistischen Geschichtsdramen, in denen Geschichte, von jeder Teleologie entblößt, pessimistisch als die ewige Wiederkehr des Gleichen dargestellt wird. Der Sinn, den die bürgerliche Geschichtsphilosophie postulierte, wird im Munde der Protagonisten in Grabbes Geschichtsdramen zur Phrase, hinter der sich der bloße Wille zur Macht verbirgt. Gothland ist der erste, noch grobschlächtige Repräsentant dieses Heldentyps. Gothland bezieht alles diesseitige Geschehen auf einen jenseitigen Sinn, alles »bedeutet« ihm; Leben und Geschichte erscheinen ihm schicksalhaft. Er glaubt unbeirrt zuerst an das gute Schicksal, wie er später an das böse glaubt.

1. Karl Marx: *Zur Kritik der Hegelschen Rechtsphilosophie.* In: K. M. Studienausgabe. Frankfurt a. M. 1966. Bd. 1, S. 17f.

In seinem großen Monolog im dritten Akt klagt Gothland das Schicksal an:

> »Mein Höchstes war Gerechtigkeit und nichts
> Verhaßtres kannt ich als den Brudermord –
> Das wußt das Schicksal, grade damit fing
> Es mich: es ließ den einen Bruder sterben, – rief
> Den Neger her aus Äthiopien . . .«

In Gothlands Wahn müssen selbst die Donner seine Zeugen sein (59,2 u. 67,31). Er bezieht alles, was ihm durch endliche Ursachen widerfährt, auf den Kosmos (z. B. 34,4; 36,41; 42,10 bis 42,11), wobei er zugleich glaubt, daß alles, was in der Welt geschieht, um seinetwillen sei. Der Rekurs auf die »stete Ordnung der Natur« (49,38) und die »ewigen Gesetze« (64,33) macht ihn unfähig zur Erkenntnis. Seine Verfassung ist diametral derjenigen entgegengesetzt, die Fritz Siefert – und mit ihm nahezu alle Grabbe-Interpreten[2] – an ihm wahrnehmen will: »Gothland wetteifert mit einem in seiner ganzen Boshaftigkeit durchschauten [?] Schicksal [?].«[3]
Im Gegenteil: der zerbrochene idealistische Optimismus weicht nicht einem Realismus, der die kausalen Zusammenhänge des Wirklichen zu verstehen sucht, sondern schlägt um in einen Pessimismus, der nichtsdestoweniger idealistisch ist:

> »Wie das Meer,
> So wird das All von einem Malstrome
> Durchströmt . . .« (83,6–8)
> »Allmächtge *Bosheit* also ist es, die
> Den Weltkreis lenkt und ihn zerstört!« (85,12–13)

2. So schreibt Paul Adams: »Gott ist als Geist erfahren und zwar als transmundaner. Ein extremer Transzendentalismus, der den Menschen ganz erdrückt und versklavt, ist im *Gothland* herrschend« (a. a. O., S. 107 – siehe Literaturhinweise). Auch Benno von Wiese fällt dem gleichen Irrtum wie Gothland selbst zum Opfer: »In der Welt sein heißt einer allmächtigen Bosheit ausgeliefert zu sein, die den Menschen in ebenso listiger wie planvoller Tücke in die Verzweiflung verstrickt« (*Die Deutung der Geschichte* . . ., S. 13). Wenn Interpreten wie von Wiese »Geschichte [. . .] eine vom Tode gezeichnete Welt des Schicksals« (a. a. O., S. 14) nennen, so verkennt diese ontologisierende Betrachtungsweise, daß Grabbe nicht durch den Mund Gothlands spricht, sondern in dessen Person den ›Transzendentalismus‹ kritisiert.

3. Siefert, a. a. O., S. 19.

Die Dämonisierung des Bösen macht den Menschen gegen es machtlos. Das Böse in Grabbes Dramen ist aber *keine* dämonische, schicksalhafte Macht, sondern – wie alles – zu dem geworden, was es ist. Berdoas Haß auf Europäer hat seine sehr realen Ursachen; das erste, was er von Weißen erfuhr, war unmenschliche Mißhandlung. Aus diesem Erlebnis gewinnt er das Gesetz für sein Leben: »Ermordung nur der Europäer / Sei meine Seligkeit!« (39,26–27). In solcher Verallgemeinerung trifft er sich mit Gothland (vgl. 40,32 u. 81,15 bis 81,19). Die gesamte Grabbe-Literatur sieht in Berdoa das »prinzipiell Böse«[4], das »Prinzip des Bösen«[5] und den »Vertreter des Bösen schlechthin«[6] und übersieht dabei, daß Berdoas und Gothlands Untaten ganz ähnlich motiviert sind. Als Gothland im letzten Akt noch einmal für sich geltend macht, daß er nur »das Beil, das *Schicksal* ... der Mörder« (186,12) sei, klärt ihn Berdoa über die kausalen Zusammenhänge auf und beginnt mit den Worten: »Tor! eure Dummheit ist eur Schicksal!« (186,14). Die Erkenntnis, daß die Geschichte von Menschen selbst gemacht ist, wird dem Idealisten, dem Hinterweltler im Sinne Nietzsches, entgegengehalten.

Schlechter Idealismus und Weltfremdheit sind aber nur eine Seite des Protagonisten; Irrationalität der Weltanschauung schließt Zweckrationalität für das Durchsetzen egoistischer Interessen keineswegs aus. Beide Momente ergänzen sich in Gothlands Charakter, dessen Entfaltung die weltanschaulichen Stationen des Bürgertums von der Restauration zum Imperialismus antizipiert. Ausgangspunkt ist ein naiver Optimismus, welcher der Konfrontation mit der Wirklichkeit nicht gewachsen ist. Biedermeierliche Resignation ist die erste Stufe im Prozeß dieses Bewußtseins: »Das Träumen ist ja süßer als das Leben!« (32,23). Die Abneigung gegen Objektivität geht einher mit der ständigen Verdrängung der subjektiven Motivation des Handelns. Gothland glaubt, was er glauben will, wie Berdoa richtig erkennt. So wie die romantische Träumerei dispensiert die blinde Aktivität, in die sich Gothland stürzt (33,34–35), das Subjekt von der Bewälti-

4. Steffens, a. a. O., S. 28.
5. Kaufmann, a. a. O., S. 10.
6. Dietmar Schmidt: *Die Problematik des Tragischen in den historischen Dramen Grabbes.* Diss. Würzburg 1965. S. 7.

gung einer schlechten Wirklichkeit. Fatalismus und anarchische Praxis, die Pole von Gothlands Verfassung, konvergieren in der Reflexionsfeindlichkeit. Da das bürgerliche Individuum die von ihm gemachte Geschichte nicht verantworten will, nimmt es Zuflucht zu einem scheinbar objektiven Gesetz, heiße es Schicksal oder Entfaltung der Produktivkräfte. Die Brutalität des eigenen Handelns wird projiziert in einen äußeren Zwang. Der von blinder Gewalt beherrschten Welt ist ein Verhalten adäquat, dem eine Herrenmoral seine Maxime liefert (90,34–35).

Grabbes Helden lassen sich sämtlich nicht mit moralischen Kategorien fassen; von denen des klassischen Dramas unterscheidet sie der völlige Mangel von »Großmut gegen den besiegten Feind und das Mitgefühl für den Schwachen, Kennzeichen eines jeden Helden, der noch irgendwie im christlichen Ritter sein Vorbild sieht«[7]. Ebenso unterscheiden sie sich von denen des Aristokraten Byron, deren Amoralität stets mit der traditionellen Generosität sich verbindet. Den Figuren des Kleinbürgers Grabbe wohnt, wenn auch vielfach gebrochen, die bürgerliche Rationalität inne, der alle menschlichen Qualitäten gegenüber der Konkurrenz nichtig werden. Das bürgerliche Individuum wischt jede Erinnerung an seine verratenen Ideale aus, ja mit der Weigerung zu bereuen (u. a. 150,1–2; 187,32–34) versagt es sich zugleich die Vorstellung des Glücks, das einst vom Subjekt intendiert war (141,10–30). Ist der Zustand der Welt einmal als unveränderlich akzeptiert, verliert das Individuum neben der Vorstellung eines glücklicheren Daseins zugleich die Fähigkeit zur Trauer (200,31–35) und zum Schmerz (199,31). So jeder inneren Substanz beraubt, bleibt dem Leben nichts als die Äußerlichkeit, die bloße Akkumulation von Besitz.

»– Hab ich keine innre Größe mehr,
So muß ich sie mit äußerer ersetzen;
Weil ich mich selbst verachte, müssen mich
Die Völker achten: wenn die Königskronen

7. Wolfgang Petzet: *Christian Dietrich Grabbe.* Gedächtnisrede bei der Grabbefeier des Stadttheaters Münster. In: Deutsche Zeitschrift. Okt./Nov. 1936, Heft 1/2, S. 51.

Finnlands und Schwedens um mein Haupt sich schlingen,
So duld ichs schon, daß um mein Herz sich Nattern ringen.« (90,22–29)

Die solideste Grundlage des Lebens, dem Profit und Prestige Richtschnur sind, ist der Nihilismus. Darauf schwört Gothland auch seinen Sohn ein (150,7–20). Doch dieser Nihilismus zeigt das Ende des Bürgertums an. Wenn die Substanz, die anfangs emanzipatorische bürgerliche Moral, ganz aus dem Leben gewichen ist, bleibt Langeweile. Selbst die Hölle wird zur Attraktion. Doch – und dies hat das Bürgertum ein Jahrhundert später bewiesen – »Auch an die Hölle kann man sich gewöhnen!« (207,16). An ihrem Ende hat die bürgerliche Ideologie keine positive Bestimmung mehr, nur noch eine negative kann ihr Sinn vermitteln: ein Feind muß für die Misere des Lebens verantwortlich gemacht werden. Ist auch dieser Inhalt beseitigt, bleibt nur noch Gähnen (205,29).
Wie der christliche *Held*, so sind auch alle weiteren idealistisch überhöhten Ingredienzen des klassischen Dramas aus dem dramatischen Kosmos Grabbes verbannt oder, wie z. B. die *Liebe*, zum Zerrbild ihrer selbst gemacht. Wenn nicht Lebensüberdruß, der nicht zu verwechseln ist mit stoischem oder christlichem Ethos, dem *Tod* den Stachel nimmt, sterben die Menschen einen erbärmlichen, kreatürlichen Tod, der niemals Apotheose ist. Sie sterben nicht im ritterlichen Zweikampf, in dem sich die Gegner als Personen anerkennen, sondern in mörderischem und heimtückischem Vernichtungskampf, der sie auf ihre animalische Triebhaftigkeit zurückwirft.

»Berdoa *(beiseit, als wenn er Hunde hetzte)*.
Packt euch! faßt euch! faßt!« (66,19–20)

Wenn der überwundene Gegner noch lebt, wird er sadistisch gequält oder »geschlachtet wie ein Huhn«. Kriegsgefangene werden zu Tausenden niedergemacht, denn Heldentum bemißt sich einzig an der Zahl der Ermordeten (126,14–17). In der Ausmalung des Grausamen greift Grabbe zurück auf das Elisabethanische Theater. Werden dort jedoch, wenn man von Marlowe absieht, diese Elemente als Exzesse einzelner

Charaktere dargestellt, so sind sie bei Grabbe das Wesen des Weltzustandes. Mit Ausnahme der blassen und traditionellen Figur Cäcilias ist das Triebhafte, besonders die Rachsucht, nur mit einer dünnen Oberfläche von Zivilisation überzogen. Hier bedarf es nicht der Bemühung des Schicksals, um einen erreichten Kulturzustand in Chaos und Barbarei zu stürzen. Grabbe hat mit scharfem Blick für die nur scheinbare Bändigung der Triebkräfte durch Kultur erkannt, daß die Individuen das Barbarische *wollen.* Was Berdoa über Rolf sagt, trifft mehr oder weniger für alle zu:

»Das ist so 'n Schurk, der gerne mordete
Und raubte, wären nur die bösen Galgen und
Die Hölle nicht ...« (30,14–16)

Es bedarf nur des Anstoßes, der das Böse legitimiert, und die brüchige kulturelle Hülle zerbricht.
Nicht künstlerische Unzulänglichkeit, sondern inhaltliche Konsequenz hat Grabbe seiner Tragödie eine Form geben lassen, die ebenso weit von der Harmonie der klassischen Tragödie wie von der perfektionistischen Eintönigkeit des Schicksalsdramas entfernt ist. Die Funktion der *Sprache* ist aufgrund einer neuen Psychologie, die mit Kleist und Grillparzer einsetzte, von der des klassischen Dramas verschieden. Offenbarte sich dort die Seele des Individuums, besonders im Monolog, ganz durch seine Sprache, war es mit seiner sprachlichen Äußerung identisch, so ist für Grabbe Sprache nicht der Spiegel der Seele. Grabbe weiß um das psychologische Phänomen der Rationalisierung: Sprache als Medium des Bewußtseins vermag die tieferen Beweggründe des Handelns dem handelnden Subjekt zu verdecken. Sprache ist für Grabbe als Kulturerzeugnis wie Kultur selbst Oberflächenphänomen. Berdoa, der kluge Psychologe, läßt Gothland, der bis dahin immer an das, was er im Monolog äußert, geglaubt hat, den Mechanismus der Rationalisierung durchschauen:

»[...] mit großer
Bestürzung, aber mit noch größrer Freude
Vernahmest du, daß er erschlagen sei:
Die *Rache* für den toten Bruder

War dir ein schmeichelnder, verlockender
Gedanke!«
(186,38–187,2; vgl. auch die nachfolgenden Verse.)

Gothland kommt sich für einen Augenblick, nach diesem tiefenpsychologischen Aufschluß, selbst auf die Schliche:

»Wenn –
Wenn unter diesen Lügen Wahres wäre – wenn –
Wenn – wenn –« (187,16–18)

Doch gleich darauf verdrängt er mit der Reue auch wieder die Möglichkeit der Erkenntnis.

Sprache ist in diesem Drama nicht das Medium, vermittels dessen der Mensch Klarheit über sich und die Welt erlangen könnte. Das endlose pathetische Monologisieren ist das Korrelat der Sprachlosigkeit, da dieser Wust von Worten die Sachverhalte verschleiert, statt sie zu klären. In diesem Zusammenhang sind die sprachlichen Klischees zu sehen. Mögen sie auch unkritisch von Grabbe übernommen sein, der immerhin einen Müllner schätzte, sind sie doch dem Bewußtsein seiner Protagonisten adäquat.

An der äußeren *Form* fällt schon die ungewöhnliche Länge und Unüberschaubarkeit des Dramas auf. Damit korrespondiert die brutale Vernachlässigung der Einheiten von Ort, Zeit und Handlung, die so weit geht, daß Grabbe nicht zögert, aufeinander folgende Tage verschiedenen Jahreszeiten zuzuordnen, widersprüchliche Aussagen über ein und denselben Ort zu machen oder zwischen großem Geschichtsdrama, Intrigenstück und Ritterdrama unvermittelt zu wechseln. – Mit der Aufgabe des Glaubens an einen sinnvollen Kosmos wird auch die geschlossene, harmonische Form des Kunstwerkes als Lüge denunziert. Mit der Poesie als Welt für sich wird Schluß gemacht. Die Destruktion des klassischen Kunstideals verschont auch nicht den Vers, von dem Grabbe in einem Brief äußert, er gehöre so, wie er ist, zum Gothland »wie das Fell zur Hyäne«[8]. Grabbe verwendet den Vers als Ruine (nur knapp zwei Drittel der Verse sind halbwegs regelrechte fünffüßige Jamben), wobei er den Zer-

8. Brief an Kettembeil vom 1. September 1827 (vgl. S. 218).

störungsprozeß weitaus deutlicher machen kann, als wenn er seine Tragödie in Prosa schriebe.

Die Modernität von Grabbes erstem Stück wurde von den Zeitgenossen durchaus erkannt. Viele, unter ihnen Heinrich Heine und Robert Schumann, schlossen sich dem Lob Tiecks an, ja, die Jungdeutschen sahen in Grabbe den neuen Heros der Literatur. Doch auf dem Spielplan eines Theaters war – wie mit Ausnahme von *Don Juan und Faust* für alle Dramen Grabbes – kein Platz für das Monstrum. Erst am Ende des Jahrhunderts – 1892 –, als mit dem Naturalismus eine bewußt an Grabbe und Büchner anknüpfende Kunst sich durchgesetzt hatte, wurde *Herzog Theodor von Gothland*, in der Bearbeitung von Konrad Loewe in Wien, uraufgeführt.

INHALT